DORO KAYSER
Make me stay

Doro Kayser

Make me stay

cbt

Bei diesem Buch wurden die durch das verwendete Material und die Produktion entstandenen CO_2-Emissionen ausgeglichen, indem der cbj Verlag ein Projekt zur Aufforstung in Brasilien unterstützt.
Weitere Informationen zu dem Projekt unter:
www.ClimatePartner.com/14044-1912-1001

Penguin Random House
Verlagsgruppe FSC° N001967

Sollte diese Publikation Links auf Webseiten Dritter enthalten,
so übernehmen wir für deren Inhalte keine Haftung,
da wir uns diese nicht zu eigen machen, sondern lediglich auf
deren Stand zum Zeitpunkt der Erstveröffentlichung verweisen.

1. Auflage
Originalausgabe August 2023
© 2023 cbj Kinder- und Jugendbuch Verlag
in der Penguin Random House Verlagsgruppe GmbH,
Neumarkter Str. 28, 81673 München
Alle Rechte vorbehalten
Umschlaggestaltung: Geviert GbR, Grafik & Typografie
Umschlagmotive © Shutterstock.com
(moobeer, vovan, Gluiki, moobeer)
skn · Herstellung: aw
Satz: Vornehm Mediengestaltung GmbH, München
Druck: GGP Media GmbH, Pößneck
ISBN 978-3-570-31501-9
Printed in Germany

www.cbj-verlag.de

Für Lilli und Vali

Prolog

»Das Foto gefällt mir! Wann wurde das aufgenommen?«

Ihre Stimme klingt rauer als sonst, als würden sich ihre Stimmbänder langsam daran gewöhnen, nicht mehr allzu oft genutzt zu werden. Ich wende mich zu ihr um, um zu sehen, welches Foto sie meint. Auf ihrem Bett türmen sich in einem Halbkreis die Bücher, die ich ihr zur Ablenkung mitgebracht habe, auch wenn ich weiß, dass sie wahrscheinlich keines davon lesen wird. Aber als ich zu Hause vor dem Regal stand, musste ich sie mitbringen. Vielleicht, um mich selbst zu beruhigen, vielleicht, um etwas zu tun zu haben oder einfach aus bloßer Hoffnung, dass sie sich freuen könnte. Sie sieht schmaler aus, ihr Gesicht eingefallen. Früher hatte sie immer diese rosigen Wangen, doch mittlerweile hat ihre Haut die gleiche fahle Farbe wie die ausgewaschenen Laken ihres Bettes. Heute ist kein guter Tag, weder für sie noch für mich. In ihren blassen Fingern hält sie mir ein Foto hin, das ich auch aus der Entfernung, trotz meiner schlechten Augen, sofort wiedererkenne. Langsam richte ich mich auf, wobei eins meiner Knie leise knackt. Ich muss schlucken, als ich das Foto entgegennehme und auf die sechs grinsenden Gesichter starre. Eines davon ist mein eigenes. Mit dem Daumen streiche ich über den Knick in der Ecke. Es muss zwischen den Büchern herausgerutscht sein, als Gran sie auf dem Bett ausgebreitet hat. Ich drehe mich zu dem Stuhl um, der neben ihrem Bett steht, und ziehe ihn zu mir heran, damit sie mein Gesicht nicht sehen kann. Der Kloß, der sich schon den ganzen Tag in meiner Kehle festgesetzt hat, schwillt auf die Größe eines Tennisballes an, und beinahe verliere ich die Fassung. Sie jedoch bemerkt meine Unruhe überhaupt nicht, sondern sieht mich unverwandt aus schiefergrauen Augen neugierig an.

»Das war vor ein paar Monaten an Weihnachten«, antworte ich zögernd, lege das Foto zur Seite und greife nach ihrer Hand, um sie zu drücken.

»Ist der hübsche Junge neben dir auch nachher dabei?«, fragt sie mich weiter aus und zwinkert mir spielerisch zu.

Ich atme tief ein, bevor ich nicke. »Ja, er wird auch da sein.«

»Wie heißt er?« Ihre fast schon unschuldige Frage treibt mir fast die Tränen in die Augen und ich wende mich wieder dem Foto zu. Ist das wirklich erst drei Monate her?

»Nate«, flüstere ich. »Willst du nicht ein bisschen schlafen?«, räuspernd versuche ich, sie abzulenken, um weiteren Fragen zu entgehen, die ich schon viel zu oft in den letzten Wochen beantworten musste.

»Erzähl mir von ihm.« Sie ignoriert meinen Einwand, sieht mich weiterhin mit großen, interessierten Augen an. In dem Moment erinnert sie mich beinahe an ein wissbegieriges kleines Kind, das einen so lange mit Fragen löchert, bis man ihm alles erzählt, nur um Ruhe zu haben.

Wieder atme ich tief ein, um nicht ganz die Nerven zu verlieren. »Was willst du denn wissen?«, frage ich stirnrunzelnd.

»Woher kennst du ihn? Erzähl mir alles.«

Alles? Mit einer Hand greife ich wieder nach dem Foto, mit der anderen halte ich ihre kalte Hand weiter fest. Ich zögere, als müsse ich erst darüber nachdenken, als wäre ich mir nicht sicher, als wäre all das ein ungelöstes Rätsel. Dabei weiß ich es nur zu gut, zu oft habe ich schon darüber nachgedacht, zu oft habe ich den Tag immer und immer wieder in meinen Gedanken durchgespielt. Den Tag, an dem all das, dieses ganze verflixte halbe Jahr, begann.

»Genau genommen fing das alles damals am Herbstfest an.«

Kapitel 1

Zweiundzwanzigster September

Es ist schon lange dunkel, als wir zu dritt am Fluss, bei dem das alljährige Herbstfest stattfindet, ankommen. Für Ende September und ohne Sonne ist es noch immer warm genug, um bloß im Pulli oder leichter Jacke rumzulaufen. Als wir in Romys silbernem Klapperkasten auf dem Feld vor dem Fluss einbiegen, ergattern wir gerade so noch den letzten Parkplatz, der so klein ist, dass wirklich nur Romys Mini reinpasst. Sobald wir aussteigen, schallt uns laute Musik entgegen und das vorfreudige Bauchkribbeln setzt ein. Ich liebe dieses Fest mehr als alles andere, schon allein aus dem Grund, dass es meine Lieblingsjahreszeit einläutet. Die Menschenmengen tummeln sich um die gestreiften Buden mit den bunten Lichtern und der Geruch von Zimt, Punsch und frischem Gebäck lockt uns zu sich. Mein Blick fällt beinahe sofort auf das angeleuchtete Riesenrad, das am anderen Ende des Festgeländes steht und seine Runden dreht. Erst ganz am Ende des Abends, wenn das Rad seine letzte Fahrt macht, werden wir mitfahren. Das ist eine unserer seltsamen Traditionen. Charlie greift nach meiner Hand, drückt sie fest und grinst mich, von einem Ohr zum anderen, breit an. »Ich liebe es hier«, sagt sie so leise, dass nur wir sie verstehen können. Während Romy und ich uns bei dem Punschstand anstellen, kauft sich Charlie ihre über alles geliebte riesige Zimt-Zuckerwatte. Seitdem sie vor drei Jahren nach Harpers Ferry gezogen war, schaffte sie es jedes Jahr aufs Neue, so viel von dem süßen Zeug zu essen, dass sie sich beinahe übergeben muss. Untergehakt schlendern wir drei gemeinsam über das Fest, bis wir an den Heuballen ankommen, die inoffiziell als Treffpunkt für alle Jugendlichen dienen. Auch das ist so eine Sache, die einfach jedes Jahr schon so ist. Der Treffpunkt liegt ein Stück hinter den Buden, nahe am Fluss, und ist dadurch abgeschirmt von dem Trubel auf dem Fest. Hier kommt nie einer der Erwachsenen hin, obwohl sie wissen, dass wir hier heimlich Alkohol trinken, schließlich sind die meisten von ihnen selbst in ihrer Jugend hierhergekommen. Kaum sind wir in Sichtweite, löst sich eine große Gestalt aus einem der Grüppchen und kommt auf uns zu.

»Na endlich, Romy!« Luc torkelt uns entgegen und legt sogleich einen Arm um ihre Schulter. »Wo wart ihr so lange?«, fragt er und zieht dabei eine Schnute.

»Das Beste kommt stets zum Schluss«, beantwortet Romy die Frage schlicht, windet sich aus seinem Arm hervor und nimmt einen kräftigen Schluck von ihrem Punsch. Charlie und ich werfen uns ein kurzes Grinsen zu. Wieder zieht Luc einen Schmollmund, wendet sich von Romy ab und umarmt uns zur Begrüßung. »Wollt ihr'n Bier?«, fragt er und hickst.

»Nein, aber ich komme mit.« Charlie zieht Luc mit zu den Getränken, wobei er versucht, in ihre Zuckerwattewolke zu beißen, sie aber knapp verfehlt.

»Sei nett zu ihm.« Ich knuffe sie in den Oberarm, als sie das Gesicht verzieht.

»Ich *bin* nett zu ihm, aber er ist immer so anhänglich, wenn er betrunken ist.«

»Er mag dich eben.« Schulterzuckend ziehe ich sie mit zu den Heuballen, wo sie sich auf einen fallen lässt. Ich nehme einen Schluck von meinem Punsch und spüre die Wärme wohlig in meinem Bauch.

»Hi, da bist du ja!« Ella schiebt sich an mir vorbei und umarmt Romy. Zur Begrüßung lächelt sie mich unsicher und schmal an. Ich tue es ihr gleich, denn obwohl wir uns von der Schule flüchtig aus verschiedenen Kursen her kennen, haben wir nur wenig miteinander zu tun. Romy dagegen versteht sich gut mit ihr, seitdem Ella sie mal vor allen anderen vor Keith, Romys damaligen Freund, verteidigt hatte. Sie setzt sich neben Romy und verwickelt sie sofort in ein Gespräch über diesen Kinofilm, den sie letzte Woche gemeinsam sahen.

»Ich geh mal zu Charlie rüber«, informiere ich sie, da ich mir plötzlich wie das fünfte Rad am Wagen vorkomme. Romy winkt mir kurz zu, bevor ich mich von ihnen abwende. Charlie steht noch immer mit Luc am Getränkestand, bei dem ich mein Glas Punsch noch einmal auffüllen lasse.

»Wie geht's dir, Sue?«, fragt mich Luc, während er sich an einem der Heuballen abstützt, um aufrecht stehen zu können. Seine Wangen sind durch den Alkohol so gerötet, dass sie beinahe genauso hell leuchten wie die bunten Lichterketten an den Ständen.

»Ganz gut und dir?« Schmunzelnd sehe ich zu ihm auf,

wobei ich in meinen Punsch puste, um mir meine Zunge nicht zu verbrennen.

»Gut, gut«, sagt er und beugt sich weiter zu mir runter, damit ich seine leisen Worte verstehe. »Sag mal, das mit Romy und Keith ... das is' vorbei, oder?«

Ich nicke und mein Schmunzeln breitet sich zu einem echten Grinsen aus.

»Cool ... cool.« Seine gläsernen Augen richten sich auf Romy, wobei sein Blick ganz abwesend wird.

»Schlag dir das aus dem Kopf«, rate ich ihm. Ein bisschen bedauere ich, dass Romy so gar kein Interesse an Luc zeigt. Er ist eben ein bisschen speziell, aber auf diese herzerwärmende Art. Seufzend lässt er sich wieder gegen den Heuballen fallen, fasst sich mit der freien Hand ans Herz und kippt sein Bier auf ex in sich hinein. »Wart's ab«, sagt er mit einem frechen Grinsen auf den Lippen, bevor er nach einem weiteren Bier neben mir greift, das er und ein paar der anderen mitgebracht hatten.

»Oh Mann, ich glaube, dass wird heute Abend noch witzig werden.« Charlie kichert in mein Ohr und ich nicke ihr zustimmend zu.

Nach einem weiteren Punsch spüre ich die angenehme Wärme nicht nur in meinen Gliedern, sondern auch langsam in meinem Kopf. Als sich Luc nach einer Weile zu einer anderen Gruppe, näher bei Romy, gesellt hat, stößt Romy wieder zu uns.

»Er kann es nicht lassen«, stöhnt sie genervt auf, aber trotzdem sehe ich ein klitzekleines Zucken um ihre Mundwinkel. Ich lege einen Arm um sie und ziehe sie zu uns heran.

»Zu blöd, dass ich heute hierhin gefahren bin«, murmelt sie, als ihr Blick auf meinen Becher fällt.

»Trink ruhig, ich kann fahren.« Charlie deutet auf das Wasser in ihrer Hand und sofort bekommt Romy wieder bessere Laune.

»Hast du ein Glück, dass du noch keinen Führerschein hast und wir bereit sind, dich überall hinzukutschieren«, bemerkt sie mit einem Blick auf mich. Ich grinse und drücke ihr einen Kuss auf die Wange. »Dafür versorge ich dich jeden Morgen mit Kaffee.« Sie rümpft die Nase. »Den muss ich mir aber auch jedes Mal mit dir teilen.« Ich strecke ihr die Zunge raus, da ich weiß, wie gern wir beide an diesen kleinen Traditionen zwischen uns festhalten.

»Wollen wir uns wieder zu den anderen setzen?« Charlie deutet auf den freien Platz bei den Heuballen und schaut fragend in die Runde.

»Ich komm gleich nach«, sage ich, als ich bei einem Grüppchen Lina entdecke. Ein Mädchen, mit dem ich meine Leistungskurse habe und mit dem die anderen kaum was zu tun haben. Lina umarmt mich, stellt mir ihren Cousin vor, der über das Wochenende zu Besuch kam, und gemeinsam plaudern wir über unser Projekt, das wir bald einreichen müssen. Denn Lina und ich teilen nicht nur unsere Kurse miteinander, sondern auch die Vorliebe für die Naturwissenschaften.

Der Punsch bahnt sich angenehm seinen süßen Weg durch meinen Kopf, und ich versuche nicht, an die Schmerzen zu denken, die meinen Kopf morgen zertrümmern werden, als ich wieder zu meinen beiden Freundinnen gehen will. In meinem leicht angetrunkenen, übermütigen Zustand hopse ich über die

Spannseile des kleinen Zeltes neben mir. Darauf bedacht, in der zunehmenden Dunkelheit keine Bekanntschaft mit dem Boden zu machen. Genau in dem Moment, in dem ich über eins der Spannseile springe, prallt jemand gegen mich. Während ich die Balance gerade so halten kann, strecke ich automatisch meine Arme nach vorne, um denjenigen, der da gerade gegen mich stolpert, abzufangen.

»Fuck. Entschuldigung«, murmelt er, während er mit meiner Hilfe ebenfalls seine Balance wiederfindet. »Warum zum Teufel beleuchtet man diese Dinger nicht«, flucht er weiter und dreht sich nach den Spannseilen um.

Mit hochgezogenen Brauen sehe ich ihn an, als sein Blick schließlich auf mir landet. »Tut mir leid. Ich habe weder dich noch diese Seile hier gesehen«, entschuldigt er sich abermals.

Ich nicke. »Alles o.k.«, sage ich schließlich und zucke mit den Schultern. »Die Idee mit der Beleuchtung wäre wohl nicht schlecht.«

Ich mustere ihn in der Erwartung, dass ich ihn bestimmt von einem meiner Kurse kenne, doch sein Gesicht sagt mir gar nichts. Stirnrunzelnd sehe ich ihn genauer an, was er mit einem verwirrten Lächeln erwidert. Er ist locker einen halben Kopf größer als ich, hat tiefschwarze Locken und ebenmäßige Gesichtszüge. Und ich hatte ihn tatsächlich noch nie in der Schule oder sonst wo gesehen, was in unserer Kleinstadt ungewöhnlich ist. Das Herbstfest war nahezu die einzige Veranstaltung, die wirklich Besucher in dieses kleine Nest locken konnte.

»Hab ich dir wehgetan?«, fragt er plötzlich, als wäre ihm just in dem Moment eingefallen, dass es höflich wäre, sich danach zu erkundigen.

»Mir geht's gut«, antworte ich schlicht. »Und dir?«, schiebe ich hinterher und deute auf seinen Fuß, mit dem er über das Spannseil gestolpert ist.

»Bin nur umgeknickt, aber alles super«, sagt er und bewegt ihn probeweiser einmal hin und her.

Mein Blick folgt seiner Bewegung. »Super«, kommentiere ich seine Demonstration. Unschlüssig stehen wir uns gegenüber, wobei sein Lächeln zu einem Grinsen wird, bis sich in seiner linken Wange ein kleines Grübchen bildet. Einen Moment sieht er mich noch belustigt an, dann streckt er mir seine Hand hin. »Nate.«

Die Bewegung kommt so plötzlich, dass ich ihm reflexartig ebenfalls meine rechte Hand entgegenstrecke, nur dass sich darin bereits mein Becher mit dem Punsch befindet. Das warme Getränk schwappt über mein Handgelenk, als ich sie genauso schnell wieder zurückziehe, um ihm völlig überrumpelt meine linke Hand zu reichen. Ich spüre, wie meine Wangen rot werden, schüttele jedoch seine Hand, als wäre es das Normalste der Welt.

»Sue«, sage ich fest und blicke ihm in die dunklen Augen.

»Sue«, wiederholt er meinen Namen langsam, als würde er ihn austesten wollen, als würde er darüber nachdenken, ob ihm mein Name etwas sagt. Einen Moment sehen wir uns noch an, ehe seine Mundwinkel sich wieder zu diesem schiefen Grinsen verziehen und ich beschließe, dass ich hier schon viel zu lange herumstehe.

»Also dann, *Nate*.« Ich spreche seinen Namen genauso testend aus wie er zuvor meinen. »Ich wollte gerade da rübergehen. Bis dann also.« Ich deute hinter ihm auf die kleine Gruppe, ziehe meine Hand wieder zurück und gehe an ihm vorbei, bevor er etwas erwidern kann. Kurz bevor ich bei Romy und Charlie ankomme, drehe ich mich noch mal zu ihm um, aber zwischen den Spannseilen steht niemand mehr. Keiner von ihnen hatte etwas mitbekommen, und so setze ich mich zwischen Luc und Romy, die direkt die Gelegenheit nutzt, um ein bisschen zur Seite zu rutschen, um mir Platz zu machen. Luc ist so blau, dass er nur wieder eine seiner Schnuten zieht, sich aber nicht weiter darüber beklagt, bevor er mich mit einem breiten Grinsen willkommen heißt. »Ich hab' nachgedacht«, nuschelt er, wobei er fast vom Heuballen fällt. »Wenn das Riesenrad sich aus seiner Verankerung löst, würde es dann nicht einfach wegrollen?«

Stirnrunzelnd betrachte ich ihn, denke einen Moment darüber nach und merke, dass der Alkohol mir tatsächlich zu Kopf gestiegen sein muss, denn ich lasse mich auf diese sinnlose Diskussion mit ihm ein.

Nach dem ich mich mit Luc darauf geeinigt habe, dass das Riesenrad mit Sicherheit einfach weiterrollen würde, wie ein angestupster Hula-Hoop-Reifen, schnappe ich mir Charlie, um mit ihr die Toiletten aufzusuchen. Romy ist so vertieft in ihr Gespräch mit Ella über irgendeine Musikerin, dass sie nicht mitbekommt, wie wir zwei uns kurz entfernten. Es ist mittlerweile so spät, dass alle Eltern mit ihren Kindern schon lange verschwunden sind, wodurch wir uns an den Toiletten zum Glück nicht mehr anstellen müssen. Über dem Waschbecken frische ich den dunkelroten Lippenstift im Spiegel wieder auf, spritze zur Abkühlung ein wenig kaltes Wasser auf meine geröteten Wangen und beobachte Charlie, wie sie an der Wand lehnt und auf ihrem Handy herumtippt.

»Jasmine?« Sie nickt, und dieses ganz bestimmte Grinsen überzieht ihr Gesicht, das seit dem Sommer immer öfters zu sehen ist. Mit einem Schulterzucken, als wäre alles nur halb so interessant, steckt sie ihr Handy wieder in die hintere Hosentasche und hakt sich bei mir unter, als wir wieder auf den Platz treten. Die Nacht kommt mir jetzt kühler vor als zuvor, weshalb ich die Ärmel meines Pullis über meine Hände ziehe und meine Jacke enger um mich schlinge.

»Ist das nicht schön?«, haucht Charlie neben mir in die dunkle Nacht, die nur durch die bunten Lichter und dem Riesenrad unterbrochen wird. Dabei sieht sie so sinnlich-glücklich aus, dass ich nicht weiß, ob sie mit ihren Worten das Fest oder ihren Beziehungsstatus meint. Ich muss lächeln und nicke ihr zustimmend zu. Bevor wir wieder zu den Heuballen gehen, statten wir dem Süßigkeitenstand noch einen Besuch ab. Der Zimtgeruch der riesigen Zuckerwatte, die Charlie neben mir genüsslich verspeist, ist so penetrant, dass ich mir einbilde, dass auch meine roten Gummischlangen danach schmecken. So wie wir hier zwischen den Ständen entlangschlendern, eingehakt und nur umringt von bunten Lichtern und dunkler Nacht, würde ich am liebsten kurz die Zeit anhalten. Mein Bauch kribbelt, und der Punschgeschmack, der noch immer auf meiner Zunge liegt, vermischt sich mit dem süßen Geschmack der Gummischlangen und dem Geruch nach Zimt. Jetzt gerade könnte die Welt aufhören sich zu drehen und es würde mir nicht im Geringsten etwas ausmachen. So könnte es ab sofort einfach bleiben.

Als wir wieder zu den anderen treten, ist Luc verschwunden, nur noch Ella und Romy sitzen auf den Heuballen und winken uns zu. Selbst Ella lächelt mich freundlich an, was wahrscheinlich an dem Alkohol liegt, durch den so ziemlich jeder zu besten Freunden werden kann. Durch mein aufkommendes Glücksgefühl erwidere ich ihr Lächeln und ignoriere die Tatsache, dass wir uns morgen wieder wie Fremde begegnen werden. Jetzt gerade ist einfach alles himmlisch. Breit grinsend lassen wir uns neben die beiden ins Heu fallen, strecken uns aus und sehen in den Himmel. Charlie erzählt mir irgendwas von Jasmine, aber ich höre gar nicht richtig zu, zu sehr bin ich damit beschäftigt, einfach den Moment zu genießen. Nächstes Jahr werden wir das Fest vielleicht gar nicht mehr erleben. Zumindest nicht so, nicht wir drei gemeinsam. Romy wird irgendwo in der Weltgeschichte herumbummeln und Charlie wird das College besuchen, genauso wie ich. Ab nächsten Sommer werde ich an der UCLA studieren, mich über Medizinbücher beugen und über den gleichen Campus wie Pa damals spazieren. Dies ist unser vorerst letztes Herbstfest, bevor sich so vieles ändern wird, wird mir auf einmal bewusst, und das Glücksgefühl flaut in meinem Bauch langsam ab, genauso wie der wärmende Alkohol in meinen Gliedern.

In dem Moment legt sich auch Romy neben mich. »Weißt du eigentlich, was heute für ein Tag ist?«

Ich sehe das diabolische Grinsen auf ihrem Gesicht und weiß

ganz genau, was jetzt kommt. »Oh nein«, warne ich sie, doch sie ignoriert mich einfach.

»Heute ist Freitag und weißt du, was ich mich frage?«

Ich schüttele den Kopf, um sie am Weiterreden zu hindern.

»Nicht schon wieder«, seufze ich und vergrabe mein Gesicht in meinem Pullover.

»Ich frage mich, ob es hier nicht irgendeinen Typen gibt, der dir gefällt. Für ein bisschen Spaß, muss ja nicht gleich was Ernstes sein. Vielleicht Mike aus einem deiner Kurse? Oder einer vom Basketballteam?«, rätselt sie weiter, während ihr Blick über die herumstehenden Leute schweift.

»Bitte verschone mich mit deiner Freitagspredigt, nur dieses eine Mal«, bettele ich mit zusammengekniffenen Augen.

Schon seit Monaten liegt sie mir damit in den Ohren. Jeden Freitag fängt sie diese Diskussion an, und dabei geht es nicht um die Sache selbst, sondern einfach nur darum, mich zu ärgern, weil sie weiß, wie sehr ich es hasse.

»Ach komm schon, Sue! Du sagst immer, du willst Erfahrungen sammeln, aber so sammelst du keine.« Sprachlos sehe ich meine beste Freundin an.

»Das habe ich *ein Mal* gesagt und das ist ewig her. Heute ist das Herbstfest, bitte verschone mich.«

Romy sieht mich nachdenklich an. »Na schön. Aber nur heute.« *Na vielen Dank.* Entschlossen setze ich mich mit einem Ruck wieder auf, um diesem Gespräch auch physisch zu entfliehen, und entschließe mich dazu, diese Nacht einfach nur zu genießen.

»Will noch jemand was trinken?«, frage ich in die kleine

Runde. Romy verneint, und an ihrem geröteten Gesicht sehe ich, dass sie schon genug Alkohol für heute hatte. Ella hält ihren vollen Becher hoch und Charlie knabbert noch immer an ihrer Zuckerwatte.

Allein mache ich mich wieder auf zum Getränkestand. Zum wievielten Mal schon? Ich sehe Luc im Vorbeigehen auf einem der Heuballen liegen und vermute anhand seiner ruhigen Atmung, dass er fest eingeschlafen ist, und muss bei dem Gedanken leise lachen. Immer noch grinsend fülle ich mir die süße dampfende Flüssigkeit in meinen Pappbecher.

»Schmeckt dieses süße Zeug wirklich?«

»Oh ja.« Selig lächelnd blicke ich zu der Gestalt neben mir auf, halte kurz inne, als ich Nate erkenne, und deute fragend auf die Becher neben mir. »Willst du auch?«

Er verzieht das Gesicht bei meiner Frage, wobei mir die schmale Narbe an seiner Augenbraue auffällt.

»Ich bleibe lieber bei Bier«, erwidert er, beugt sich auf einmal vor und greift an mir vorbei nach einer der braunen Flaschen. Angesichts seiner plötzlichen Bewegung und Nähe halte ich einen Moment überrascht den Atem an. Unbekümmert lehnt er sich wieder zurück, öffnet die Bierflasche, während ich ihn noch immer ansehe.

»Besuchst du hier jemanden?«, platzt mir die Frage heraus, ehe ich meine Neugierde zusammen mit dem Punsch runterschlucken kann. »Ich frage nur, weil es selten ist, wenn man hier mal ein fremdes Gesicht sieht«, erkläre ich ihm achselzuckend, als ich seinen überraschten Gesichtsausdruck sehe.

Seine Augenbrauen ziehen sich zusammen, wobei er mich so

mustert, als hätte ich eine komplizierte Frage gestellt. Stumm sehe ich ihn weiter erwartungsvoll an, wodurch ihm wahrscheinlich bewusst wird, dass ich die Frage tatsächlich ernst meine. Zuerst presst er seine Lippen zusammen, um ein weiteres Grinsen zu unterdrücken, doch als er zum Sprechen ansetzen will, wird er unterbrochen. Ein Arm legt sich um seine breiten Schultern und Piet taucht neben ihm auf.

»Hey, Sue«, begrüßt mich Piet mit seinem schiefen Lächeln und nickt mir zu.

»Hi«, sage ich nur und nippe weiter an meinem Getränk.

Piet ist schlaksig, gefühlt doppelt so groß wie ich und seine hellen Augen leuchten in der Dunkelheit. Ich kenne ihn nur flüchtig aus einem einzigen Kurs, den wir gemeinsam belegen, auch wenn mir gerade nicht einfallen will, welchen. Aber auch ohne diesen Kurs würde ich genau wissen, wer er ist. Jeder kennt ihn einfach.

»Wie geht's dir? Bist du schon auf dem Riesenrad gewesen?«, fragt er, wobei er Nate das Bier aus der Hand stiehlt, um selbst einen Schluck zu trinken.

»Nein, noch nicht, aber wir gehen gleich noch.«

Ich muss grinsen, als Nate fassungslos zu Piet schaut. Sorgsam trete ich dieses Mal einen Schritt zurück, um ihm Platz zu machen, damit er sich eine neue Flasche nehmen kann. Doch Nate schüttelt nur den Kopf, wobei seine Locken ihm in die Stirn fallen, und reibt seine Hände wärmend aneinander. Er sieht gut aus, denke ich in dem Moment, in dem sich unsere Blicke treffen.

Piet sieht zwischen mir und seinem Freund hin und her.

»Ach sorry«, hebt er an und klopft Nate dabei auf die Schulter. »Also das ist –«, will er seine Vorstellung weiterführen, als Nate ihm zuvorkommt.

»Wir kennen uns schon«, sagt er schlicht, während seine Augen noch immer auf mir ruhen.

Wieder spüre ich meine Wangen rot werden, räuspere mich, um was auch immer zu sagen, doch bevor ich den Mund aufmachen kann, stößt Charlie zu uns und zieht mich am Arm fort.

»Es wird Zeit, zum Riesenrad zu gehen«, informiert sie mich mit einem Blick auf ihre Uhr. »Los, Sue, am Ende verpassen wir noch die letzte Fahrt!«

Ich lächle sie breit an.

»Bis dann«, sage ich zu den zwei Jungs und lasse mich lachend von Charlie wegziehen, die schon ganz hibbelig vor Freude ist. Romy sieht uns winken und kommt ebenfalls zu uns geschlendert. Eingehakt schlendern wir nebeneinander an den Buden vorbei Richtung Riesenrad.

Gemeinsam setzen wir uns in eine der kleinen Gondeln und fahren hinauf zum höchsten Punkt. Ich muss daran denken, wie Gran immer sagt, dass Pa sich stets weigerte, mit uns hier hochzufahren. Ein Militärarzt, der inmitten von Krisengebieten verletzte Soldaten und Zivilisten verarztete, aber Angst vor einem Riesenrad hatte. Ein Beweis dafür, wie verwirrend und widersprüchlich Ängste sein können. Ich schüttele leicht den Kopf, um die Gedanken daran wieder loszuwerden, rutsche in meinem Sitz ein Stück runter und lege meinen Kopf in den Nacken. Ich spüre, wie Romy und Charlie ihr Gewicht verlagern, sich an mich schmiegen und ebenfalls den Kopf in den

Nacken legen. Keiner von uns spricht, sondern wir alle hängen in diesem Augenblick nur unseren eigenen Gedanken hinterher. Ich atme die kühle Nachtluft ein und wünsche mir, dass diese Riesenradfahrt viel länger dauern würde.

Erst als immer mehr Buden ihre Lichter ausschalten und nur noch die paar wenigen bunten Laternen am Feldrand Licht spenden, gehen wir zusammen über den Platz, zurück zu Romys Auto.

Ella winkt uns zu sich, auf der Ladenfläche eines dunklen Jeeps sitzend, umringt von den letzten Jugendlichen, die auch noch nicht gehen wollen. Romy und Charlie setzen sich auf die letzten beiden Plätze auf der Ladefläche. Ich lehne mich an die Seite des Autos, um mich unauffällig von dem Grüppchen zurückzuziehen, zu müde, um mich noch groß zu unterhalten. Langsam lasse ich meinen Blick durch die Runde schweifen, bis er bei Nate hängen bleibt, der neben Piet steht. Direkt vor mir. Das erste Mal an diesem Abend nehme ich mir wirklich Zeit, ihn unbemerkt anzusehen. Seine kurzgeschnittenen dunklen Locken sind vom zunehmenden Wind zerzaust, sein Kinn ist kantig und seine hohen Wangenknochen von der Kälte leicht gerötet.

Als hätte er meinen Blick gespürt, richten sich seine Augen auf mich. Hitze steigt in meine Wangen, doch durch den plötzlichen Mut, den der Alkohol mit sich bringt, wende ich meinen Blick nicht sofort ab. Meine Augen wandern zu seinen Lippen und unwillkürlich zieht sich alles in meinem Bauch zusammen. Nur ein kleines Stück dreht er sich mir zu und schon fühle ich mich von den anderen abgeschirmt.

»Sue.«

»Nate«, sage ich, bemüht darum, dass meine Stimme genauso gelassen und ruhig klingt wie seine.

Er steht direkt vor mir und bei seinem Anblick muss ich an Romys abgebrochene Freitagspredigt denken. *Ein guter Zeitpunkt, um Spaß zu haben.*

Und obwohl ich eigentlich die Letzte bin, die sich so was trauen würde, stelle ich mich auf die Zehenspitzen, lege ihm meine Hand in den Nacken und presse meine Lippen auf seine. Sei es wegen dem Alkohol, der Freitagspredigt, meinem beschwingenden Glücksgefühl, der Tatsache, dass das hier womöglich mein vorerst letztes Herbstfest sein wird oder der bloßen Annahme, dass ich ihn nach diesem Wochenende eh nie wiedersehen werde, küsse ich, Sue Walsh, tatsächlich einen komplett Fremden. Eine einzige Sekunde überkommt mich die Angst, er könne mich zurückstoßen, mich für viel zu unattraktiv halten oder womöglich eine Freundin haben und ich mich völlig blamieren. Panisch will ich mich zurückziehen, mich entschuldigen und einfach nur flüchten, als er seine Überraschung überwindet, seine Hände an meine Hüften legt und den Kuss erwidert, sodass mir buchstäblich die Luft wegbleibt.

Kapitel 2

Erster Herbsttag

Ich weiß schon, bevor ich die Augen aufmache, dass ich sie lieber geschlossen halten sollte. Mein Schädel dröhnt, als würden die Bässe von letzter Nacht noch immer in meinen Ohren wummern, und das frühe Morgenlicht ist viel zu grell, selbst wenn ich meine Augen geschlossen halte. Stöhnend grabe ich mein Gesicht in die zahllosen Kissen, ziehe meine Bettdecke über den Kopf und wünsche mir, nichts von diesem Punsch je angerührt zu haben. Und als mir dann auch noch ein Bild von schiefergrauen Augen ins Gedächtnis kommt, ist keine Bettdecke dick genug, um mich annähernd so weit darunter zu begraben, wie ich es jetzt gerade gerne tun würde. *Ein guter Zeitpunkt, um Spaß zu haben.* Am liebsten würde ich Romy für ihre dämlichen Freitagspredigten umbringen und mich gleich mit, weil ich ihre Idee gestern Nacht nach fünf Punsch auch noch für gut befunden habe. Jetzt werde ich definitiv nicht mehr einschlafen können. Quälend langsam rolle ich mich auf den Rücken und starre an die weiße Zimmerdecke, bis mir das Glas auf meinem Nachttisch auffällt. Gott, ich liebe Gran. Gierig trinke ich das Wasser mit Aspirin, lasse mich dann wieder rückwärts in meine Kissen fallen und starre abermals an meine Zimmerdecke. Ist das gestern Abend wirklich passiert? Bei dem Gedanken ziehe ich mir wieder die Bettdecke über den Kopf und gebe einen kläglichen Laut von mir. Sonst hatte ich mich so was doch auch nicht getraut, warum musste ich das gestern tun? Ich atme tief durch und schiebe jegliche Peinlichkeiten von mir. Seufzend greife ich nach meinem Handy neben mir. Keine neuen Nachrichten. Romy und Charlie werden noch schlafen, was ich eigentlich auch besser tun sollte, aber jetzt, da ich einmal wach bin, ist bei den Kopfschmerzen an Schlaf nicht mehr zu denken. Heute wird einer dieser Tag, an denen ich einfach nur im Bett bleibe, esse und einen Film nach dem anderen schaue.

Der Geruch von frischem herben Kaffee dringt in meine Nase. Kaffee! In Jogginghose und Schlabberpulli schleppe ich mich nach unten in die Küche, lasse mich auf einen der Hocker vor dem Tresen fallen und lege den Kopf auf meine Arme.

»Guten Morgen.« Fröhlich summend kommt Gran in die Küche und auch ohne aufzusehen weiß ich, dass sie bei meinem erbärmlichen Anblick grinsen muss.

»Morgen«, grummele ich in meine Arme hinein und strecke eine Hand nach vorne.

Kichernd drückt sie mir eine warme Tasse in die Hand. Dankbar sehe ich sie an, schnuppere an dem Kaffee mit viel Milch und puste in meine Tasse. Bei dem Geruch werden meine Kopfschmerzen gleich besser.

»Einen schönen Abend gehabt?«, fragt Gran, während sie sich hinter mich an den Esstisch setzt und ihre Zeitung aufschlägt. Ich drehe mich auf dem Hocker zu ihr um, lehne mich an die Kante des Tresens und nicke.

»Ich glaube, Charlie hat drei Zuckerwatte-Wolken verdrückt.«

»Eine mehr als letztes Jahr.« Beeindruckt sieht sie von ihrer Zeitung auf und mustert mich dann von Kopf bis Fuß.

»Und du?«

Ich spüre wieder die Hitze in meinen Wangen und stehe auf, schaue in den Kühlschrank, damit sie mein Gesicht nicht sehen kann.

»Die meiste Zeit waren wir bei den Heuballen und am Ende waren wir wieder zu dritt auf dem Riesenrad. Eigentlich alles wie immer.« Ich zucke mit den Schultern und fixiere den Inhalt des Kühlschranks vor mir. »Hatten wir gestern nicht noch Orangensaft?« Stirnrunzelnd drehe ich mich um.

Grans Blick liegt noch immer auf mir, und auch wenn sie nichts sagt, weiß ich, dass sie vermutet, dass ich irgendwas nicht erzählen will. Aber sie fragt nicht nach, sondern widmet sich mit einem kleinen Schmunzeln wieder ihrer Zeitung und trinkt den letzten Schluck Orangensaft aus ihrem Glas.

»Tut mir leid, ich konnte nicht widerstehen«, sagt sie mit dem Blick auf das nun leere Glas.

Ich verziehe mein Gesicht. Orangensaft wäre jetzt klasse gewesen.

Während Gran weiter in der Zeitung vor sich blättert, summt sie leise vor sich hin. Einen Moment bleibe ich hinter ihr stehen, um ihr zuzuhören.

»*Clair de Lune* von Claude Debussy?«, rate ich und sehe triumphierend, dass Gran langsam nickt.

»Du hast zwar keine Musik in den Fingerspitzen, aber im Gehör bist du beinahe unschlagbar.«

Seitdem ich denken kann, spielen wir dieses Spiel: Meine Gran summt oder spielt mir etwas auf dem Klavier vor und ich errate das Lied. Damals war sie noch professionelle Pianistin, hatte Auftritte, zu denen sie mich manchmal mitnahm, oder komponierte eigene Stücke. Nachdem Pa gestorben war, unterrichtete sie am örtlichen College, doch mittlerweile hat sie auch damit aufgehört. Ich hatte sie lange nicht mehr spielen gehört, nur noch das Summen ist von ihrer Musik geblieben. Irgendwann hatte ich sie einmal nach dem Grund gefragt, doch als Antwort nur ein trauriges Lächeln bekommen. Ich vermute, dass es mit Pa zu tun hat, habe sie aber nie danach gefragt. Sie hatte ihre Gründe damals gehabt, vielleicht würde sie mich irgendwann daran teilhaben lassen.

Ohne etwas aus dem Kühlschrank zu nehmen, schließe ich die Tür wieder, nehme mir meine Kaffeetasse von der Anrichte und schleppe mich die Treppen hinauf in mein Bett.

»Ich muss noch mal schlafen«, rufe ich ihr zu, doch Gran ist wieder so vertieft in ihre Zeitung vor sich, dass sie mich gar nicht mehr hört.

Der Samstag zieht sich wie Kaugummi in die Länge, bis Romy am späten Nachmittag vor meiner Tür steht.

»Tut dein Kopf auch so weh?« Stöhnend lässt sie sich auf mein Bett plumpsen, greift nach der Bettdecke und zieht sie mir fast komplett weg.

»Nicht mehr.« Ich rolle mich auf die Seite zu ihr um und sehe die dunklen Augenringe, die sich bestimmt auch unter meinen Augen abzeichnen.

»Bis Weihnachten habe ich erst mal genug von Punsch«,

murrt sie und blickt sich in meinem Zimmer um. Bei dem Gedanken an den Wein verziehe ich das Gesicht und hab sogleich das Gefühl, den süßlichen Geschmack wieder auf der Zunge zu haben.

»Wonach suchst du?«, frage ich sie stirnrunzelnd, als sie weiterhin ihren Blick durch mein Zimmer schweifen lässt, das ihr nur allzu bekannt ist.

»Hast du denn keinen Kalender hier irgendwo hängen?« Verwirrt sehe ich sie mit zusammengezogenen Brauen skeptisch an. »Nein, wozu?«

Seufzend lässt sie sich enttäuscht zurück in die Kissen sinken. »Ich wollte dir den zweiundzwanzigsten September rot im Kalender markieren.«

»Warum?«, misstrauisch rücke ich ein Stück von ihr ab, als ich ihr stolzes Grinsen sehe. Oh nein.

»Ach, es war nur das erste Mal, dass du auf eine meiner Freitagspredigten gehört hast. So was muss doch für die Nachwelt festgehalten werden.« Ihr triumphierendes Grinsen wird so breit, als hätte sie höchstpersönlich die Menschenrechte etabliert.

»Ha-ha.« Genervt drehe ich mich von ihr weg. »Halt bloß die Klappe«, warne ich sie vor, kann mir ein Lächeln aber selbst kaum verkneifen. Rücksichtslos schmeißt sie sich lachend auf mich.

»Mann, Sue, ich dachte, ich kipp um, als ich dich mit ihm gesehen habe. Verdammt, wie kam es dazu?«

Meine Wangen werden heiß. »Können wir das bitte einfach ignorieren.«

Lachend lässt sie sich wieder hinter mich fallen. »Das war vorerst unser letztes gemeinsames Herbstfest, oder?« Ihre Stimme ist gedämpft von der Decke, die sie sich bis zur Nasenspitze hochgezogen hat. Mit geschlossenen Augen nicke ich.

»Wer weiß, wo wir nächstes Jahr um diese Zeit sind.«

»Ich werde irgendwo in Paris in irgendeinem Straßencafé sitzen und irgendwen unter meiner viel zu großen Sonnenbrille anschmachten.« Grinsend stößt sie mir einen ihrer Ellbogen in die Seite, um die bedrückende Stimmung wieder aufzuheben. Jetzt ist noch nicht der Moment gekommen, um sich über das nächste Jahr Gedanken zu machen. »Und du wirst am College sein, Medizin studieren, eine kleine Katze namens Brezel haben und irgendwas Wichtiges leisten. Wer weiß das schon.«

Ich muss lachen bei der Vorstellung, die sich wohl schon bildlich in ihrem Kopf verankert hat. »Und Charlie?«

»Charlie ist die pure Freiheit, sie wird so glücklich sein, dass wir wie ausgesetzte und begossene Pudel aussehen, und sie wird in einem großen Haus wohnen mit einem Atelier, das voll mit ihrer Kunst ist.« Schmunzelnd kuschele ich mich an sie. So könnte unsere Zukunft gerne aussehen.

Den ganzen Sonntag verbringe ich lesend auf der Couch, während Gran neben mir das Kreuzworträtsel in der Zeitung löst und sich am Nachmittag verabschiedet, um sich wie jeden Sonntag mit ihren Freundinnen zum Kaffee trinken zu treffen.

Am Montagmorgen steht Romy mit ihrem Auto beinahe pünktlich vor dem Haus, den alltäglichen Kaffeebecher stelle ich in den Halter zwischen den Sitzen. Mühsam bringen wir die erste Stunde Englisch hinter uns, bevor ich zu den Bioräumen abbiege, um dort auf eine abgehetzte Charlie zu treffen.

»Ich habe komplett verschlafen«, gähnt sie und sieht mich aus halb geschlossenen Augen aus an. »Ich glaube, ich brauche einen lauteren Wecker.«

Mit hochgezogenen Brauen sehe ich sie amüsiert an, verkneife mir aber den Kommentar, dass kein Wecker dieser Welt sie am Verschlafen hindern könnte. Wortlos reiche ich ihr meinen Kaffee und ziehe sie hinter mir in den Klassenraum.

»Wie weit bist du schon mit deiner Projektarbeit?«, fragt Charlie, als wir uns auf unsere Plätze in der hintersten Reihe ans Fenster setzen.

»Mir fehlen noch zwei Seiten. Und du?« Seufzend ziehe ich meine Unterlagen aus der Tasche und gehe im Kopf die ganzen Informationen durch, die ich noch irgendwie in meine Arbeit quetschen muss. Und das bis Ende der Woche.

Als ich mich wieder zu Charlie umwende, die sich über ihr Thema und den Mindestumfang beklagt, bleibt mir der Mund offen stehen. *Oh Scheiße.*

Direkt hinter Piet tritt noch ein weiterer Junge in den Raum, den schwarzen Rucksack über die eine Schulter gehängt, die kurzen Locken in allen Richtungen abstehend und über irgendwas lachend.

»Das ist doch …«, flüstert Charlie neben mir, die meinem starren Blick gefolgt ist, »… der Typ vom Herbst –«

»Ja«, unterbreche ich sie, um zu vermeiden, dass sie es überhaupt ausspricht. Noch hat er mich nicht bemerkt, und genau das ist der Zeitpunkt, in dem ich beschließe, cool zu sein. Ich

atme tief durch, denn ich spüre die Hitze in meinen Kopf steigen, und habe das unangenehme Gefühl, bei etwas Verbotenem ertappt worden zu sein. Ich rutsche ein Stück in meinem Stuhl herunter, wende meinen Blick von Nate ab und sehe Charlie an.
»Also, was ist jetzt mit deiner Projektarbeit?«

Mit offenem Mund starrt sie mich an, nicht sicher, wie sie meine Reaktion einordnen soll. Dann wandert ihr Blick wieder zu Nate, der sich drei Reihen vor uns neben Piet niedergelassen hat.

»Aber – also, ich wollte dich das sowieso schon die ganze Zeit fragen, aber warten, bis wir uns persönlich sehen: Freitagabend? Ich meine, wie kam es dazu?«, ignoriert sie meine Ablenkung.

Ich mache den Mund auf, um irgendwas zu erwidern, aber klappe ihn gleich darauf wieder zu, als genau in diesem Moment unser Biolehrer den Raum betritt und ich Charlie die Antwort vorerst schuldig bleibe. Sie wirft mir einen neugierigen Blick zu, der deutlich macht, dass ich so schnell keineswegs davonkommen werde. Die ganze Stunde sage ich kein Wort und bin ausnahmsweise froh über Charlies mangelndes Interesse an Naturwissenschaften, weil Nate dadurch keinen Grund hat, sich nach hinten zu uns umzudrehen. Am Ende schlüpfen Charlie und ich als Letzte aus dem Biologieraum und laufen in die entgegengesetzte Richtung von Nate davon.

»So, und jetzt bitte mal alles von vorne«, fordert mich Charlie auf, als wir in der Mittagspause, mit einem Kaffee in der Hand, in Romys Auto sitzen.

Dicke Regentropfen prasseln gegen die Fensterscheiben, wodurch der Parkplatz beinahe menschenleer ist. Schulterzuckend nippe ich an meinem Kaffee und sehe meine besten Freundinnen an.

»Ich war betrunken, ziemlich gut drauf, aber auch ein bisschen melancholisch ... na ja, weil es eben unser letztes gemeinsames Herbstfest war, und dann musste ich an deine blöde Freitagspredigt denken«, ich werfe Romy einen kurzen Seitenblick zu, »und kam auf die komische Idee, ihn zu küssen. Ich kann's ehrlich gesagt nicht erklären, aber ist das denn jetzt so wichtig?« Wieder wende ich den Blick auf die Regentropfen, die auf der Außenseite des Fensters herunterrollen. »Nur dachte ich halt, dass er ein Freund von Piet ist oder so und nur zu Besuch da ist. Ich hätte nicht gedacht, dass er auf einmal bei uns in der Schule auftaucht, sonst wäre das alles gar nicht passiert.«

»Ich verstehe gar nicht, warum dir das so unangenehm ist. Im Gegenteil.« Romy nimmt einen kräftigen Schluck von ihrem Kaffee und sieht mich gelassen an. »Klar, irgendwie ist das nicht gerade typisch für dich, aber wir sind in der Highschool, da macht jeder Mal irgendwas Unüberlegtes und probiert sich eben aus.«

Dankbar sehe ich sie an, froh darüber, dass sie keine große Sache daraus macht. Charlie lehnt sich auf der Rückbank zurück und sieht uns beide abwägend an, während sie in ihr Sandwich beißt, kaut und langsam runterschluckt.

»Ja, Romy hat recht. Du solltest das nicht so verkrampft sehen«, sagt sie, ohne dabei wertend zu sein.

»Keine Ahnung. Ich habe mich einfach selbst überrascht«,

erwidere ich ehrlich und blicke zwischen meinen Freundinnen hin und her. Die Tatsache, dass ich genauso überrascht war, dass er meinen Kuss überhaupt *erwidert* hat, gebe ich allerdings nicht zu.

»War er gut? Er sieht aus wie jemand, der gut küssen kann.« Charlie grinst mich an, wobei sie einen weiteren riesigen Bissen von ihrem Sandwich nimmt. Ich zucke mit den Schultern, als könne ich mich gar nicht mehr so recht erinnern. »Ja, ich denke schon«.

»Warte mal, wieso dachtest du, dass er nur zu Besuch da war?«, will Romy auf einmal wissen und sieht mich mit hochgezogener Braue fragend an.

Wieder zucke ich mit meinen Schultern. »Als ich ihn früher an dem Abend einmal gesehen habe, kam Piet zu uns, und es war offensichtlich, dass die zwei befreundet sind. Ich habe Nate hier noch nie gesehen, und dann dachte ich eben, er sei nur zu Besuch«, erkläre ich.

Romy presst ihre Lippen aufeinander, bevor sie den Kopf in den Nacken legt und in schallendes Gelächter ausbricht, bei dem mir mein Herz in die Hose rutscht.

Verwirrt sehe ich zu Charlie, die meinen Blick erwidert und Romy ansieht, als wäre sie vollkommen durchgeknallt.

»Was ist daran so lustig?«, frage ich zögernd, mit einem Male unsicher, ob ich die Antwort darauf überhaupt wissen will. Japsend schnappt Romy nach Luft, bevor sie mich schief grinsend ansieht, als wäre ich diejenige, die ohne Grund wie irre angefangen hat zu lachen.

»Mein Gott, Sue!« Wieder muss sie einen Lachanfall unterdrücken, als sie meinen ratlosen Blick sieht. »Nate Price, sagt dir der Name denn gar nichts?«

Mein Gesicht erstarrt, als mir klar wird, was sie gerade gesagt hat.

»Was?«, frage ich dämlich und dieses Mal rutscht mir mein Herz tatsächlich in die Hose.

»Nate Price, genau wie Ella Price.« Romy presst ihre Lippen aufeinander, als ich die flache Hand gegen meine Stirn schlage.

»Ist er der Bruder oder Cousin von ihr, oder was?«, meldet sich Charlie von hinten zu Wort.

»Nate ist der Bruder von Ella, der vor drei Jahren auf ein Internat in England gegangen ist. Ich habe ihn auch nicht sofort wiedererkannt, aber Ella hat mir erzählt, dass er wieder da ist.« Ihr Blick fällt auf mich. »Ich dachte ehrlich bis eben, dass dir klar war, wer er ist.«

»Offensichtlich nicht«, kommentiert Charlie trocken.

Ich bin so dämlich. Deswegen hat er mich so angeguckt und dachte erst, ich würde meine Frage, woher er kommen würde, nicht ernst meinen.

»Ich habe Ellas Bruder vollkommen vergessen.« Ich hatte nie was mit einem von beiden zutun und kann mich auch nicht mehr wirklich an ihn erinnern.

»Kein Wunder, es ist ja auch schon drei Jahre her, aber an den Namen kann ich mich noch gut erinnern.« Breit grinsend sieht Romy mich an.

»Ob Ellas Bruder oder Piets Freund ist doch Schnuppe. Jedenfalls verschwindet er wohl nicht mehr so schnell.« Charlie kichert und wirft mir einen amüsierten Blick zu.

Den ganzen nächsten Schultag schaffe ich es, von Nate ungesehen durch die Gänge zu gehen und einen gemeinsamen Kurs haben wir an diesem Tag auch nicht. So könnte es jetzt die ganze restliche Woche weiterlaufen, und nächste Woche würde schon Gras über die Sachen gewachsen sein, und ich würde bis dahin mein lästiges Schamgefühl vergraben haben.

Als mir am Mittwochnachmittag, nach der zweiten Stunde, dieser Gedanke kommt, ist es nur natürlich, dass ausgerechnet dieser Wunsch nicht in Erfüllung geht. Seine grauen Augen treffen im Schulflur auf meine, während ich zu meinem Spind schlendere. Fast, aber nur fast, hätte ich mich auf und davon gemacht, als ich merke, wie warm meine Wangen werden. Stattdessen hebe ich meinen Kopf und begegne seinem Blick, als würde ich ihn gar nicht erkennen und mich nicht gerade am liebsten in meinen Spind verkriechen wollen. Warum bin ich eigentlich so verdammt unsicher? Ich hantiere an dem Zahlenschloss meines Spindes herum und ziehe meine Bücher aus der Tasche, als das Unvermeidbare passiert.

»Hey, Sue.« Seine Stimme ist tief und genauso ruhig wie an dem Abend.

»Hallo«, erwidere ich und wende mich ihm zu, während ich weiter in meinem Spind rumkrame, nur um etwas mit meinen Händen zu tun zu haben, die auf einmal viel zu unruhig sind.

»Der ist dir runtergefallen.« Mit der einen Hand reicht er mir einen Zettel. Verdutzt sehe ich darauf und will schon sagen, dass der nicht von mir sein kann, als ich genauer hinsehe und meinen Namen darauf lese.

»Oh, danke.« Zögernd nehme ich ihm meine Klausurenliste

entgegen und starre sie an, als hätte ich sie noch nie in meinem Leben gesehen.

»Wäre schlecht, wenn du die verlieren würdest.« Er lehnt sich an die Spinde neben mir, legt den Kopf schief und betrachtet mich mit zuckendem Mundwinkel.

»Also, Biologie als Schwerpunkt?«, fragt er und deutet auf die Liste.

Ich nicke. »Sieht wohl ganz so aus.«

»Ich belege den gleichen Kurs. Warst du letztes Mal da? Ich habe dich gar nicht gesehen.«

Ich schlucke. »Ja und nein. Also ich war da.«

Sein Blick ruht weiterhin auf mir, doch als ich meinen Mund öffne, nur um diese Stille zu unterbrechen und um zu erklären, dass ich ganz hinten sitze und nicht weiter auffalle, taucht Piet neben uns auf, und ich klappe ihn schnell wieder zu.

»Hi, Sue. Wie geht's dir?« Er nickt mir zu und klopft Nate dabei auf die Schulter. »Wir müssen los. Der Coach wird sauer sein, wenn ich den Arsch seines Lieblingsjungen nicht pünktlich zu seinem ersten Training schaffe.« Grinsend boxt er ihm mit der Hand in die Seite.

»Noch kennt der Coach mich überhaupt nicht«, erwidert Nate lachend und weicht dem nächsten Schlag nach hinten aus.

»Noch nicht, aber das ändert sich, wenn er dich spielen sieht.« Piet winkt mir zu, bevor er sich die Baseballkappe von Nates Kopf schnappt und sie sich falsch herum aufsetzt. »Bis dann, Sue.«

»Bis dann.«

Nate sieht ihm grinsend hinterher, bückt sich nach seiner

Tasche, die ich bis jetzt völlig übersehen habe, und läuft ihm rückwärts hinterher.

»Wir sehen uns morgen in Bio«, ruft er mir zu, bevor er sich nach einem letzten schiefen Lächeln umdreht, Piet im Gang einholt und sich, von einem Klaps auf den Hinterkopf begleitet, seine Baseballkappe zurückstiehlt. Ich starre den beiden hinterher, bis mir klar wird, dass ich zu spät zu meinem nächsten Kurs komme.

Der Biologieraum ist bis auf drei andere Schüler und Charlie, die schon ungeduldig auf ihrem Platz hin und her rutscht, noch vollkommen leer. Mit den Händen in meiner Jackentasche gehe ich im Gang zwischen den Tischen zu ihr und rutsche auf den Platz direkt am Fenster.

Kaum sitze ich, stürzt sich Charlie schon auf mich. »Am Wochenende kommt Jasmine das erste Mal zu Besuch.« Ehe ich etwas erwidern kann, holt Charlie tief Luft, um weiterzureden. »Jedenfalls dachte ich, dass wir was gemeinsam machen könnten. Natürlich nicht die ganze Zeit, schließlich will ich auch allein Zeit mit ihr verbringen, aber was sagst du dazu, wenn wir Samstagabend oder Freitagabend mit Romy zu viert was essen gehen?«

Ich will gerade nicken, sagen, dass das eine gute Idee ist, als ein weiterer Redeschwall mich daran hindert.

»Ich fände es schön, wenn ihr sie endlich auch mal kennenlernt. Ich meine, wie lange erzähle ich euch schon von ihr und ihr kennt sie noch überhaupt nicht. Also, was sagst du dazu?« Erwartungsvoll sieht sie mich an.

»Klar, dass klingt toll. Ich wür-«

»Ihr wollt Freitagabend was unternehmen?«, schaltet sich auf einmal eine andere Stimme ein. Mit offenem Mund sehe ich in die grünen Augen von Piet, der sich rücklings auf dem Stuhl vor uns in der Reihe niedergelassen hat.

»Ja, hast du eine gute Idee?«, antwortet Charlie, ohne zu zögern, und blickt ihn neugierig an.

»Das Basketballteam schmeißt so was wie eine nachträgliche Überraschungs-Schrägstrich-Willkommensparty für Nate.« Verlegen grinsend kratzt er sich am Hinterkopf. »So überraschend ist sie zwar auch nicht mehr, weil es sein kann, dass ich mich ein bisschen verplappert habe, aber jedenfalls seid ihr eingeladen und bringt einfach so viele Leute mit, wie ihr wollt.«

»Klasse! Wir kommen!«, ruft Charlie sofort.

»Super, dann sehen wir uns also Freitagabend.« Piet grinst, steht auf und setzt sich auf seinen eigenen Platz, drei Reihen vor uns.

»Perfekt, dann wäre das auch geklärt.« Charlie klatscht in die Hände und sieht mich zufrieden an. Ich klappe meinen Mund zu. *Dann wäre das auch geklärt.*

Ich lehne mich in meinem Stuhl zurück und sage das, was ich schon die ganze Zeit sagen will.

»Ich freu mich, Jasmine kennenzulernen.«

Charlies Augen leuchten, während sie sich mit einem zufriedenen Seufzer in ihren Stuhl zurückfallen lässt. Mein Blick gleitet zur Tür, die kurz darauf weiter aufgezogen wird und Nate den Raum betritt. Mit langen Schritten steuert er gezielt auf den leeren Stuhl neben Piet zu, währenddessen seine Augen durch den Raum wandern und einen klitzekleinen Moment auf mir verweilen. Seufzend beuge ich mich auf meinem Stuhl vor, um mich auf den Zellenaufbau einer Bakterie zu konzentrieren.

Am Ende der Stunde erinnert uns Mr. Taylor an die Abgabe der Projektarbeiten morgen und droht jedem, der es wagt, seine Arbeit zu spät oder, Gott behüte, überhaupt nicht einzureichen, mit Nachsitzen bis zu den Weihnachtsferien. Schmunzelnd bemerke ich, wie Charlies Gesichtsfarbe bei jedem weiteren Wort von Mr. Taylor langsam immer blasser wird.

»Wie viel fehlt dir denn noch?«, frage ich sie mit hochgezogener Braue.

Fast schon schüchtern dreht sich Charlie zu mir. »Fast alles?« Sie schluckt und beißt sich so fest auf die Lippen, dass sie genauso blass werden wie ihr restliches Gesicht.

»Oh. Ich bin mit meiner fast fertig, dann kann ich dir helfen.« Aufmunternd knuffe ich ihr in die Seite, räume meine Unterlagen in die Tasche und stehe auf. »Kommst du?«, erkundige ich mich, als sie sich noch immer nicht bewegt.

Aber wenigstens sind ihre Wangen nicht mehr ganz so blass wie eben noch.

»Wie viel macht die Arbeit noch mal für die Note aus?«, fragt Charlie, als wir den Klassenraum verlassen.

»Das Projekt ersetzt eine Klausur, also etwa ein Drittel der Gesamtnote«, rufe ich ihr die Worte von Mr. Taylor wieder ins Gedächtnis, worauf ihr Gesicht weiß wie die Wand wird.

»Scheiße.«

Erst als wir auf dem Parkplatz bei ihrem Auto ankommen, ich sie an das Wochenende mit Jasmine und der Party erinnere, normalisiert sich ihre Gesichtsfarbe wieder. Während sie einsteigt und vom Parkplatz fährt, schlendere ich hinüber zu Romys Auto und lehne mich an die Beifahrertür. Ein paar Sonnenstrahlen dringen noch durch die immer dunkler werdenden Wolken, in die ich mein Gesicht halte, während ich auf Romy warte.

Erst als ich ihre Stimme höre, öffne ich meine Augen wieder und blicke ihr entgegen. Zusammen mit Ella und Nate kommt sie über den Platz spaziert. Ich richte mich auf, greife nach dem Griff der Beifahrertür und warte, bis Romy sie entriegelt. Doch meine beste Freundin bleibt bei dem schwarzen Jeep stehen, vertieft in die Unterhaltung mit Ella. Seufzend hole ich Luft, will meine Augen schon wieder schließen, um nicht von der Sonne geblendet zu werden, als meine Aufmerksamkeit auf Nate gelenkt wird. Sein Blick kreuzt den meinen, während er kurz zwei Finger hebt für ein stummes »Hallo«. Stirnrunzelnd erwidere ich die Handbewegung. Auf einmal legt er den Kopf schief, als hätte er dann doch noch etwas an mir bemerkt, und grinst ganz leicht. Ehe ich ihn fragen kann, warum er mich so ansieht, entriegelt Romy die Tür. Wortlos drehe ich mich um, greife nach dem Griff und setze mich auf den Beifahrersitz, ohne noch einmal in seine Richtung zu sehen.

Der ganze Nachmittag und die halbe Nacht gehen für die Fertigstellung meiner Arbeit und dem Projekt von Charlie drauf. Am Abend bin ich samt den Sachen für den nächsten Schultag bei ihr aufgeschlagen, damit sie wenigstens irgendwas, das nicht komplett aus der Nase gezogen ist und der erforderlichen Länge entspricht, abgeben kann.

Am Morgen hetzen wir verschlafen, verspannt und auf Kaffeeentzug durch die Flure zum Lehrerzimmer. Als wir tatsächlich beide unsere fertigen Texte pünktlich eingereicht haben, klopft mir eine viel zu aufgedrehte Charlie auf die Schulter.

»Jetzt verdienst du den allergrößten Kaffee, den du dir nur vorstellen kannst.«

»Den allergrößten Kaffee und ein frisches Croissant mit extra Schokolade«, korrigiere ich sie murrend und lasse mich von ihr zur Cafeteria führen. Ihr plötzlich aufkommender Enthusiasmus, bei dem ich nicht verstehen kann, woher sie diese Energie nimmt, lässt sie unbeschwert durch den Flur schweben. Keine zwei Minuten später sitze ich an einem der schmalen Tische, vor mir ein großer Kaffee mit viel Milch und extra Milchschaum, daneben ein buttriges, noch warmes Croissant.

»Wann wollte Jasmine heute kommen?«, frage ich, nachdem ich den ersten Schluck nehme und mir den Milchschaum genüsslich von den Lippen lecke.

»Wenn sie es schafft, wollte sie mich direkt von der Schule abholen.« Das Lächeln, das jetzt auf ihrem Gesicht erscheint, steckt mich an.

»Dann treffen wir uns bei der Party?« Sie nickt, wobei ihre Augen vor Freude funkeln.

»Hast du schon etwas von der UCLA gehört?«, fragt mich Gran zur Begrüßung, als ich meine Schultasche auf den Boden schmeiße und mich ihr gegenüber auf den Stuhl fallen lasse.

»Nein, noch nicht, aber das kann auch noch dauern.«

Seufzend lege ich meinen Kopf auf den Tisch. Ich bin so erledigt. Schon vor einer kleinen Ewigkeit begann die Bewerbung an der University of California, Los Angeles, und nach Aufnahmeprüfungen und zahllosen Online-Formularen müsste es endlich so weit sein und die UCLA würde Briefe rausschicken. Briefe, die zu Bewerbungsgesprächen einladen würden. Briefe, die alle glücklichen Bewerber ein Stück näher zu ihrem Ziel bringen würden. Und auf so einen Brief hoffe ich.

»Bis Dezember schicken sie die Briefe raus«, sage ich zu Gran und starre vor mir auf den Tisch.

»Es wird sicher bald einer ankommen«, versucht Gran, mich zu beruhigen, und tätschelt meine Schulter.

Ich lächle sie müde an. Zweitausendsechshundertzweiundfünfzig Meilen würden dann zwischen mir und Harpers Ferry liegen. Neununddreißig Stunden Fahrzeit, wenn man so übermütig sein würde und mit dem Auto fahren wollte. Zu Fuß würden es ganze achthundertdreiundfünfzig Stunden sein. Das wären mehr als fünfunddreißig Tage. Ich reibe mir über die Augen und versuche, den Gedanken an die Entfernung wieder loszulassen. Es war viel zu früh, sich darüber Sorgen zu machen. Noch hatte ich nicht einmal eine Einladung zu den Interviews erhalten. Noch war ich hier. Aber die UCLA ist das, was ich will. Ich will sehen, wo Pa all das, was er konnte und in dem er einen Sinn sah, gelernt hatte. Ich weiß noch, wie oft er mir damals von seiner Studienzeit erzählte und von seinen ganzen Freunden, die er dort kennenlernte und wie viel Blödsinn sie währenddessen angestellt haben. Ich will das auch, ich will eine Vorstellung von dem haben, was in seinen Erzählungen vorkam, und ich erhoffe mir all das an diesem Ort ein Stück weit aus Pa's Augen sehen zu können.

Kapitel 3

Neunundzwanzigster September

»Steht mir schwarz oder grün besser?« Abwechselnd hält Romy meine beiden Oberteile vor ihren Körper. Kopfüber hänge ich von meinem Bett und betrachte schon die zehnte Kombination.

»Grün. Passend zu deinen Augen und deinen braunen Locken.«

»Sicher?«

»Todsicher.« Angestrengt drehe ich mich wieder auf den Bauch, stütze meinen Kopf in die Hände und beobachte Romy, wie sie vor meinem Spiegel noch fünfmal hin und her wechselt, bis sie sich endgültig gegen das schwarze Top entscheidet.

»Na gut.« Schulterzuckend, als hätte uns ihre Entscheidungsunfähigkeit keine halbe Stunde gekostet, zieht sie sich mein grünes Oberteil über.

»Sieh mich nicht so an, ich habe meinen Stil eben noch nicht gefunden.«

Ich ziehe eine Augenbraue hoch. »Blödsinn.«

»Kennst du das nicht? Ich weiß gar nicht, wer ich bin, wie soll ich mich da für eine bestimmte Stilrichtung entscheiden? Klassisch oder bunt oder nur ein Farbschema?« Missmutig sieht sie ihr Spiegelbild an.

»Muss man sich denn entscheiden?«, frage ich sie stirnrunzelnd.

»Vielleicht. Ich mich schon. Zumindest manchmal«, bemerkt sie mit einem Blick auf das dunkle Oberteil.

»Ich finde, du siehst toll aus.« Auch wenn es nicht das war, was sie meinte, lächelt mich ihr Spiegelbild an.

»Wollt ihr noch etwas essen?« Gran sieht von ihrem Kreuzworträtsel auf, als wir die Treppe herunterkommen, und zwinkert mir zu.

»Nein danke, Gran Sally.« Romy grinst von einem zum anderen Ohr, tritt hinter Gran und schaut über ihre Schulter.

»Tom Cruise.« Mit dem Finger zeigt sie auf eine der Fragen.

»Hätte ich mir denken können, dass du die Antwort darauf kennst«, witzelt Gran, als sie in Großbuchstaben die Lösung in die Felder einträgt. »Schönen Abend euch zwei«, murmelt sie stirnrunzelnd, als sie bereits über der nächsten Frage rätselt.

Die Musik kommt uns schon einen Block vor Justins Haus, einem der Basketballspieler, entgegengeschallt. Das Haus ist brechend voll und der Bass der Musik bringt meinen eigenen Herzschlag aus dem Gleichgewicht.

»Wollen wir uns erst mal was zu trinken holen?«, ruft mir Romy über die Musik hinweg zu und ich nicke. Gemeinsam drängen wir uns durch die Menge, dorthin, wo wir die Küche vermuten. Kaum haben wir den Raum betreten, stößt sich Luc von der gegenüberliegenden Wand ab und kommt auf uns zu. Ich muss kichern, denn ich kann mir nur zu gut vorstellen, dass Luc die ganze Zeit auf uns gewartet hat. Oder eher auf Romy.

»Soll ich euch was zu trinken machen?« Sein vollkommen klarer Blick liegt dabei vor allem auf Romy, die mich überrascht ansieht. Eine Party, die bereits im vollen Gange ist und auf der Luc noch immer nüchtern ist? Das gab's noch nie.

»Cola reicht mir«, antwortet Romy zögernd, noch immer unsicher, wie sie mit der ungewohnten Situation umgehen soll. Lucs Arm legt sich wie selbstverständlich um ihre Schultern, und als er sie zu den Getränken lenkt, zwinkert er mir über seine Schulter hinweg zu. Lachend folge ich den beiden und lasse mir ebenfalls einen Becher mit Cola in die Hand drücken. Ich sehe mich in der Küche nach bekannten Gesichtern um, erwidere das Lächeln von zwei Mädchen aus meinem Englischkurs, kenne aber ansonsten nur noch drei Typen aus der Basketballmannschaft vom Sehen.

Romy winkt mir hilfesuchend zu, damit ich ihr und Luc in den angrenzenden Raum folge, aus dem die ohrenbetäubende Musik ertönt. Gerade als wir den Raum betreten, erheben sich vier Mädchen von der weißen Couch, auf deren Plätze wir uns jetzt fallen lassen. Keine fünf Minuten später erspähe ich Charlie in dem Getümmel und winke sie zu uns. Ihr folgt ein hübsches Mädchen mit hellblonden Haaren, Sommersprossen und blauen Augen.

»Romy, Sue – Das ist Jasmine!«, stellt sie sie uns vor und würde dabei heute Abend wahrscheinlich den Award für das breiteste Grinsen abräumen können. »Ach, und das ist Luc«, überrascht zeigt sie auf den anderen Blondschopf, der noch immer an Romys Seite sitzt.

Ähnlich breit grinsend hebt er zur Begrüßung eine Hand.

Von einem kurzen Nicken begleitet, winkt Jasmine uns unbeholfen zu. Kurz darauf flüstert sie Charlie etwas ins Ohr und verschwindet in der Menge Richtung der Getränke. Charlie lässt sich neben mich fallen.

»Sie ist ein bisschen schüchtern und holt uns kurz was zu trinken.«

Lächelnd nehme ich einen Schluck von meiner Limo, lehne mich neben sie tiefer in die Couch und werde von Luc in sein Gespräch mit Romy verwickelt.

Irgendwann merke ich, wie Charlie und Jasmine nur noch Augen für sich haben und rutsche ein Stück von ihnen ab. Nach weiteren drei Liedern zieht Luc Romy auf die Beine, um draußen frische Luft zu schnappen. Ich schüttele den Kopf, als sie fragen, ob ich sie begleiten möchte, und ernte dabei einen dankbaren Blick von Luc und dieses Mal ausnahmsweise keinen bittenden Blick von Romy. Ich rücke weiter in die Ecke des Sofas, um noch mehr Platz zwischen mich und die beiden knutschenden Turteltäubchen zu bringen. Als ich den letzten Schluck aus meinem Becher nehme und eigentlich gerade aufstehen will, um zu den beiden Mädels aus meinem Englischkurs zu gehen, spüre ich, wie das Polster neben mir nachgibt. Erst denke ich, dass Romy doch vor Luc geflüchtet ist, doch als ich den Kopf nach links drehe, sehen mich zwei hellgraue Augen an.

»Oh, du bist es«, entschlüpft es mir überrascht. »Und? Ist die Überraschungs-Schrägstrich-Willkommensparty gelungen?« schiebe ich hinterher und mache eine vage Handbewegung, die das ganze Zimmer einschließt.

Nate nippt nickend an seinem Becher, wobei er mich nicht aus den Augen lässt.

»So überraschend war sie nicht wirklich. Piet hat's ausgeplaudert.« Seine Mundwinkel verziehen sich zu einem kleinen Grinsen. Ich nicke langsam und blicke mich in dem Raum um. Sein leises Lachen dringt trotz der lauten Musik zu mir durch, und ich wende mich ihm wieder zu, hebe fragend eine Augenbraue. Ich beobachte ihn, wie er immer noch grinsend einen Schluck von seinem Becher nimmt, wobei meine Augen auf seinem Mund landen. Hitze steigt in meine Wangen, als ich daran denke, wie vor einer Woche diese Lippen auf meinen lagen. Schnell schaue ich wieder durch den Raum, lasse meinen Blick über die Leute und die Möbel schweifen und zähle im Kopf alles auf, was ich sehe, nur um diese verdammte Röte aus meinem Gesicht verschwinden zu lassen.

»Das letzte Mal hast du mich gefragt, woher ich komme«, sagt er auf einmal. »Na ja, ich bin gar nicht mehr dazu gekommen, dir die Frage zu beantworten.«

Bei seinen letzten Worten sieht er mich so forschend an, dass ich am liebsten mein Gesicht in meinen Händen verbergen will.

»Ich war ein paar Jahre in England, aber eigentlich wohne ich hier.«

Ich seufze. »Ich weiß. Du bist Ellas Bruder«, informiere ich ihn über das, was ich bisher selbst erfahren habe. Er lächelt amüsiert, während er mit den Fingern am Rand seines mittlerweile leeren Bechers entlangfährt.

Um meine Worte zu relativieren, zucke ich mit den Schultern. »Ist eben eine Kleinstadt, da spricht sich alles schnell rum.«

»Stört dich das?«, fragt er unvermittelt, wobei er die Bewegungen seiner Finger am Glas stoppt. Ertappt wandert mein Blick von seinen Händen, hoch zu seinem Gesicht und bleibe dabei nur eine weitere klitzekleine Millisekunde an seinen Lippen hängen. Dann treffen meine Augen auf seine.

Ich schüttele mit dem Kopf. »Was meinst du?«

Neugierig sieht er mich an. »Du warst nicht begeistert, mich in der Schule zu sehen.«

»Ich war nur überrascht«, widerspreche ich. »Hätte ich gewusst, wer du bist, dann hätte ich ...«, rede ich weiter und halte mitten im Satz inne, schüttele erneut den Kopf und will noch einmal ansetzen, meinen Satz umformulieren, als er mir zuvorkommt.

»... dann hättest du mich nicht geküsst?«, vollendet er meinen Satz weder gekränkt noch wertend. Im Gegenteil, im Augenwinkel sehe ich sein Lachen breiter werden, und ich wende mich ihm wieder zu, doch weiß ich absolut nicht, was ich darauf antworten soll. Unbestimmt bewege ich meinen Kopf zwischen einem Nicken und Schütteln, während ich mit den Schultern zucke. Dann deute ich auf die Küche. Ich winde mich innerlich, während er sich köstlich darüber zu amüsieren scheint.

»Oh, ich glaube, ich hole mir noch etwas zu trinken«, sage ich ausweichend, halte demonstrierend meinen leeren Becher in die Höhe und lächle ihn entschuldigend an. Viel schneller als nötig eile ich durch den Raum. Mit geröteten Wangen stehe ich an der Kücheninsel, lasse kaltes Leitungswasser in einen frischen Becher laufen und trinke es dann mit einem Zug aus.

Die Küche ist nahezu leer, nur zwei kleine Grüppchen stehen in der Ecke und unterhalten sich. Die ganze Party hat sich auf den Flur, das Wohnzimmer und den Garten verlegt. Suchend schaue ich mich in der Küche um, finde aber weder Limo noch irgendein anderes nicht alkoholisches Getränk. Als ich ganz hinten im Kühlschrank fündig werde, in dem ausschließlich Getränke und Schokolade gelagert werden, drehe ich mich wieder zur Kücheninsel um. Auf der anderen Seite, mit den Unterarmen auf die Theke gestützt, steht Nate.

»So was. Mein Becher ist auch leer«, sagt er ganz sachlich, während er mir den Becher über den Marmor zuschiebt.

Ich presse meinen Lippen aufeinander, um mir ein kleines Lächeln zu verkneifen, und fülle seinen Becher ebenfalls mit Limo auf.

»Ist dir der Kuss unangenehm?«, fragt er auf einmal, doch dieses Mal nicht neckisch oder provozierend, sondern einfach schlicht interessiert. Unberührt dreht er seinen Becher dabei immer wieder im Kreis.

»Nein«, erwidere ich so ruhig wie möglich und konzentriere mich auf meinen eigenen Becher.

»Das klang schon fast glaubwürdig.« Seine Direktheit lässt mich aufschauen und macht mich kurz sprachlos.

Stirnrunzelnd betrachtet er mich. »O.k.«, sagt er in dem Moment, in dem ich »Ja«, sage.

»Ja, mein Gott«, platzt es aus mir heraus. »Ja schon. Ich mache so was eigentlich nicht.«

Er hebt eine Augenbraue. »So was? Damit meinst du jemand völlig Fremden angetrunken zu küssen?«

»Danke, damit machst du es mir echt leichter«, erwidere ich trocken und spüre kitzelnde Wut in mir hochsteigen.

»Sorry, so war das nicht gemeint.«

»Ich dachte, du wärst ein Freund von Piet und nur zu Besuch da.« Die Worte sprudeln aus meinem Mund, ehe ich sie zurückhalten kann. Ich stelle meinen Becher auf die Theke ab und sehe zu ihm auf. »Aber jetzt ist es mir halt einfach unangenehm, obwohl ich nicht will, dass es mir unangenehm ist.«

Ein Lachen breitet sich auf seinem Gesicht aus. »Aber das braucht es dir nicht zu sein.«

»Ist es aber, o.k.? Das bin eigentlich nicht ich«, wiederhole ich. Unruhig schraube ich die noch immer offene Limonadenflasche zu und drehe mich zum Kühlschrank, um sie wieder hineinzustellen. Dabei nehme ich im Augenwinkel wahr, wie Nate sich erhebt, und fast denke ich schon, dass er unser Gespräch damit für beendet erklärt, doch dann lehnt er sich nur seitlich an die Theke der Kücheninsel.

»Und wie bist du dann sonst?«, fragt er, als ich die Tür des Kühlschranks schließe.

Missmutig schaue ich ihn an. *Wie soll man so was beantworten?* Mit einem Schulterzucken reagiere ich auf seine Frage. Im dämmrig eingestellten Licht der Küche erscheinen seine Haare tiefschwarz, wobei das weiße T-Shirt seine Augen heller macht. Einen Moment lang schaut er runter auf seinen noch immer unberührten Becher in der Mitte der Theke, dann wendet er sich wieder mir zu, ganz so, als wäre ihm genau in dem Moment etwas eingefallen. Schmunzelnd sieht er mich an. »Kann ich dich was fragen?«

»Ja.« Unsicher beobachte ich ihn dabei, wie er einen Schritt auf mich zukommt, dann noch einen, bis er um die Ecke der Kücheninsel herum und direkt vor mir zum Stehen kommt. Ich muss schlucken bei der plötzlichen Nähe, bin fast schon versucht, einen Schritt zurückzugehen. Er ist so nahe, dass ich meinen Kopf leicht heben muss, um ihm weiterhin ins Gesicht sehen zu können. Zum ersten Mal fallen mir die kleinen, blassen Sommersprossen auf seiner Nase und den Wangenknochen auf. Dunkle Wimpern umrahmen seine hellen Augen, deren Farbe mich an flüssiges Silber denken lassen. Als sein Blick den meinen trifft, beginnt es in meinem Nacken zu kribbeln.

Er ist so nahe, dass ich die kleine Narbe an der Innenseite seiner rechten Augenbraue sehe und das Heben und Senken seines Brustkorbes beim Atmen ganz einfach unter meiner Handfläche spüren könnte, würde ich sie nur ein kleines Stück heben. Jetzt, da mir der Gedanke kommt, kribbelt es auch in meiner Handinnenfläche. Er beugt sich vor, Zentimeter um Zentimeter. Ich kann mein eigenes Spiegelbild in seinen Augen sehen, spüre beinahe seinen Atem an meiner Wange.

»Hättest du was dagegen, wenn ...«, setzt er an, doch mit einem Mal rempelt irgendwer gegen uns, stößt mich zur Seite und bringt mich zum Straucheln. Blinzelnd und irritiert davon, was gerade passiert ist, starre ich den Jungen an, der jetzt seine Hände zur Entschuldigung hoch hält. »Sorry, Mann, hab euch nicht gesehen.« Lachend dreht er sich wieder zu seinen Freunden um und rempelt einen von ihnen zur Seite, der ihn anscheinend aus Versehen kurz zuvor noch gegen uns geschubst hatte. Die Küche kommt mir mit einem Male nur noch halb so groß und viel greller vor als noch wenige Sekunden zuvor. Ich sehe zu Nate, der den Kopf gesenkt hat und sich mit der Hand durch die dichten Locken fährt. Dann schaut er halb zu mir hoch, lächelt, wirkt dabei aber ein wenig bedauernd.

»Ich muss mal schauen, wo meine Freunde sind«, höre ich mich selbst sagen, will mich schon an ihm vorbeidrängen, als er seine Hand auf meinen Arm legt und mich zurückhält.

»Vergiss deine Limo nicht.« Schmunzelnd reicht er mir den Becher. Einen Moment halte ich inne, bevor ich das Getränk entgegennehme, mich umdrehe und auf meine Unterlippe beiße, um das Lächeln, das sich plötzlich in mir Bahn bricht, zu unterdrücken. *Verdammt.*

Den ganzen Samstag bleibe ich im Bett liegen und lese ein komplettes Buch, nur um daraufhin mit dem nächsten zu beginnen. Der Sonntag beginnt ähnlich. Mit Kaffee hocke ich auf meiner Fensterbank, ein Anatomiebuch vor mir aufgeschlagen. Abwechselnd wandern meine Gedanken zu grauen Augen und den Einladungsbriefen der Uni. Beides Dinge, die mich nervös werden lassen. Als ich zum gefühlt hundertsten Mal die gleichen lateinischen Begriffe der Handknöchel lese, klappe ich frustriert das Buch zu, wobei genau in dem Moment mein Handy eine neue Nachricht anzeigt.

In einer Stunde am Fluss? Ich hol dich ab! lautet die Nachricht von Romy. Zwei Sekunden später vibriert mein Handy noch mal: *Kaffee? Du?* Einen Augenblick starre ich vor mir aus dem Fenster, bevor ich meine Antwort tippe, das Handy auf mein Bett schmeiße und im Schrank nach einem wärmeren

Pulli krame. Zwar scheint heute ausnahmsweise mal die Sonne, aber am Fluss würde es trotzdem gegen Abend hin kühler werden. Ich schlinge meine Haare zu einem Knoten, sammele die wenigen Sachen zusammen, die ich für den Nachmittag brauche, und schlendere nach unten in die Küche. Auf dem Esstisch steht eine Box mit den ersten selbst gebackenen Ingwerkeksen, und nach kurzer Überlegung packe ich ein paar davon in eine kleine Papiertüte, um sie Charlie mitzubringen, die für jegliche Art von Keksen zu haben ist. Sogar für Ingwerkekse. Im Hängeschrank über dem Herd suche ich nach der großen Thermoskanne, die ich mit Kaffee und viel Milch befülle.

Eine halbe Stunde später, als Romy sich angekündigt hatte, taucht der silberne Mini vor der Einfahrt auf.

»Charlie und Jasmine sind schon unterwegs«, beantwortet mir Romy meine unausgesprochene Frage, als ich hinter mir auf die leere Rückbank blicke. Ich nicke, hätte ich mir auch denken können.

»Sie ist echt nett«, sage ich und muss an die Party zurückdenken und an das Gespräch mit ihr und Charlie später am Abend. »Und sie ist so verdammt klug!«

»Hoffen wir mal, dass die Entfernung nicht allzu sehr nervt mit der Zeit.« Romy wirft mir einen vielsagenden Blick zu. »Ist das Kaffee?« Hoffnungsvoll deutet sie auf die Thermoskanne. »Yes«, ruft sie triumphierend, als ich bejahe.

Wie vor anderthalb Wochen stellt Romy ihr Auto auf dem Feld ab, auf dem heute nur wenige Autos stehen. Gemeinsam schlendern wir den unbefestigten Weg zum Fluss hinunter, an dem sich ein paar Gruppen auf dem lang gezogenen Strand gebildet haben, die die gleiche Idee hatten wie wir: die letzten paar Sonnenstrahlen genießen, bevor das kalte Herbstwetter vollkommen Einzug findet.

Abseits von den anderen entdecke ich die knallrote Decke von Charlie, die sie den ganzen Sommer schon zum Schwimmen und Sonnenbaden mitgebracht hat und immer gut als Erkennungszeichen aus der Ferne dient. Jasmines blonde Locken heben sich von Charlies dunklen glatten Haaren ab, während die beiden mit Sonnenbrillen und Jacken auf der Decke liegen, mit den Gesichtern in der Sonne.

Nachdem wir uns begrüßt haben, zieht Romy ihre riesige Picknickdecke hervor und lässt sich darauf im Schneidersitz nieder. Ich reiche ihr die heiß ersehnte Thermoskanne und lasse mich seufzend nach hinten fallen und recke mein Gesicht ebenfalls in die Sonne.

»Wie fandet ihr die Party?«, fragt Charlie, wobei sie über ihre viel zu große Sonnenbrille hinwegblickt.

»Gut«, sage ich, bemüht darum lässig zu klingen und lenke die Aufmerksamkeit auf Romy. »Wie war es eigentlich mit Luc an dem Abend?«, erinnere ich sie an einen nüchternen Luc, den wir nach neun Uhr abends auf einer Party so noch nie gesehen haben. Seufzend legt sie sich auf die Seite, stützt sich auf ihren Unterarm und lässt sich Zeit zu antworten.

»Ganz gut«, erwidert sie nur, doch ich sehe das kleine Grinsen, dass sie versucht zu verbergen.

Lachend schlage ich ihr gegen die Schulter. »Jetzt erzähl schon.«

Gespielt empört sieht sie mich an. »Da gibt es nichts zu

erzählen. Ich mag ihn, aber er ist trotzdem immer noch Luc«, sie macht eine kleine Pause und schaut uns mit diesem *Na-ihr-wisst-schon*-Blick an.

»Wisst ihr, ich mag ihn ja, aber so gemein es auch klingen mag – ich mag ihn eben nur dosiert. Versteht ihr?«, hilfesuchend sieht sie zwischen uns hin und her. »Und außerdem hat sein nüchterner Zustand nicht allzu lange angehalten.«

»War Luc der Blonde, der am Ende auf der Hollywoodschaukel eingeschlafen ist?«, erkundigt sich Jasmine, die amüsiert in unsere Runde schaut. »Der war nun wirklich nicht mehr nüchtern.«

»Stimmt. Er hat die ganze Zeit im Schlaf geredet«, bemerkt Charlie, wobei sie ein Stück zu Jasmine rückt.

Ich gebe einen zustimmenden Laut von mir. »Er ist eben unsicher, schätze ich.«

»Wer ist das nicht?«, murmelt Charlie, während sie eines ihrer Beine streckt.

»Hast du Nate noch mal gesehen?«, fragt mich Romy plötzlich.

Ich hatte ihr nichts von der Begegnung mit ihm erzählt, einfach weil ich selbst nicht so recht wusste, was ich dazu sagen sollte. Zwar hatten wir Samstag telefoniert, aber ich hasse es, so was am Telefon zu besprechen. Früher oder später würde ich es sowieso ansprechen, also konnte ich es genauso gut auch jetzt erzählen. Ich drehe mich ebenfalls auf die Seite, spiegele Romys Position. Gerade als ich anfangen will zu erzählen, fallen mir die drei Personen auf, die über den Sand auf uns zusteuern. Verdutzt kneife ich meine Augen zusammen, um die Gesichter besser erkennen zu können. Romy dreht sich angesichts meiner

Reaktion um und sieht den drei Personen ebenfalls entgegen. Mit rosigen Wangen beißt sie sich auf die Lippe, und ich weiß genau, was das heißt.

»Du hast Ella auch eingeladen? Und Piet? Und Nate?«

»Tut mir leid. Ich weiß doch, dass du sie nicht besonders gut leiden kannst, aber sie ist echt schwer in Ordnung und genau genommen hat sie uns quasi eingeladen.« Sie zwickt mir in den Oberarm. »Sie ist wirklich toll. Gib ihr eine Chance, o.k.?«

Stöhnend lasse ich mich wieder auf den Rücken fallen. »Meinetwegen. Du hättest trotzdem etwas sagen können, *gerade* weil du weißt, dass wir uns nicht sonderlich gut verstehen.«

Mit triumphierendem Grinsen in meine Richtung winkt sie den Dreien zu.

Missmutig starre ich in die hellbraune Flüssigkeit in dem Thermobecher. Romy hat recht, ich kenne Ella zwar kaum, aber sie ist für mich eine dieser Personen, die ich zwar nicht kenne, aber von der ich eine Vorstellung habe, die ich einfach nicht leiden kann. Vielleicht liegt es auch daran, dass sie, wenn sie mal bei uns steht, Romy so für sich einnimmt, dass ich mich immer wie das fünfte Rad am Wagen fühle. Ich kann nie irgendwas zu den Gesprächen beisteuern, weil Ella völlig andere Themen und Interessen hat als ich.

»Hi, Leute.« Strahlend legt Ella ihre blaue Decke neben unsere und umarmt Romy zur Begrüßung. Ich lächle ihnen zu, bis mein Blick an Piet hängen bleibt und ich ihn ungehemmt anstarre. *Was zum Teufel?*

»Was hast du denn da auf?« Romy prustet los bei dem Anblick des Hutes, der auf Piets kurz geschorenem Haar thront.

»Den hat er schon die ganze Zeit auf und will ihn nicht abnehmen.« Ella blinzelt in die Sonne zu ihm auf und betrachtet ihn stirnrunzelnd.

»Der ist absolut scheußlich.« Romy krümmt sich vor Lachen, und ich kann es ihr nicht verübeln, denn auch aus mir platzt ein Lachanfall heraus. Mit erhobenem Kopf lässt sich Piet breit grinsend neben Ella auf das Tuch nieder.

»Den hat mir mein kleiner Bruder aus dem Feriencamp mitgebracht.« Mit der Hand streicht er über den breiten Schirm des Strohhutes, der in grellem Türkis in die Höhe ragt und dabei beinahe an einen Zylinder erinnert. Aber das Schlimmste sind die vielen grasgrünen Palmenblätter aus Plastik, die wild in alle Himmelsrichtungen ragen.

»Das war aber nur als Spaß gemeint. Theo wollte mit Sicherheit nicht, dass du den auch wirklich trägst«, bemerkt Nate ebenfalls grinsend, wobei seine grauen Augen aufblitzen.

Amüsiert zuckt Piet mit den Schultern, lässt sich nach hinten auf seine Unterarme fallen und grinst uns breit an.

»Gibst du mir einen Hut, dann trage ich ihn auch.« Der stolze Anblick, den er bietet, ist goldwert, und mit einem Mal freue ich mich richtig, dass er da ist. Zufrieden lächelnd recke ich meinen Kopf mit geschlossenen Augen wieder in die Sonne, und als kurz darauf Musik aus Ellas Musikbox ertönt, entspanne ich mich immer mehr. Ich spüre, wie Nate sich neben mir auf der riesigen blauen Decke ausstreckt. Tief einatmend lenke ich meine Aufmerksamkeit auf die letzte Wärme der Sonne und versuche, mir seine Nähe nicht allzu sehr bewusst zu machen. Mit der Zeit schweifen meine Gedanken immer weiter ab. Ich träume von der UCLA, dem Campus und vermische meine eigenen Vorstellungen mit denen, die ich aus Pas Erzählungen habe. Ellas Musik erscheint von immer weiter her zu kommen, bis ich irgendwann von Tagträumereien in richtigen Schlaf übergehe und die Musik ganz verstummt.

Ich wache auf, als Romys Knie gegen meines stößt. Gähnend kuschele ich mich in meinen warmen Pulli, ziehe die Ärmel über meine kalten Hände und stütze mich verschlafen auf meine Ellenbogen. Die Sonne ist beinahe komplett untergegangen, nur noch zwei weitere Gruppen sind auf der anderen Seite des Flusses zu sehen, und als ich meinen Blick über unsere ungewohnte Runde schweifen lasse, bemerke ich, dass nicht nur Romy und ich eingeschlafen sind. Nur Charlie und Jasmine unterhalten sich leise.

Vorsichtig, um Romy nicht zu wecken, setze ich mich im Schneidersitz auf und greife nach der Thermoskanne. Der Kaffee dampft noch immer, als ich ihn in den Deckel gieße und an der heißen Flüssigkeit nippe. Meine Augen schweifen zu Nate, der mit geschlossenen Lidern auf dem Rücken liegt, die Arme hinter seinem Kopf verschränkt. Die rotorangenen Sonnenstrahlen haben sich in seinen zerzausten Locken verfangen, die in seine Stirn fallen und sein Gesicht umrahmen. Seine dunklen Wimpern werfen bei dem schrägen Licht Schatten auf seine immer noch leicht gebräunte Haut. Wieder sehe ich zu Charlie hinüber, die mir lautlos zu verstehen gibt, dass sie Jasmine zum Auto bringt, um sich von ihr zu verabschieden. Läge Romy nicht halb auf meinem Knie, würde ich aufstehen und sie umarmen. Lächelnd winke ich ihr zu und sehe den beiden hinterher, wie sie händchenhaltend über den Strand Richtung Feld schlendern. Wieder nehme ich einen Schluck von meinem Kaffee, der sich in dem Deckel rasch abkühlt, und hätte mich beinahe verschluckt, als ich mich zu Nate umwende und der Blick seiner grauen Augen auf mir liegt.

»Kaffee?« Seine Stimme klingt müde und rau, während er mit dem Kopf auf die Tasse deutet.

Ich nicke, und ehe ich groß darüber nachdenke, reiche ich ihm meinen Kaffee weiter. Ohne mich aus den Augen zu lassen, nimmt er einen Schluck und verzieht sofort das Gesicht.

»Kaffee trinkt man entweder schwarz oder gar nicht.« Über seinen angewiderten Gesichtsausdruck lachend, schnappe ich mir meinen Becher, den er bereitwillig hergibt und nehme selbst einen großen Schluck.

»Mit Hafermilch schmeckt es am besten.«

»Das ist aber eher Milch mit Kaffee.« Mit kritischen Gesichtsausdruck beobachtet er mich, wie ich den Becher leere und wieder als Deckel auf die Kanne schraube.

»Hey, wie war eigentlich dein erstes Basketballtraining?«, frage ich ihn.

»Ganz gut, denke ich.«

»Ganz gut? Coach Johnson will dich direkt für das erste Spiel der Herbstsaison aufstellen«, schaltet sich auf einmal Piet ein, der noch immer mit geschlossenen Augen neben ihm liegt. »Sei nicht so bescheiden, Nathaniel«, fügt er grinsend hinzu und öffnet ein Auge.

Nate lacht, zuckt mit den Schultern und sieht wieder mich an.

»Ich habe in England ein bisschen gespielt, auch wenn die da nicht sonderlich gut sind.«

»Ha! Nicht sonderlich gut, pff! Die feinen Briten sind nichts gegen uns.« Jetzt muss auch ich lachen, als Piet beide Augen öffnet, sich aufrichtet und seinen Hut wieder gerade rückt.

»Mit diesem Hut werdet ihr sicherlich nicht das erste Saisonspiel gewinnen.« Ella stemmt sich auf einen ihrer Arme und betrachtet skeptisch Piets Kopfbedeckung.

»Doch, klar. Wenn du ihn auf der Tribüne als mein persönliches Groupie trägst und uns anfeuerst, dann bestimmt.« Anzüglich wackelt er mit beiden Brauen in Ellas Richtung.

»Auf keinen Fall.« Sie presst die Lippen zusammen und schüttelt entschieden den Kopf.

»Du weißt einfach nicht, was gut ist«, witzelt er und sticht ihr mit seinem Finger in die Seite. Ich höre ihrer Kabbelei schmunzelnd zu und werde von ihrem Lachen angesteckt, als Piet versucht, ihr den Hut über den Kopf zu ziehen. Neben mir streckt sich nun auch Romy und blinzelt uns verschlafen an.

»Ich habe einen saumäßigen Hunger«, sagt sie dann und reibt sich mit der einen Hand über den Bauch.

»Was haltet ihr von Pizza?« Charlie steht wieder vor uns, mit zerzaustem Haar und geröteten Wangen. Romy und ich tauschen ein Grinsen aus, bevor sie aufspringt und mich von ihrer Decke fegen will, plötzlich völlig munter.

»Pizza klingt gut«, stimmt Piet zu, während er mit einer Hand den Hut auf Ellas Kopf drückt.

»Bin auch dabei«, hebt Ella ihre Hand zustimmend, während sie mit der anderen nach Piets Arm schlägt. »Lass mich, du Idiot.«

»Ich würde gerne, aber ich kann nicht.« Ich wende mich Romy zu. »Lässt du mich zu Hause vorher raus?«, frage ich sie. Sie nickt, versucht nicht, mich umzustimmen, genauso wenig wie Charlie. Die beiden wissen, was heute für ein Tag ist. Der letzte Sonntag des Monats, der Tag, an dem Gran und ich immer gemeinsam auf den Friedhof gehen, um Pas Grab zu besuchen.

»Ich muss noch was erledigen. Ich kann dich auch nach Hause bringen, dann könnt ihr zusammen bei Romy mitfahren.« Überrascht sehe ich mich zu Nate um, der gerade dabei ist, die riesige Decke von Ella zu falten.

»Perfekt. Also dann: Abmarsch!«, antwortet Romy an meiner Stelle, bevor ich irgendetwas erwidern kann.

Seufzend packe ich meine wenigen Sachen zusammen und schließe mich den anderen auf den Weg zum Parkplatz an. Mit einem Klick entriegelt Nate seinen schwarzen Jeep, während ich amüsiert Piet beobachte, der sich mit seinen langen schlaksigen Gliedern und dem Zylinder auf dem Kopf in Romys viel zu kleinen Wagen quetscht. Ich klettere in den hohen Jeep und schnalle mich an, während Nate die Fahrertür öffnet und ebenfalls einsteigt.

»Du kannst mich einfach an der Ecke zwischen dem Blumenladen und der Kirche rauslassen«, sage ich, davon ausgehend, dass er die Ecke kennt, die ich meine.

Mit dem einen Arm über dem Lenkrad sieht er mich von der Seite aus an. Fragend ziehe ich eine Augenbraue hoch, was er jedoch nur mit einem Schmunzeln erwidert.

»Alles klar.« Nickend steckt er den Schlüssel ins Zündschloss und startet den Motor.

Die ersten Minuten fahren wir schweigend, doch als er nicht aufhört, mich immer wieder von der Seite anzusehen, unterbreche ich die Stille zwischen uns.

»Was ist?«, erkundige ich mich und klinge dabei gereizter, als ich eigentlich bin.

»Geh mit mir aus«, quittiert er meine Frage mit einem weiteren Grinsen, bei dem sich sein ganzes Gesicht zu erhellen scheint. Wenn er so lacht, scheint sein ganzer Ausdruck sich zu verändern, als würden jegliche Gesichtsmuskeln sich gleichzeitig bewegen. Bei niemanden ist mir das bisher so sehr aufgefallen wie beim ihm.

»Du meinst ein Date?« Verblüfft mustere ich ihn, wie er konzentriert die unbefestigte Straße zwischen der Hauptstraße und dem Parkplatz entlangfährt.

»Ja, wenn du willst, dass es ein Date ist, kann es das sein.«

»Ich-ich habe keine Zeit«, stolpere ich über meine eigenen Worte.

Im Augenwinkel sehe ich, wie er den Kopf schief legt und mich von der Seite aus kurz mustert.

»Warum gehst du nicht mit den anderen Pizza essen?«, fragt er jetzt, ganz so, als hätten die zwei Minuten zuvor nicht stattgefunden. Seine Stimme klingt genauso freundlich und ruhig wie sonst auch. Ein klitzekleiner Teil von mir, den ich mir nicht eingestehen will, bedauert auf einmal seinen schnellen Themenwechsel.

»Ich bin mit meiner Gran verabredet«, weiche ich ihm aus, verwirrt von seinen zusammenhanglosen Fragen. »Und du?«, schiebe ich hinterher, um das Gespräch am Laufen zu halten.

»Ach, ich bin verabredet mit meinem Dad.«

»Hmm.«

»Kann ich dich hier rauslassen?«, fragt er unvermittelt. Überrascht sehe ich aus dem Fenster, sehe das weiße spitze Dach der Kirche.

»Ja, hier ist gut.« Unschlüssig verweilt meine Hand am Türgriff. »Danke für's Herbringen.« Ich werfe ihm ein flüchtiges Lächeln zu, will schon aussteigen, als er mich zurückhält.

»Weißt du, es muss auch kein Date sein.«

»Also ein einfaches Treffen als Freunde?«

Wieder zuckt er mit den Schultern, streicht sich eine seiner Strähnen aus der Stirn. »Ja. Ganz unverbindlich.«

Unsicher, was ich davon halten soll, schüttele ich den Kopf. »Ich ... Also, ich denke nicht.«

»O.k.« Mit einem leisen Lächeln beobachtet er mich, wie ich mich abschnalle, nach dem Türgriff greife und die Tür schon zur Hälfte geöffnet habe, als seine Stimme mich noch einen Moment innehalten lässt.

»Bis morgen, Sue. Und falls du es dir anders überlegst ...« Das Ende seines Satzes hängt zwischen uns in der Luft, als ich aussteige und die Tür mit einem gemurmelten »Bis morgen« zuwerfe.

Kapitel 4

Dritter Oktober

Seit Beginn der Woche hängen überall die blauen Plakate, die das erste Basketballspiel der Saison am Freitag ankündigen. Ich beobachte, wie Charlie ihre Erbsen mit der Gabel von der einen Seite des Tellers zur anderen schiebt und Romy bei ihrem Vortrag über den Klimawandel zuhört. Diesen Vortrag musste ich schon heute Morgen im Auto über mich ergehen lassen und weiß daher nur zu gut, dass sie die ganze Mittagspause Charlie nicht zu Wort kommen lassen wird.

Der Klimawandel würde wohl Romys Thema des Monats werden. Seit der Trennung von Keith, Romys Ex-Freund, pickte sie sich gefühlt jeden Monat ein Thema heraus, das sie auf Social Media, in einer Doku oder sonst wo aufgeschnappt hatte. Und wenn sie einmal eins gefunden hatte, hält das so lange an, bis sie von heute auf morgen plötzlich ein anderes gefunden hat. Letzten Monat war es Stricken und sie brachte es sogar Gran bei. Der Monat davor war es die nationale Hockeyliga, doch auch die wurde seitdem nicht mehr erwähnt.

Genüsslich beiße ich in mein Sandwich und muss grinsen, als Charlie mir einen leidenden Blick zuwirft. Auf der anderen Seite der Cafeteria sehe ich Piet, Ella und Nate auf den Tisch zusteuern, an dem sie meistens zu dritt oder mit anderen aus dem Basketballteam sitzen. Das erste Mal seit dem Herbstfest fällt mir auf, dass ich Ella kaum mehr mit ihren Cheerleader-Freundinnen gesehen habe, sondern nur noch mit ihrem Bruder und Piet.

»Sind die zwei eigentlich zusammen?«, höre ich mich selbst niemand Bestimmten fragen. Charlie folgt meinem Blick, woraufhin auch Romy von ihrer Nachhaltigkeitsrede abgelenkt wird.

»Ne, einfach beste Freunde. Die kennen sich schon, seit sie kreischende Babys waren. Mehr so wie Geschwister«, beantwortet sie mir meine Frage beiläufig, ehe sie ihre Aufmerksamkeit wieder auf Charlie lenkt.

»Das ist wirklich krass. Die globale Durchschnittstemperatur ist so stark angestiegen seit dem Ende des neunzehnten Jahrhunderts. Das muss man sich mal vorstellen!«

»Wenn dich das gerade so interessiert, dann geh am Freitag doch zu dem Vortrag von Mr. Taylor über das Anthropozän?«, schlage ich ihr vor und nehme noch ein Bissen von meinem Sandwich.

»Oh ja!«, pflichtet mir Charlie bei. »Es geht darum, wie der Mensch Einfluss nimmt auf die Prozesse der Umwelt. Es beschreibt das Zeitalter des Menschen und wie viel dieser eigentlich in das biologische und atmosphärische Geschehen auf der Erde eingreift.«

Meine Augen wandern weiter zu den schwarzen Locken von Nate, den ich diese Woche erst zum zweiten Mal sehe. Am Montag in Bio hatte er mir nur zugenickt, aber danach sind wir uns weder in einem der anderen Kurse noch im Flur begegnet.

»Das klingt spannend. Ich glaube, das kam auch in einer

der Dokus vor, die ich mir gestern Nacht angesehen habe. Du kommst auch Sue, oder?« Mir ging die Unterhaltung von Sonntagabend nicht mehr aus dem Kopf. Gleich Montagmorgen hatte ich meinen beiden Freundinnen davon erzählt. Charlie meinte, ich habe richtig gehandelt, denn solange ich mich nicht Hals über Kopf in etwas stürzen wolle, wobei am Ende nur einer immer heil bei herauskommt, solle ich es lieber lassen. Romy hatte mir einen Klaps gegen die Stirn gegeben und mich fassungslos angesehen, die Hände in den Himmel gerissen und sich über meine mangelnde Aufmerksamkeit bei ihren Freitagspredigten beschwert.

Mit schief gelegtem Kopf betrachte ich Nate weiterhin von der Seite, denn am meisten beschäftigt mich das aufregende Kribbeln, als er mir seinen Vorschlag vorsichtig unterbreitete. Einen winzigen Moment lang zu mindestens.

Als ich abwesend einen weiteren Bissen von meinem Sandwich nehme, hebt Nate seinen Kopf und blickt sich in der Cafeteria um. Kurz bevor er in unsere Richtung sieht, lehne ich mich in meinem Stuhl nach vorne und widme mich wieder Romy, die genau in dem Moment mit ihrem Finger vor meinem Gesicht herum schnipst.

»Erde an Sue. Also, kommst du auch zu dem Vortrag?«

»Klar.« Blinzelnd sehe ich die beiden an. »Klar«, wiederhole ich und versuche, dabei nicht allzu abwesend zu klingen.

»Ich komm auch, obwohl ich viel lieber über Kunst und das Anthropozän sprechen würde«, murmelt Charlie und rümpft kritisch die Nase.

»Hmm.« Romy zieht beide Augenbrauen hoch. »Wie läuft's

eigentlich mit deiner Bewerbung für das Praktikum bei dieser Kuratorin?«

Wieder rümpft Charlie ihre Nase. »Frag nicht. Hab sie noch nicht abgeschickt.«

»Warum nicht?«, fragen Romy und ich wie aus einem Mund, doch anstatt uns zu antworten, sieht Charlie mich an. »Wie sieht's denn mit deiner Bewerbung an der UCLA aus? Sind die Briefe schon raus?« Missmutig sacke ich auf meinem Stuhl zusammen.

»Chapeau! Frag lieber nicht. Ich sag's euch, wenn ich mehr weiß.«

Die Sporthalle ist wie jedes Mal so voll, dass Charlie, Romy und ich uns nur schwer zu der großen Tribüne durchdrängeln können. Mitten in der Menschenmenge stößt Ella zu uns, die sich an zwei hochgewachsenen Schülern vorbeischiebt. Lächelnd begrüßt sie uns mit geröteten Wangen, als hätte sie sich wortwörtlich den Weg zu uns freigeboxt. Verwirrt sehen wir sie an.

»Warum bist du nicht bei den anderen Cheerleadern?«, fragt Romy und bemerkt erst jetzt, dass sie ihre kurze Uniform überhaupt nicht trägt. »Bist du krank?«

»Nein.« Sie schüttelt mit dem Kopf und sieht uns ohne Bedauern an. »Ich habe vor ein paar Wochen aufgehört.«

»Warum?« Verdutzt lässt Charlie ihren Blick immer wieder von Ella zu den anderen Cheerleadern wandern.

Lächelnd zuckt Ella mit den Schultern. »Ich hatte einfach keine Lust mehr.«

Damit hakt sie das Thema ab und bedeutet uns, ihr auf die

Tribüne zu folgen. Wir wechseln hinter ihr einen ratlosen Blick. Zu viert ergattern wir gerade noch so einen Platz direkt am Mittelgang in einer der hintersten Reihen und quetschen uns auf die schmale Bank. Kaum dass wir sitzen, ertönt mit einem Mal lautes Getöse und Gejubel um uns herum. Auch ohne auf das Spielfeld zu blicken, ist es offensichtlich, dass die Spieler nacheinander in die Halle kommen und auf das Spielfeld joggen.

Allen voran läuft Piet als Mannschaftskapitän, der seinen Hut zum Glück nicht trägt.

Kurz nach Spielbeginn liegt unser Team auch schon zehn Punkte vor und spätestens im zweiten Viertel werde auch ich von dem Enthusiasmus der anderen mitgerissen. Bei jedem Korb jubelt Ella neben mir wie eine Cheerleaderin, die auf die Bank versetzt wurde, und auch Romy klatscht mich bei beinahe jedem Treffer ab, als hätten wir persönlich den Korb gemacht. Es liegt so viel Siegesstimmung in der Luft, dass die Gegner mir bereits kurz vor der Halbzeit leidtun.

Neben Piet, der so ziemlich jeden Wurf trifft, ist es vor allem Nate, der meinen Blick auf sich zieht und dieses Mal nicht aufgrund der letzten Wochen. Er spielt mit solch einer Leichtigkeit, die einen vermuten lässt, dass er mit einem Ball in der Hand bereits geboren wurde. Würde man es nicht wissen, würde man nicht glauben, dass er erst seit zwei Wochen zum Team gehört. Jetzt verstehe ich Piets Kommentare und halte sie keineswegs mehr für übertrieben.

Als Nate mit geröteten Wangen, verschwitzt und ohne Puste in der Halbzeit am Spielfeldrand steht, fällt es mir schwer den Blick von ihm abzuwenden. *Verdammt. Verdammt. Verdammt.*

Wir gewinnen.

Als sich die Halle langsam wieder leert, gehen wir als eine der Letzten nach draußen in die Vorhalle.

»Ihr kommt doch auch noch mit, um den Sieg zu feiern, oder?«, fragt uns Ella, die noch immer vor Aufregung ganz rot im Gesicht ist.

»Klar«, stimmen wir zu, und Romy bietet ihr an, bei uns mitzufahren. Als wir vor dem Sally's ankommen, in dem die After-Partys der Basketballspiele immer standfinden, ist der Parkplatz schon überfüllt, sodass wir gezwungen sind, in einer der Nebenstraßen zu parken.

»Da denkt man, man lebt in einer Kleinstadt, und auf einmal, wenn jeder aus seinen Ecken kommt, ist man eine Großstadt mit Hunderttausenden von Einwohnern, oder was?« Romy schließt grimmig ihr Auto ab und tut so, als würden wir Stunden brauchen, um beim Sally's anzukommen. Lachend hake ich mich bei ihr unter und ziehe sie mit uns.

»Wieso hast du jetzt eigentlich bei den Cheerleadern aufgehört?«, hakt Charlie nach und sieht Ella vorsichtig von der Seite an.

Sie zuckt wieder unbekümmert mit den Schultern.

»Nachdem Nate weggegangen ist, habe ich auch den Kontakt zu Piet immer mehr verloren, und dann habe ich mir eben was gesucht, womit ich mir die Zeit vertreiben konnte.« Ihre Wangen färben sich rosig, verlegen sieht sie uns an. »Aber seitdem er wieder da ist, ist es fast schon wie früher, und außerdem habe ich das Cheerleading nie wirklich gemocht. Es war zwischendurch mal ganz cool, aber mehr eigentlich nie«, gibt sie zu, wobei sie einen kurzen Seitenblick in die Runde wirft.

Überrascht ziehe ich die Augenbrauen hoch. Nie hätte ich gedacht, dass Ella den Sport, den sie nahezu jeden Tag ausübte, nicht einmal besonders mochte. Mir wird klar, dass ich sie die ganze Zeit vollkommen falsch eingeschätzt habe und es mir bis vor ein paar Tagen auch ehrlich gesagt vollkommen egal gewesen ist. Immer habe ich ihr unausgesprochen ein wenig vorgeworfen, oberflächlich zu sein. Jetzt wird mir klar, dass ich diejenige war, die ihr gegenüber voreingenommen war. Romy legt ihr einen Arm um die zierlichen Schultern, lächelt sie an und drückt mit der Hand ihren Oberarm. Dankbar sieht sie zu uns auf, wobei ihre Wangen noch dunkler werden. Gemeinsam schlendern wir lachend über den Parkplatz, während Ella uns erzählt, wie furchtbar es eigentlich immer war, andere Füße im Gesicht zu haben, von anderen in die Luft geworfen zu werden, und sie immer Panik hatte, nicht rechtzeitig aufgefangen zu werden. Die Worte sprudeln nur so aus ihr heraus, als hätte sie es schon lange nötig gehabt, sie endlich einmal loszuwerden.

Als wir das Sally's betreten, sind die Spieler noch immer nicht da, aber alle feiern, als hätten sie selbst auf dem Platz gestanden. Während Romy und Charlie sich eine Pizza bestellen, wollen Ella und ich zuckrige Milchshakes. Erst als wir uns in eine Ecke der Theke gesetzt haben und mein Glas halb leer ist, fahren die Autos der Jungs direkt vor das Sally's vor. Stolz betritt Piet als Erster den Laden, und wir vier wechseln lachend einen Blick, als wir den Hut sehen. Nur sitzt er dieses Mal nicht auf seinem Kopf, sondern auf dem eines kleinen Jungen, den Piet wie einen Siegespreis auf seinen Schultern trägt. Bei jedem großen Schritt, jedem Schulterklopfen und jeder anderen kleinsten Erschütterung, rutscht Theo der Hut vor die Augen und er muss ihn wieder hochschieben. Er sieht seinem älteren Bruder so ähnlich, dass er eine Mini-Ausgabe von ihm sein könnte. Nach und nach wird das Sally's immer voller, bis ich völlig den Überblick verliere. Eigentlich ist der Laden viel zu klein für solch einen Ansturm, aber die Feiern finden schon, seitdem ich denken kann, hier drin statt, bloß dass die Mannschaft noch bis vor zwei Jahren beinahe keine Siege für sich verzeichnen konnte. Erst als Piet in der Mittelstufe vom Team aufgenommen wurde, konnte es nach und nach zur Abwechslung auch mal Erfolge feiern.

Mein Blick huscht von einem Spieler zum anderen, bis ich Nate zwischen ihnen entdecke. Eins ist sicher, wenn ihn nach der Willkommensparty noch nicht jeder kannte, dann aber jetzt erst recht. Ihm gelten beinahe genauso viele Glückwünsche und Schulterklopfer wie Piet. Die Musik wird noch lauter gedreht, während die Jungs noch immer grölend weitergefeiert werden. Irgendwann taucht Luc neben mir auf, legt einen Arm um meine Schulter und deutet mit dem Kopf auf die Spieler.

»Die könnte ich alle locker in die Tasche stecken«, flüstert er mir zu, und meine Lippen beginnen zu zittern, so fest drücke ich sie aufeinander, um bei dieser Vorstellung nicht lauthals loszulachen.

»Wirklich«, versichert er mir mit eifrigem Nicken, obwohl auch er weiß, wie unmöglich diese Vorstellung ist.

»Ach, halt die Klappe, Luc.« Romy taucht neben uns auf,

wobei sie mir einen Schluck von meinem Milchshake stibitzt. Luc zieht eine Grimasse, verschwindet dann aber kapitulierend in der Menge, um nicht noch mehr von Romys schlechter Laune abzubekommen. Sie verdreht nur die Augen, grinst mich dann aber breit an und deutet auf einen der Spieler, der wie die anderen auch im Team seinen blauen Hoodie trägt.

»Ich würde zu gerne einen von den Spielern diesen Pullover abluchsen«, ruft sie mir über die Musik hinweg ins Ohr. Lachend nehme ich meinerseits einen Schluck von ihrer Cola, die sie in der Hand hält und nur widerwillig teilt.

»Hol dir selbst eine.« Mit der Hand zeigt sie auf die gestapelten Getränkekästen, die auf der gegenüberliegenden Seite aufgestapelt sind und von irgendeinem Elternteil der Mannschaft gestiftet wurden. Ich strecke ihr die Zunge raus, springe dann aber doch von meinem Hocker auf und dränge mich zwischen den Leuten durch.

»Bring mir auch noch eine mit«, schreit mir Charlie über die Menge hinweg zu.

Gerade als ich eine Flasche aus dem Kasten ziehe, bemerke ich Nate an der gegenüberliegenden Seite des Raumes. Mit verschränkten Armen lehnt er ein paar Meter entfernt an der Wand und lauscht dem Gespräch der kleinen Gruppe, mit der er zusammensteht. Genau in dem Moment, in dem ich wegsehen will, hebt er seinen Kopf und hält meinen Blick fest. Er nickt mir leicht zu, eine Geste, die ich erwidere. Über die Schulter des Mädchens, das mit dem Rücken zu mir steht, sieht er mich einfach nur an, und nach seinem Spiel und den Anblick, den er jetzt bietet und seiner verwirrenden Freundlichkeit, frage ich mich ernsthaft, wie ich sein Angebot hatte ausschlagen können. Ich greife nach der zweiten Flasche Cola und wende mich dann ab.

Wieder zurück in unserer Ecke reiche ich Charlie die Cola, drehe mich mit dem Hocker zur Theke um und nehme einen großen Schluck. Nach einiger Zeit lasse ich mich widerwillig von Romy zur improvisierten Tanzfläche führen. Die Musik dröhnt in meinen Ohren, sickert durch meine Haut und lässt die alltäglichen Gedanken für kurze Zeit aus meinem Kopf verschwinden. Erst peinlich berührt, dann aber immer lockerer werdend, tanzt Romy um mich herum, wirft mir die Arme um den Hals und wackelt ohne jedes Rhythmusgefühl mit ihren Hüften. Ich tue es ihr gleich und fühle mich zwischen all den Menschen und der lauten Musik wie in einem Paralleluniversum, in dem nichts wichtig zu sein scheint.

Nach einer gefühlten Ewigkeit ist mir so warm in dem stickigen Diner, dass ich Romy ein Zeichen gebe und kurzerhand nach draußen laufe, um frische Luft zu tanken. Ich streiche mir die Haare nach hinten und sauge die kühle Nachtluft gierig in meine Lungen. Die schlagartige Kälte holt mich aus dem Nebel des Tanzens wieder hervor und fühlt sich gut auf meinem erhitzten Gesicht an. Hinter mir öffnet sich die Tür des Diners, die Musik wird lauter, bis sich die Tür wieder schließt und sich die quatschende Truppe entfernt hat. Zwei Mädels stehen etwas weiter entfernt an der Ecke des Ladens und rauchen. Tief einatmend hebe ich beide Arme über meinen Kopf, stelle mich auf die Zehenspitzen und strecke mich.

»Frische Luft schnappen?« Erschrocken lasse ich beide Arme wieder fallen und drehe mich zu Nate um. Ich nicke.

»Gut gespielt«, sage ich das Erste, was mir einfällt, obwohl ich mir sicher bin, dass er das wahrscheinlich schon den ganzen Abend zu hören bekommt. Einer seiner Mundwinkel wandert nach oben, als er nähertritt und mein gerötetes Gesicht mustert. »Danke. In den ersten Minuten war ich echt nervös«, gibt er zu, wobei er verlegen mit der einen Hand seinen Nacken reibt. »Kann ich mir vorstellen.« Mich würden keine zehn Pferde auf ein Spielfeld vor so vielen Zuschauern bringen.

»Vermutlich hat Basketball den gleichen Einfluss auf mich wie das Tanzen auf dich. Nach ein paar Minuten vergisst man die Leute um einem herum.« Seine Augen funkeln amüsiert, während ich versuche, mir ein Lachen zu verkneifen. »Willst du etwa meine Dance Moves anzweifeln?«, frage ich in ernstem Ton, woraufhin er kapitulierend beide Hände hebt. »Niemals würde ich das wagen«, erwidert er mit derselben Ernsthaftigkeit, doch das verschmitzte Grinsen in seinem Gesicht verrät ihn.

»Ist dir kalt?« Er deutet auf meine Arme, auf denen sich eine Gänsehaut gebildet hat. Durch die erstickende Wärme im Diner, das Tanzen und den Wechsel nach draußen spüre ich die eben noch wohltuende Kälte jetzt am ganzen Körper.

»Ich wollte eh gleich wieder reingehen«, antworte ich, während ich mir automatisch über die Arme reibe, mich aber ansonsten nicht rühre. Unschlüssig greift er sich an seine blaue Trainingsjacke und sieht mich fragend an, doch bevor ich ihn daran hindern kann, zieht er seine Jacke auch schon aus und kommt auf mich zu. Wie beiläufig stellt er sich vor mich, legt mir seine Jacke um die Schultern und zupft sie am Kragen zurecht. Warm von seiner Körperwärme schmiegt sich der Stoff um meine Schultern wie eine Umarmung.

»Danke.« Ich räuspere mich, ziehe den Stoff noch enger um meine Taille und vermeide es, zu ihm aufzusehen, jetzt wo er so nahe vor mir steht. Erst nach einem weiteren Moment tritt er einen kleinen Schritt zurück.

»Kein Problem.« Meine Augen begegnen seinen, als ich aufblicke. Er mustert mein Gesicht, als würde er darin nach etwas suchen, einem verstecken Detail. Ich will wissen, was ihm gerade durch den Kopf geht, frage stattdessen aber nur: »Was machst du hier draußen?«

»Die vielen Leute ...«, Mit einer vagen Handbewegung deutet er auf das Diner hinter sich, »... das ist manchmal ein bisschen überwältigend.«

Nickend stimme ich ihm zu.

Unschlüssig stehen wir uns gegenüber, während Nate beide Hände in seine Hosentaschen schiebt.

»Wollen wir wieder rein?«, erkundigt er sich dann, doch ich schüttele nur den Kopf.

»Gleich.« Ich schlucke, als er mich neugierig ansieht. »Also was du da neulich im Auto gesagt hast«, beginne ich langsam, weil ich nicht vor Nervosität über meine eigenen Worte stolpern will. Sein Gesichtsausdruck wechselt von neugierig zu forschend.

Vorhin, als ich mich wieder auf den Hocker gesetzt habe, habe ich eine Entscheidung getroffen. Nun kommt in mir mit einem Mal die Angst hoch, ich könnte mich völlig blamieren. Ich sehe ihm fest in die Augen, will etwas sagen, doch werde im gleichen Atemzug von Luc unterbrochen, der unmittelbar neben uns auftaucht. »Habt ihr ein Feuerzeug?«, fragt er und deutet auf die Zigarette in seiner Hand. Völlig aus dem Konzept gebracht, schüttele ich nur den Kopf. »Wisst ihr, eigentlich wollte ich schon vor einer Ewigkeit mit dem Rauchen aufhören, aber an Abenden wie diesem«, er macht eine Geste, die die ganze Welt einzuschließen scheint, »da rauche ich einfach gerne mal.« Dann lehnt er sich zu uns vor, als würde er ein Geheimnis mit uns teilen wollen. »Aber sagt's nicht meiner Mom.« Angestrengt versuche ich, mein Lachen zu unterdrücken.

»Versuch's vielleicht mal da drüben«, rät ihm Nate und deutet auf die zwei Mädels, die noch immer an der Ecke des Ladens stehen.

»Hey, Mann! Ich bin übrigens Luc. Gutes Spiel.« Enthusiastisch schüttelt er Nates Hand. »Falls ihr mal noch einen Flügel braucht, dann ruft mich einfach an.«

»Sicher«, erwidert Nate im ernsten Ton. Leise lachend sehe ich Luc hinterher, als er sich auf dem Absatz umdreht, um weiter nach einem Feuerzeug zu fragen.

»Also ... Was wolltest du gerade sagen?«, kommt Nate gleich wieder zur Sache und sucht meinen Blick. Als hätte mir Lucs Unterbrechung neuen Mut gegeben, hole ich wieder Luft, jedoch dieses Mal sicherer, nicht so zögernd wie eben noch. »O.k., ich bin dabei.«

Schmunzelnd betrachtet er mich mit diesen verdammten grauen Augen. »Wobei?«

An seinem amüsierten Grinsen sehe ich, dass er genau weiß, was ich meine. Als ich ihm weiterhin stumm in die Augen sehe, wird sein Lächeln immer breiter, und ich kann mir meines kaum verkneifen. »Du Idiot, du weißt schon, was ich meine.«

»Du willst das auch wirklich?«, fragt er und beobachtet mich dabei genau, sodass ihm keine Unsicherheit, keine Reaktion entgeht. Wieder nicke ich entschlossen, halte seinem Blick stand. »Unverbindlich ... locker.«

Den Bruchteil einer Sekunde scheint noch etwas anderes in seinen Augen auf, doch das ist so schnell verschwunden, wie es gekommen ist.

»Unverbindlich, locker«, wiederholt er meine Worte. »Sicher?«, forscht er weiter.

»Jaja, schon gut Nathaniel, wir haben nicht vor, ein Staatsverbrechen zu begehen. Ich bin dabei«, sage ich und grinse ihn an, woraufhin er einen amüsierten, aber auch überraschten Ton von sich gibt. Glücklich vom Tanzen, der Musik und aus einer plötzlichen Laune heraus, fühle ich mich mutig in seiner Anwesenheit und schaue über uns in die dunkle Nacht und kann selbst kaum glauben, dass ich die Worte ausspreche.

»Warum?« Berechtigte Frage, und trotzdem färben sich meine Wangen rot, weil es auszusprechen so überhaupt nicht nach mir klingt.

»Ich will zum Studieren von hier wegziehen, deswegen will ich nichts Neues mehr hier anfangen, aber um ehrlich zu sein, spricht auch irgendwie nichts dagegen, oder? Und außerdem«, ich atme durch, weil sich die Worte so flattrig aus meinem Mund anhören, »ist das mein, unser, letztes Jahr. Ich will Spaß haben und es einfach nur genießen. Dinge tun, die ich vorher nicht gemacht habe.«

Und das ist wahr, so wahr. Erst jetzt kommt er einen Schritt auf mich zu, näher noch als vorhin, als er mir seine Jacke um die Schultern legte. So nahe, dass es mich wieder im Nacken kitzelt. Mein Magen sackt wie bei der Abfahrt auf einer Achterbahn nach unten, ich spüre es bis in meine Zehenspitzen, als es dieses Mal er ist, der seinen Mund auf meinen presst. Nicht so plötzlich, nicht so beschwingt und fast schon hektisch, wie ich es auf dem Herbstfest tat. Dieser Kuss gibt mir Zeit, Zeit, es mir anders zu überlegen, Zeit, einen Rückzieher machen zu können. Auch wenn ich diese Zeit schätze, brauche ich sie nicht. Während seine Lippen auf meine treffen, seine Hand sich auf meine Wange legt, kralle ich mich im Stoff seiner Jacke fest. Ich erwidere seinen Kuss, spüre, wie mein Körper auf seinen reagiert. Meine Hände wandern von seiner Brust zu seinem Hals, in seinen Nacken, wo sich vom Duschen noch feucht ein paar Locken kringeln. Ein kleines Stück löse ich mich von ihm, um ihm ins Gesicht sehen zu können. Fragend sieht er mich an.

»Wir brauchen Regeln«, sage ich bestimmend, »ansonsten funktioniert das hier nicht.«

»Regeln?« Stirnrunzelnd sieht er mich an, während sein Daumen in kleinen, langsamen Kreisen über meine Wange streicht. »Haben wir nicht eben noch von einer ganz entspannten und lockeren Sache gesprochen?«

»Stimmt, aber damit es eben genau das auch bleibt, brauchen wir vielleicht ein paar … Richtlinien«, suche ich nach einem passenden Wort. »Ich will mich einfach darauf verlassen können, dass ich dir vertrauen kann.«

Er nickt zustimmend. »O.k.«

»Wir müssen einander sagen, wenn wir genug voneinander haben oder wenn sich etwas verändert.« Ich sehe ihn ernst an. Jetzt komme ich mir wie die vor, die das Staatsverbrechen begehen will.

Wieder nickt er zustimmend.

»Was ist mit anderen?«

Darüber hatte ich auch schon nachgedacht, aber bei mir ist diese Sache eindeutig; es ist schon überhaupt eine Sensation, dass ich mich auf jemanden auf diese Weise einlasse, und da werde ich kaum noch was mit wem anderes angefangen. Aber bei ihm? Will ich wirklich wissen, ob er noch was mit anderen hat? Tatsache ist, dass wir uns gegenseitig ausnutzen, egal, wie man unseren Deal hin und her wendet, darauf würde es immer hinauslaufen.

Entschieden schüttele ich den Kopf. »Wenn ja, brauche ich es nicht zu wissen.«

»Gut, ich auch nicht«, flüstert er gegen meine Lippen, bevor er für uns beide entscheidet, dass jetzt nicht der richtige Zeitpunkt ist, um weiterzureden. Meine Hände wandern wieder zu seinem Nacken, als er mich noch näher zu sich zieht, bis wirklich nichts mehr zwischen uns passt.

Mit geschwollenen Lippen und geröteten Wangen trete ich kurze Zeit später wieder hinter ihm ins Sally's. Vorher habe ich ihm noch seine Jacke zurückgegeben.

Romys Augen werden groß, als sie mich hinter Nate erblickt. Zum Glück ist sie die Einzige, die es bemerkt, und mich verschwörerisch angrinst.

»Da vergesse ich *einmal* meine Freitagspredigt und dann passiert so was.«

Ich muss lachen und fühle mich seltsam energiegeladen. Grinsend nehme ich den Erdbeermilchshake entgegen, den sie mir hinhält. Keine zwei Minuten später taucht Piet neben uns auf, mit dem Hut auf dem Kopf, und legt jeweils einer von uns einen Arm um die Schulter.

»Das kann jetzt die ganze Saison bitte so weiterlaufen.« Er grinst zufrieden und stützt sein ganzes Gewicht auf uns. »Ich bin so müde, ich glaub, ich könnte hier auf dem Boden einschlafen wie ein Baby.« Lachend kneife ich ihm in die Seite, damit er sich nicht noch mehr auf uns stützt, und erreiche nur das Gegenteil. Er lädt fast sein ganzes Gewicht auf uns, um einen Moment später der ahnungslosen Ella wieder den Hut über den Kopf zu ziehen.

»Ich habe doch gesagt, wenn du ihn trägst, dann gewinnen wir auch«, grölt er, lässt uns wieder frei und schneidet Ella eine Grimasse, als sie seinen Hut hinter ihm herwirft. Fröhlich pfeifend setzt er ihn sich wieder auf, hebt ihn wie ein Gentleman an, verbeugt sich und wünscht uns allen eine »verdammt geile Nacht«.

»Was willst du nach dem Abschluss machen?«
»Was?«, murmele ich und schaue dabei noch immer konzentriert auf das Arbeitsblatt vor mir.
»Du sagtest, du willst wegziehen. Zum Studieren?« Neugierig mustern seine grauen Augen mein Gesicht, während er seinen Kopf auf die Hand stützt und sich auf seinem Stuhl weiter auf meine Seite lehnt. Die Cafeteria ist nahezu leer in unserer Freistunde, nur Charlie und Ella, die gemeinsam in ihr Literaturprojekt vertieft sind, sitzen uns gegenüber.

»Ach so.« Ich zucke mit den Schultern und lege meinen Stift zur Seite. »Ich will Medizin studieren, an der UCLA.«

Überrascht zieht er seine Augenbrauen hoch, stiehlt sich meinen Stift und lässt ihn zwischen seinen Fingern kreisen.

»Ambitioniert.«

Abwesend nicke ich, während meine Augen dem Stift zwischen seinen langen Fingern folgen.

»Warum ausgerechnet die UCLA? Warum nicht Harvard, Stanford oder eine Uni in einem ganz anderen Land?«

»Mein Vater ging auf die UCLA, und irgendwie gefällt mir der Gedanke, da zu studieren, wo er studiert hat.«

Nate wiegt seinen Kopf abwechselnd hin und her, wobei er mich nicht aus den Augen lässt.

»Arbeitet dein Vater hier im Krankenhaus?«, fragt er weiter.

Ich schüttele den Kopf. »Er ist nach seinem Abschluss an der UCLA zum Militär gegangen und ist vor drei Jahren von einem seiner Einsätze nicht mehr wiedergekommen«, antworte ich, und nach seinem Blick zu urteilen, versteht er, was ich damit meine. Wieder schaue ich hinunter auf seine Hand, beobachte, wie er jetzt mit dem Stift Kreise auf sein Blatt malt.

»Gefällt dir deshalb der Gedanke, an die UCLA zu gehen, so gut?«

Ich nicke.

Ich spüre seinen musternden Blick weiterhin auf mir. »Gibt es auch einen Plan B?«

Skeptisch ziehe ich die Augenbrauen bei der Frage zusammen. »Was ist mit dir?«, erkundige ich mich, ohne auf seine Frage einzugehen.

Grinsend bemerkt er mein Starren, als er sich mit dem Stift an die Lippen tippt. »Ich will nach England zurück und dort studieren oder arbeiten.« Mein Blick wandert von seinen Lippen über sein Gesicht bis zu den Augen, die amüsiert funkeln.

»Warum bist du dann zurückgekommen, wenn es dir dort so gut gefällt?«, frage ich ehrlich interessiert.

»Warst du schon mal in Europa?«

Ich schüttele den Kopf. »Ich bin noch nie wirklich weit gereist.«

»Solltest du mal«, bemerkt er mit einem Seitenblick, bevor er meine Frage beantwortet. »Sagen wir mal so: England ist großartig, mir wurde aber geraten, wieder nach Hause zurückzugehen, um dort meinen Abschluss zu machen.«

Fragend ziehe ich eine Augenbraue hoch, kein bisschen schlauer als zuvor. Gerade als ich nachhaken will, lenkt Ella unsere Aufmerksamkeit auf sich. Mit einem lauten Knall klatscht sie das dicke Buch vor ihr auf dem Tisch zusammen.

»Warum zum Teufel mussten die früher so verdammt, verdammt, *verdammt* kompliziert schreiben? Das versteht doch bis heute kein Mensch, was die uns mit ihren Texten sagen wollten!« Frustriert lässt sie sich mit verschränkten Armen gegen die Stuhllehne fallen.

»Kunst«, erwidert Charlie schlicht, ohne von ihrem Buch aufzublicken. Schnaubend wendet Ella ihren grimmigen Blick auf sie.

»Das ist keine Kunst, das ist eine sinnlose Aneinanderreihung von Worten.«

»Nur weil du es nichts verstehst, heißt das nicht, dass es

Unsinn ist.« Charlie hebt ihren Kopf von ihren Unterlagen und sieht sie streng an.

»Wer sagt das?«

»Lemony Snicket.«

»Auch einer dieser alten grauhaarigen Männer, die vor zig Jahren gelebt haben und diese furchtbaren Bücher geschrieben haben?« Ella wedelt mit der Hand Richtung ihrer Blätter und verzieht genervt das Gesicht.

»Nein, ein heutiger Kinderbuchautor«, informiert sie Charlie und kichert, als sie Ellas verdutztes Gesicht sieht.

»Um genau zu sein, ist er sogar der Autor der Bücher, auf denen dein Lieblingsfilm basiert«, schaltet sich Nate ein.

»*Rätselhafte Ereignisse* ist dein Lieblingsfilm?« Erstaunt sehe ich sie an. Das hätte ich jetzt nicht gedacht. Ihre Augen ziehen sich zu Schlitzen zusammen, als sie Nate einen vorwurfsvollen Blick zuwirft.

»Da war ich acht Jahre alt«, murmelt sie und läuft rot an.

»Und trotzdem siehst du ihn dir beinahe jedes Wochenende an.«

»Ach, halt die Klappe.« Ärgerlich schmeißt sie ihren Radiergummi nach ihm, den er lachend auffängt.

»Was machst du eigentlich? Ist das für das Literaturprojekt?« Kritisch beäugt Ella die Skizzen vor Charlie.

»Ne. Letzte Woche haben wir uns einen Vortrag von Mr. Taylor zum Anthropozän angehört und das hat mich auf eine Idee für ein neues Kunstprojekt gebracht. Ich probiere nur ein bisschen was aus«, antwortet Charlie und blickt gedankenverloren auf das Papier vor sich. Mein Blick richtet sich ebenfalls gespannt auf die Skizzen, kann aber verkehrt herum nicht erkennen, was sie darstellen sollen.

Belustigt beobachte ich Ella, die sich fluchend wieder ihrem Buch widmet, bis eine federleichte Berührung am Arm meine Konzentration auf sich zieht. Mein Stift in Nates Hand streicht sachte über meinen Unterarm und jagt mir eine Gänsehaut über den Körper. Langsam wandert mein Blick von dem Stift Nates Arm entlang, hinauf zu seiner Schulter, hin zu seinem Gesicht, das mit einem leisen Schmunzeln auf die zwei Streithähne vor uns gerichtet ist. Nur das Zucken seiner Mundwinkel beweist mir, dass er ganz genau weiß, was er tut, als er mit dem Stift immer weiter nach oben wandert. Unruhig rutsche ich auf meinem Stuhl hin und her, bis ich nach dem Stift greifen will, er ihn aber blitzschnell aus meiner Reichweite bringt. Mit zusammengekniffenen Augen sehe ich ihn an, bevor ich mir einen anderen Stift aus der Mappe nehme und mich wieder dem Aufgabenblatt vor mir widme. *C3- und C4-Pflanzen unterscheiden sich durch verschiedene Merkmale. Welches trifft zu?* Sobald ich beginne, mir die Antwortmöglichkeiten durchzulesen, spüre ich Nates Nähe an meiner Seite. Von außen sieht es so aus, als würde er mir bloß helfen wollen, wie er sich über meine Schulter beugt, sich mit der Hand an meiner Stuhllehne abstützt und auf mein Blatt sieht. Ich brauche mein Gesicht nicht zu drehen, um zu wissen, dass auf seinen Lippen dieses schiefe Lächeln liegt. Sein Atem schlägt gegen die empfindliche Haut an meinem Hals und lässt meinen Puls höherschlagen. Ich werfe Ella und Charlie einen raschen Blick zu, die allerdings wieder in ihre Bücher vertieft sind und keine Notiz von uns nehmen.

»Ich tippe mal auf *B*«, flüstert er und grinst bei der Reaktion, die mein Körper auf seinen hat. Bemüht gelassen wende ich meinen Kopf ihm zu, wobei meine Lippen seinen so nah sind, dass ich sie beinahe fühlen kann.

»Hast du nichts zu tun?«, frage ich ihn leise, ohne den Augenkontakt zwischen uns zu unterbrechen, und deute auf seine eigenen Unterlagen. Ein schelmisches Grinsen überzieht sein Gesicht, als er nur mit den Schultern zuckt.

»Ich bin schon fertig.«

Skeptisch runzele ich die Stirn, während sein Blick zu meinen Lippen wandert. So nah. Mein ganzer Körper ist angespannt, als er abermals beginnt, mit dem Stift über meinen Unterarm zu fahren und eine brennende Spur darauf hinterlässt. Kurz bevor er den minimalen Abstand zwischen uns überbrücken will, seine Lippen beinahe die meinen berühren, drehe ich meinen Kopf wieder meinen Aufgaben zu und tue so, als würde ich von all dem nichts mitbekommen. Leise lachend zieht sich Nate wieder zurück, sticht mir den Stift leicht in die Seite und beugt sich über sein Buch, als wäre nichts geschehen. Meine Konzentration ist hin und die Worte vor mir ergeben absolut keinen Sinn mehr. Seufzend lehne ich mich auf meinem Stuhl zurück.

Da fallen mir zwei Personen vor der gläsernen Flügeltür auf. Mit zusammengekniffenen Augen beobachte ich Romy, die sich mit einem großen Jungen mit honigblondem Haar unterhält, den ich nur zu gut kenne. Erst bin ich versucht, Charlie auf die beiden aufmerksam zu machen, aber ich will kein Drama um vielleicht nichts verursachen. Erst würde ich Romy selbst darauf ansprechen. Auch wenn ich gespannt auf ihre Erklärung bin. Keith und sie haben keinen einzigen Kurs gemeinsam, worüber ich ihretwegen Anfang des Schuljahres mehr als froh war. Er ist weder in einer der Schulmannschaften noch in irgendeiner Art und Weise an sonst etwas oder jemandem interessiert als an sich selbst. Fast sechs Monate ging das mit den beiden, bis auf einer Party rauskam, dass er ständig eine andere zwischendurch hatte, und als Romy ihn zur Rede stellte, zuckte er desinteressiert mit den Schultern und sagte, sie sei zu langweilig. Danach war ihr Selbstwertgefühl im Keller, und es hatte Charlie und mich Wochen gekostet, um sie wieder in die Bahn zu kriegen. Noch einmal will ich mir das nicht anschauen.

»Sue?« Aufgeschreckt blinzele ich Charlie an, die mich unter dem Tisch getreten hat, um meine Aufmerksamkeit auf sich zu lenken. Fast denke ich, dass sie die beiden ebenfalls bemerkt hat und den gleichen Gedanken hatte wie ich, doch dann sehe ich in das fragende Gesicht von Ella. Nicht Charlie hatte meinen Namen gesagt, sondern sie.

»Ja?«

»Was meinst du? Eine Kostümparty wäre doch cool?«

»Kostümparty?«, wiederhole ich irritiert.

»Zu meinem Geburtstag in einem Monat.« Ellas Augen strahlen mich an vor Aufregung.

»Klar, ich bin dabei.«

»Wobei?« Wippend kommt Romy zu uns, lässt die Tasche auf den Tisch fallen und setzt sich mir gegenüber neben Charlie. Während Ella sie über ihre Geburtstagspläne informiert, versuche ich, Romys Blick zu erhaschen, doch sie weicht mir die ganze Mittagspause über aus.

»Was wollte Keith von dir?«, erkundige ich mich auf dem Weg über den Parkplatz zu ihrem Auto, nachdem wir die letzte Unterrichtsstunde hinter uns gebracht haben.

»Ach, nur plaudern.« Sie hebt eine Schulter, als wäre das kein großes Ding, muss aber ein kleines freudiges Grinsen dabei mühsam unterdrücken. Ich kenne sie zu gut.

»Und worüber?«, hake ich nach, entschlossen, sie dieses Mal nicht so einfach davonkommen zu lassen.

»Eben nur reden, wie es mir so geht, was ich an Thanksgiving mache und so.«

Skeptisch hebe ich eine Augenbraue. »Und das war alles?«

Romy öffnet die Fahrertür und sieht mich über das Autodach genervt an.

»Hör zu, ich werde nicht wieder was mit ihm anfangen, das verspreche ich dir. Aber ich kann nicht versprechen, dass ich nie wieder mit ihm reden werde.«

Gott, ich muss mir auf die Zunge beißen, um nichts Unüberlegtes zu sagen.

»Tut mir leid, aber ich versteh dich nicht. Der Typ hat dich mehr als einmal angelogen und hat was weiß ich noch gemacht, du solltest gar nicht mehr mit ihm reden *wollen*.« Ich fass es nicht, dass wir diese Unterhaltung überhaupt führen müssen.

»Ich weiß gut genug, was er gemacht hat. Lass uns das einfach vergessen, o.k.? Ich halte mich fern von ihm, und das schon seit mehreren Wochen. Ich werde mich nicht mehr auf ihn einlassen.« Mit diesen Worten hebt sie wie zum Schwur zwei Finger in die Höhe, steigt ein und wartet darauf, dass ich es ihr gleichtue. Tief Luft holend schnalle ich mich an.

»Tut mir leid, ich mach mir nur Sorgen«, räume ich ein. Romy wirft mir ein kurzes Lächeln zu, steckt den Schlüssel ins Zündschloss und parkt rückwärts aus.

»Das ist leicht«, sage ich zur Begrüßung. »*Tanz der kleinen Schwäne* von Tschaikowsky.« Ich lasse die Haustür hinter mir zufallen und lege meinen Schlüssel auf die Anrichte im Flur.

»Das Stück macht mir immer gute Laune. Hallo, Liebes«, begrüßt mich Gran, als ich hungrig in die Küche trete. Das Wasser läuft mir im Mund zusammen, als ich den leckeren Geruch von Tomatensuppe rieche.

»Sag mal, hast du meine Zeitung von heute gesehen?«, fragt sie mich, wobei sie sich suchend in der Küche umblickt.

»Auf dem Wohnzimmertisch?« Gähnend greife ich nach der Schranktür, um die Suppenteller herauszuholen und auf den Tisch zu stellen.

»Da habe ich auch schon nachgesehen«, räumt Gran mürrisch ein, während sie die Suppe abschmeckt und dann den Topf auf den Tisch stellt.

»Wie läuft es eigentlich momentan in der Schule?«

Verwundert sehe ich auf, so was fragt Gran eigentlich sonst nie. Nicht, weil sie sich dafür nicht interessieren würde, aber sie tat es einfach nie, und mich hat das auch nie besonders gestört, denn wenn etwas los wäre, würde ich es ihr ohnehin erzählen.

»Eigentlich alles wie immer. Mein Aufsatz in Bio war wirklich gut und sogar Charlie ist voll zufrieden mit ihrer Note.« Ich muss grinsen, als ich daran zurückdenke, dass Charlie mitten auf dem Schulflur einen Freudentanz aufgeführt hatte, nachdem wir unsere Noten bekommen haben.

»Da fehlt noch etwas Käse«, bemerke ich nach dem ersten Löffel, schiebe meinen Stuhl zurück und öffne den Kühlschrank.

»Gran …?« Überrascht lachend ziehe ich die Zeitung aus dem obersten Kühlschrankfach und halte sie schmunzelnd vor mir in die Höhe. »Ich glaube, ich habe deine Tageszeitung gefunden.«

Die nächsten Wochen laufen gut. Richtig gut sogar. Mittlerweile ist es seltsamerweise ganz natürlich, ab und zu mit Nate irgendwohin zu verschwinden, um allein sein zu können. Unser Deal macht Spaß, ist unkompliziert und ist, anders als erwartet, *einfach*. Und auch wenn wir bisher noch keinen Sex hatten, habe ich nicht das Gefühl, in Eile zu sein. Das liegt weniger daran, dass wir es nicht wollen würden, aber bisher hatte es sich nie ergeben. Auch weil wir uns nie allein verabreden, sondern immer nur mit den anderen, von denen wir uns dann für kurze Zeit absondern, für einen Spaziergang, einen Kaffee oder aus sonst irgendwelchen vorgeschobenen Gründen. Nie wirklich auffällig, aber alle wissen es, sagen aber nichts dazu, sondern lassen es meistens unkommentiert, was mir nur recht ist. Piets anzügliche Sprüche folgen uns zwar manchmal und auch das Grinsen von Romy, aber mehr nicht. Anfangs war es mir vor allem vor Ella unangenehm gewesen, aber sie nimmt keine Notiz von uns und ignoriert die Tatsache, dass ich eine unverbindliche Beziehung mit ihrem Bruder führe. Manchmal frage ich mich, ob Nate auf Partys auch mit anderen Mädchen etwas anfängt, aber diese Gedanken verwerfe ich ganz schnell wieder. Wir haben einen Deal, der nur dann funktioniert, wenn jeder von uns sich auch daran hält. Es macht Spaß und es ist unkompliziert. Auch Keith sehe ich nicht mehr in Romys Nähe, und Charlies Augen leuchten noch immer, wenn sie uns von Jasmine erzählt. Dieses Wochenende, zu Ellas Geburtstag, würde sie sie wieder besuchen kommen.

Im Großen und Ganzen läuft es also für uns alle drei momentan tatsächlich gut. Meine Schulnoten halten sich, was befriedigend ist, zumal ich so viel Zeit hineinsteckte. Charlie arbeitet an ihrer Kunst, schickte immer wieder Bilder in unsere Chatgruppe, die sie malt und zeichnet, oder zeigt sie uns stolz, wenn wir bei ihr sind. Und Romy – Romy ist einfach Romy. Ihr Verhältnis zu ihren Eltern war nie besonders gut gewesen, aber selbst das ist in den paar Wochen kaum Thema gewesen. Nachdem sie den Klimawandel keine große Aufmerksamkeit mehr schenkte, konzentriert sie sich jetzt auf Hip-Hop Musik, was zu meinem Leidwesen jeden Morgen im Auto auf voller Lautstärke zelebriert wird.

Gemeinsam mit Charlie, Piet und Nate trete ich am Donnerstag nach der letzten Stunde für heute aus der Schule in die herbstliche Sonne, die trotz der beißenden Kälte noch immer ihre warmen Fühler nach unseren Gesichtern ausstreckt. Piet und Nate verabschieden sich von uns, um zu dem Parkplatz vor der Sporthalle zu gehen, weil sie am Morgen noch ein Zusatztraining vor dem schweren Spiel am Wochenende hatten und ihr Auto dort geparkt hatten.

»Hast du kurz zwei Minuten?«, frage ich Charlie hoffnungsvoll. Seit Wochen hatte ich sie kaum mal allein zu Gesicht bekommen, sondern stets nur in der Gruppe oder zu dritt mit Romy, dabei wollte ich sie unbedingt nach ihrer Meinung fragen.

»Klar«, sagt sie und richtet dabei ihre ganze Aufmerksamkeit auf mich.

»Wie findest du das eigentlich mit mir und Nate?« Unbeholfen mache ich bei den letzten Worten Anführungszeichen in die Luft, weil ich nicht weiß, wie ich es sonst ausdrücken soll.

»Was genau meinst du?«

»Na ja – du hattest mir ja damals davon abgeraten, und dann habe ich es doch gemacht, ohne noch einmal mit dir oder Romy darüber zu reden«, drucske ich herum.

Stirnrunzelnd betrachtet sie mich. »Ja, aber das ist doch allein deine Entscheidung.«

»Schon. Nur – ach, ich weiß auch nicht. Ich wollte dich das einfach fragen.«

»Hmm. Ich find's gut, solange du dich wohlfühlst.« Unsicher sieht sie mich an. »Fühlst du dich denn wohl?«

Ich nicke.

»Aber dann spricht doch nichts dagegen.« Forschend sieht sie in mein Gesicht, als würde sie nach einem Anzeichen für das Gegenteil suchen. »Oder nicht?«

Ich zucke mit den Achseln. »Nein. Ich will einfach nur nicht so ein Mädchen sein. Deswegen habe ich am Anfang auch gezögert.«

Sie hebt eine Augenbraue. »Was meinst du mit *so* ein Mädchen?«

»Ich will halt nicht in irgendeine Schublade gesteckt werden. So nach dem Motto mit ihr kann man es ja machen.«

Charlie sieht mich mahnend an und schüttelt dann entschieden mit dem Kopf. »Ich glaube, du solltest diese Unterscheidung einfach gar nicht erst machen. *So* oder *so* ein Mädchen?« Bei ihren Worten hebt sie beide Arme wie eine Waage vor sich. »Das klingt, als wäre das eine besser als das andere. Ist doch scheißegal, mit wem du was oder was nicht hast? Das sollte dich nicht stoppen und verändern tut es dich ja auch nicht.« Sie zuckt abermals mit den Schultern. »Ich finde das Blödsinn. Bei Nate macht man doch auch keinen Unterschied zwischen *so* und *so* einem.«

Nachdenklich schaue ich sie an. »Du hast recht«, murmele ich.

»Ich würde mir darüber keine Gedanken machen. Ob du jetzt einen, zwei oder drei Jungs küsst. Na und? Das macht dich weder besser noch schlechter.«

Ich lege meinen Kopf schief, dankbar, die Worte aus ihrem Mund zu hören. »Du hast recht.« Aus einem Impuls heraus umarme ich sie. »Danke fürs Kopfgeraderücken.«

»Kein Problem«, winkt sie ab. »Soll ich dich mitnehmen?«

»Ach lass nur, das ist doch die entgegengesetzte Richtung. Ich fahre heute einfach mit dem Bus«, beschließe ich. Der Nachteil, wenn man keinen Führerschein hat und die Mitfahrgelegenheit, auch genannt Chauffeur-Romy, krank ist.

»Wie du willst, aber wäre kein Problem für mich.« Abermals schüttele ich dankend den Kopf, umarme sie noch einmal fest und marschiere Richtung Bushaltestelle. Die Kopfhörer in den Ohren, die Sonne im Nacken, warte ich mit geschlossenen Augen auf den Bus. Das unvermittelte Hupen auf der Straße lässt mich zusammenzucken, dennoch bleibe ich einfach sitzen, bis es ein zweites Mal direkt vor mir hupt und ich ein Auge aufmache, um zu sehen, was los ist. Der schwarze Jeep steht genau vor mir, dort, wo eigentlich der Bus jede Minute kommen müsste. Mit leisem Klicken öffnet sich die Beifahrertür, wodurch ich einen kurzen Blick auf Nate erhasche, der sich über die Mittelkonsole lehnt und mir zuwinkt.

»Steig ein, ich fahr dich nach Hause.« Fast bin ich gewillt zu verneinen, aber als der Bus hinter uns um die Ecke biegt und Nate keine Anstalten macht wegzufahren, steige ich schnell ein und schnalle mich an.

»Danke, aber das ist wirklich nicht nötig, ich hätte auch mit dem Bus fahren können.« Entspannt zuckt er mit den Schultern und wirft mir einen kurzen Blick zu, bevor er sich nach vorne lehnt und die Musik einschaltet.

»Du wohnst quasi auf dem Weg.« Dass ich quasi auf dem Weg wohne, ist übertrieben, aber dennoch lächle ich ihn dankbar an.

»Willst du noch mit reinkommen?«, frage ich ihn zögernd, als er ein paar Minuten später vor unserem Haus hält. Es wäre das erste Mal, dass er bei mir wäre, und auf einmal bin ich mir unsicher. Überrascht hält er eine kurze Sekunde inne, grinst mich dann aber an und nickt.

Das Haus ist leer, aber das ist keine Überraschung. Gran ist bei einem ihrer Treffen für alte Frauen, wie sie sie immer nennt, und würde erst am späten Abend wiederkommen. Anderenfalls hätte ich Nate nicht eingeladen, weil mich der Gedanke an ein Treffen von Gran und Nate seltsam beunruhigt.

»Willst du was trinken?«, biete ich ihm an, wobei ich zwei Gläser aus dem Schrank hole.

»Nur Wasser.« Ich drehe mich zu ihm um, reiche ihm das Glas mit kaltem Wasser und beobachte ihn, wie er sich die Fotos an der Wand ansieht.

»Ist deine Mutter nicht zu Hause?« Bei seiner naheliegenden Frage verschlucke ich mich an meinem Wasser, ungläubig sehe ich ihn hustend an, bevor mir bewusst wird, dass er es gar nicht besser wissen kann.

»Ich kenne meine Mutter gar nicht. Sie ist kurz nach meiner Geburt weggegangen«, erkläre ich ihm, während ich neben ihn trete und auf eines der Bilder zeige, das mich und Gran zeigt. »Ich wohne bei meiner Gran.« Ich spüre seinen Blick auf mir ruhen, aber starre nur weiterhin auf das eingerahmte Bild vor mir. Es ist nicht mehr ganz so schwer, darüber zu reden, aber ich musste schon lange niemanden mehr meine Familiensituation erklären. Vor drei Jahren, als Charlie zu uns zog, das war das letzte Mal gewesen.

»Entschuldige, dass wusste ich nicht«, verlegen reibt er an seinem Arm, wendet seinen Blick aber nicht von mir. Ehrliches Bedauern schwingt in seinen Worten mit, die ich mit einem dankbaren Nicken annehme und mich ihm zuwende.

»Ich kannte sie nicht und sie hat sich auch nie gemeldet. Vermutlich ist es auch besser so«, sage ich und drehe mich zur

Anrichte der Küche hin, um mein Wasserglas wieder aufzufüllen. Räuspernd folgt er mir, lehnt sich mir gegenüber an die Wand und beobachtet mich.

»Meine Eltern haben sich damals an der UCLA kennengelernt. Mein Pa hat nie viel über sie erzählt, aber ich habe auch nie nachgefragt, zumindest nicht mehr seitdem ich vielleicht so zehn bin. Ich habe erst im Kindergarten begriffen, dass alle Kinder immer zwei Elternteile hatten und nicht wie ich nur eines.« Ich zuckte mit den Schultern. »Ich glaube, ich habe mal eine Zeit lang viel nachgefragt, aber irgendwann dann nicht mehr. Ich kann mich kaum noch daran erinnern. Wir waren, seitdem ich denken kann, immer nur wir drei, und das war ehrlich gesagt immer ziemlich toll.«

»Ihr seht wie ein gutes Team aus«, antwortet Nate und deutet auf eines der Bilder. »Alle Wege führen also zur UCLA.« Nate grinst, um die Stimmung zwischen uns wieder aufzulockern.

»Scheint so«, erwidere ich und sehe ihn an. Schweigend trinken wir beide unsere Gläser leer, wobei mir unsere Position wie ein Déjà-vu vorkommt. Meine Wangen färben sich rosig, als ich an den Abend der Party zurückdenke, und das Grinsen auf seinem Gesicht sagt mir, dass er an das Gleiche denkt. Mit einem Mal ist die bedrückende Stimmung von eben verschwunden und hat sich in etwas ganz anderes umgewandelt. Mit langsamen Schritten kommt er auf mich zu, stellt das Glas hinter mir auf die Theke und streift dabei wie beiläufig mit dem Arm meine Seite. Ich lehne meinen Kopf in den Nacken, um ihm ins Gesicht sehen zu können, während er mir mein Glas aus der Hand nimmt und ebenfalls hinter mich stellt. Auf seinem kantigen Gesicht bildet sich ein kleines Lächeln, als er mit den Händen meine Hüften berührt und sich weiter nach vorne lehnt. Mittlerweile ist mir das so vertraut, dass ich ganz automatisch meine Arme in seinem Nacken verschränke, um noch den letzten Abstand zwischen uns zu verringern. Ich spüre sein raues Lachen an meinen Lippen in dem Moment, in dem unsere Lippen aufeinandertreffen. Mit den Fingern fahre ich seinen Nacken hinauf, während er meine Hüfte noch fester packt und mich an sich presst. Ein leises Stöhnen entweicht meinem Mund, als er mit den Händen weiterwandert, meinen Po umfasst und mich vor sich auf die Anrichte hebt. Seine Zunge leckt über meine Unterlippe, bittet um Einlass, den ich ihm nur zu gerne gewähre. Seine Hände streichen an meinen Oberschenkeln hoch, greifen fester zu, heben mich noch einmal hoch, und mit langen Schritten durchquert er die kleine Küche zum angrenzenden Wohnzimmer. Mit mir auf seinem Schoß lässt er sich auf das Sofa sinken, wobei seine Lippen von meinem Mund zu meinem Hals wandern. Seufzend lehne ich meinen Kopf zur Seite, um ihn noch mehr Platz zu geben, als er an der empfindlichen Stelle unter meinem Ohr saugt und seine Daumen an meinen Hüften immer weitere Kreise ziehen, bis er oberhalb meines Jeansbundes auf nackte Haut trifft. Mit der einen Hand streiche ich über seine Brust bis zum Bauch, an dem ich durch sein Shirt die angespannten Muskeln spüre. Wieder treffen unsere Münder hitzig aufeinander und seine Hände ziehen den Saum meines Pullovers hoch, ziehen ihn mir über den Kopf und halten einen Moment inne, um mich anzusehen. Seine Augen sind so dunkelgrau, wie ich sie noch nie gesehen habe, und all meine Unsicherheiten spielen in diesem Moment überhaupt keine Rolle, als sein Blick über meinen Hals hinab zu meinem Brüsten wandert, deren harte Nippel sich durch den Spitzenbustier drücken. Als er mein Tattoo unterhalb meines Herzens sieht, hebt er die Hand und streicht mit den Fingern so leicht darüber, dass sich Gänsehaut über meinen ganzen Körper ausbreitet.

Kapitel 5

Am selben Tag

»Ein Kirschbaum?«, fragt er mit rauer Stimme, die die Hitze in meinem Körper nur noch weiter anfacht. Mit dem Zeigefinger zeichnet er einen der Äste nach, dann noch einen und noch einen. Noch nie hatte jemand mein Tattoo so berührt, wie er es gerade tut. »Wir müssen nicht darüber reden«, bemerkt er, als ich noch immer nicht geantwortet habe, sondern ihm weiterhin nur in die Augen sehe, abwägend, ob ich es ihm erzählen soll oder nicht. Seine Finger fahren immer noch über den Stamm und die dünnen Äste des Kirschbaumes, bis hin zu der einzelnen rosa Blüte. So schnell sich die Stimmung vorhin gedreht hatte, so schnell wandelt sie sich auch jetzt.

»Mein Pa hatte das gleiche Tattoo. Aber sein Kirschbaum war auf dem Schulterblatt, viel, viel größer als meiner, also weiter verzweigt und voller Blüten.« Bei den letzten Worten muss ich schlucken. Es war viel schöner als meines gewesen, nur war die Bedeutung der Blüten das Gegenteil davon. »Ich habe dir ja erzählt, dass er Arzt beim Militär war und für jeden Kameraden, jeden Soldaten, jeden Freund seiner Einheit und jeden Verletzten, dem er nicht mehr helfen konnte und dort draußen verlor, ließ er sich eine Blüte stechen, um sie nicht zu vergessen, um sie zu ehren.« Ich schlucke. Der Verlust ging ihm wortwörtlich unter die Haut. Ich hole tief Luft, während Nate mir aufmerksam zuhört. »Nach seinem Tod habe ich mir ebenfalls einen Kirschbaum stechen lassen und die Blüte steht für meinen Verlust, also für Pa«, schließe ich, die Augen abwartend auf sein ruhiges Gesicht gerichtet.

»Beeindruckend«, flüstert er nach einer Weile leise und bei seinen Worten bildet sich ein kleines Lächeln auf meinem Gesicht.

»Ihr standet euch wirklich nahe, oder?« Es klingt nicht wirklich wie eine Frage, aber ich nicke dennoch.

»Er ist deine Motivation.« In seiner Stimme schwingt keine Wertung, keine Verwunderung mit, sondern bloßes Interesse und vielleicht sogar ein Funken Bewunderung.

»Ja.« Die Intensität, die das hier mit sich zieht, bereitet mir auf einmal Unbehagen. Zu viel, zu intensiv, zu emotional.

»War das zu viel?«, frage ich, ehe ich mich zurückhalten kann. Stirnrunzelnd sieht mich Nate fragend an.

»Was meinst du?«

»War das zu viel? Ich meine, wir haben diesen Deal –«

»Wir haben zwar diesen Deal, aber das heißt doch noch lange nicht, dass ich mich nicht für dich interessiere«, unterbricht er mich leise, aber entschieden.

Überrascht sehe ich ihn an, nicke abermals und bin erleichtert, als sich sein Mund zu einem schiefen Grinsen verzieht.

»Okay«, flüstere ich, streiche mit meinem Daumen über seinen Nacken, und mir wird erst jetzt bewusst, dass ich noch immer auf seinem Schoß sitze, meine Finger in seinem Nacken verschränkt.

»Weißt du, das ist bei mir anders. Ich sehe dich nur als reines Lustobjekt an.« Ich grinse und schreie überrascht auf, als er mich plötzlich packt und rücklings auf das Sofa dreht.

»Ach, ist das so?«, fragt er mich lachend, während er sich mit den Unterarmen abstützt. »Frieden! Freunde?«, frage ich grinsend und lasse dabei meinen Blick über sein Gesicht zu seinen grauen Augen wandern.

»Freunde.« Schmunzelnd legt er mir seine Hand an die Wange, um meinen Kopf zu sich zu ziehen. »Freunde, die gerne das hier tun«, raunt er mir an meinen Lippen zu, bevor er seinen Mund wieder auf meinen drückt. Dieses Mal zaghaft, als würde er um Erlaubnis bitten wollen. Eine Erlaubnis, die ich ihm zu gerne geben will, als ich genau in diesem Moment das Öffnen der Haustür höre. Hastig rutsche ich unter ihm hervor, ziehe mir meinen Pulli in Lichtgeschwindigkeit über und fahre mir durch die Haare, um sie einigermaßen zu richten. Keine Sekunde später tauchen die weißen kurzen Locken meiner Gran auf, die summend in die Küche spaziert. Für den ersten Augenblick sehe ich die Überraschung in ihren Augen, als sie uns nebeneinander im Wohnzimmer stehen sieht, lächelt dann aber, als wäre es völlig normal, dass ich einen Jungen mit nach Hause bringe.

»Hallo, Liebes. Die alten Frauen hatten heute kein anderes Thema als Kürbis.« Sie verzieht angeekelt den Mund. »Da bin ich ausnahmsweise eher gegangen«, erklärt sie mir ihr frühes Nachhausekommen, bevor sie Nate ansieht. »Hätte ich gewusst, dass du Besuch bekommst, wäre ich vielleicht noch länger dageblieben. Ich wollte euch nicht stören.« Schmunzelnd stellt sie den Korb voller Kürbisse auf die Theke und mustert uns neugierig.

Bevor ich etwas sagen kann, setzt sich Nate neben mir in Bewegung, ist mit langen Schritten bei meiner Gran und streckt ihr höflich die Hand entgegen.

»Ich bin Nate, schön Sie kennenzulernen.« Lächelnd nimmt Gran seine Hand entgegen, ehe sie sich selbst vorstellt.

»Ich bin Sarah, aber du kannst mich ruhig Sally nennen. Sag mal, magst du Kürbisse?« Ich presse meine Lippen aufeinander, um bei seinem überraschten Gesicht nicht in Lachen auszubrechen.

»Ja, eigentlich schon«, antwortet er ein bisschen unsicherer, als ich ihn bisher kennengelernt habe. Erfreut klatscht Gran in die Hände und deutet auf den Korb hinter sich.

»Bitte, du kannst sie alle haben.« Grans Blick huscht lächelnd über seine Schulter zu mir. »Sue und ich mögen nichts mit Kürbis zu tun haben, aber ich konnte sie bei dem alten Frauentreffen unmöglich ablehnen, sonst hätten sie mich womöglich mit ihren Stricknadeln zum Teufel gejagt«, erklärt sie mit einem fiesen Grinsen.

Einmal habe ich sie gefragt, warum sie überhaupt zu diesen Treffen geht, wenn sie all die Frauen nicht mag. Sie zuckte bloß die Schultern und meinte, dass alte Menschen manchmal eben Dinge tun, die alte Menschen klassischer Weise tun würden, denn das gehört zum Altsein dazu. Wenig einleuchtend, aber solange wir uns danach beim Abendessen über ihren Klatsch und Tratsch lustig machten, hatten wir beide Spaß.

»Vielen Dank. Ich glaube, darüber wird sich meine Schwester freuen, wenn sie ihren Geburtstag an Halloween feiern will«, bemerkt er schmunzelnd mit einem Blick auf mich.

»Oh, Ella ist deine Schwester?«, fragt Gran neugierig. Ich habe ihr von der Party bereits erzählt und zusammen mit ihr über Kostümideen geplaudert. Nate nickt, bevor er seine Hände aneinander reibt und mich unsicher ansieht. »Also, ich wollte eigentlich gerade auch gehen.«

Gran dreht sich zu dem Korb, um ihm diesen zu reichen. Lächelnd berührt sie zum Abschied sein Handgelenk.

»Na dann, bis zum nächsten Mal.« Das Lächeln, dass mir Gran zuwirft, lässt meine Wangen rot werden, als ich hinter Nate den Flur entlanggehe, um ihn zur Tür zu begleiten.

Kürbis. Kürbissuppe, Kürbisbrot, Kürbispaste, Kürbiskuchen, Kürbisauflauf. Überall. Kürbis.

»Heilige Scheiße, ich wusste nicht, dass man so viel mit Kürbis machen kann«, raunt mir eine Fledermaus aka Romy ins Ohr und begutachtet erstaunt den Tisch voller Essen vor uns.

»Ja, das war mir bis eben auch noch nicht so ganz klar«, erwidere ich ebenso leise, jedoch nur halb so enthusiastisch.

»Wollt ihr was trinken? Bier, Wein, Schnaps oder was anderes?« Ella quetscht sich, als Geist verkleidet, zwischen zwei Leuten hindurch und kommt freudestrahlend auf uns zu.

»Schnaps klingt gut«, antworte ich ihr, nachdem sie uns stürmisch umarmt hat. Angesichts des ganzen Essens könnte ich gerade tatsächlich einen Schnaps zur Abwechslung vertragen, obwohl ich das eigentlich in der Regel nie tat. Romy entscheidet sich für Cola Light. Gemeinsam drängen wir uns an den anderen vorbei zu den Getränken, während ich den Raum mit den Augen nach Charlie absuche.

»Hier.« Ella drückt mir das kleine Gläschen in die Hand, dessen Inhalt ich auf ex runterkippe.

»Was zum Teufel ist das?« Hustend verziehe ich das Gesicht und starre das leere Glas in meiner Hand an. »Das schmeckt ja furchtbar.« Mit der Hand wische ich mir über den Mund, als würde davon der Geschmack von meiner Zunge weggehen und das Brennen in meiner Kehle aufhören.

»Kürbisschnaps.« Verwundert über meine Reaktion sieht sie stirnrunzelnd auf das Etikett der Flasche. »Wirklich so schlimm? Schade, ich dachte der wäre vielleicht ganz lecker und mal was anderes zu Halloween.«

»Sie hasst alles, was mit Kürbis zu tun hat«, klärt sie Romy auf, die sich vor Lachen den Bauch hält.

»Oh, das tut mir leid. Dann lieber Bier oder Wein?«

»Wasser wäre mir gerade am liebsten.« Erst nach zwei Gläsern Wasser und einem Stück Pizza (ohne Kürbis) habe ich nicht mehr diesen bitter-süßlichen Geschmack in meinem Mund.

»Wann kommt Charlie?«

»Sie müsste eigentlich jeden Moment da sein.« Ella sieht zu der großen Standuhr, die am anderen Ende des Raumes steht und sich ziemlich gut in die düstere Deko einfügt. Man könnte meinen, sie hätten sie extra nur für heute aufgestellt.

»Jasmine ist dieses Wochenende zu Besuch und sie wollen bestimmt ihre Zweisamkeit noch ein wenig länger genießen.«

Augenbrauenwackelnd sieht Romy Ella und mich an, bevor sich plötzlich zwei Hände um unsere Taillen schlingen und ein gellender Schrei unser Trommelfell zerreißt. Kreischend zucken wir zusammen, wobei sich Romys Arm an meinem festkrallt. Das tiefe Lachen von Piet ertönt unter der weißen Maske der Gestalt, die sich von hinten an uns herangeschlichen hat. Sofort kassiert er für die Aktion von Romy und mir jeweils einen Schlag gegen den Oberarm.

»Aua«, empört er sich. Immer noch lachend zieht er sich die Maske vom Kopf.

»Spinnst du?«, fahren Romy und ich ihn gleichzeitig an.

»Entspannt euch. Es ist Halloween, da muss man ständig auf der Hut sein.« Grinsend zieht er eine Augenbraue hoch, als er unsere Verkleidungen abschätzig mustert.

»Zwei Fledermäuse, sehr originell.« Stolz stützt er sich mit dem Arm auf seine Plastiksense.

»Sagt der Sensenmann«, erwidere ich grimmig und nehme einen Schluck von dem kühlen Wasser in meiner Hand.

»Das ist immer noch besser als das Outfit von Nate, mit dem er hier irgendwo herumläuft.«

»Er ist so ein Spielverderber. Ich musste ihn auf Knien anflehen, dass er sich überhaupt verkleidet, und das war die einzige Idee, zu der ich ihn überreden konnte«, schaltet sich Ella ein, die augenverdrehend an ihrem Glas nippt und hinter uns deutet.

»Was soll er darstellen? Einen verletzten Basketballspieler?« Skeptisch betrachte ich das Trikot, die geschminkte Platzwunde an der Stirn und das Kunstblut an seinem Knie, das wie ein Biss aussieht.

»Ein Basketballspieler, der von einem Zombie gebissen wurde.« Ella rümpft die Nase, woraufhin Romy und ich lachen müssen. Nate steht in einer kleinen Gruppe auf der anderen Seite des Raumes, wo er sich mit einem Geist und einer Hexe unterhält. Einen Moment treffen sich unsere Blicke, bevor meine Aufmerksamkeit auf Charlie gelenkt wird, die als weitere Hexe und mit einem Zombie im Schlepptau sich den Weg zu uns durchkämpft.

»Jetzt haben wir auch einen passenden Zombie zu unserem bemitleidenswerten Basketballspieler«, bemerkt Piet trocken, beugt sich zu mir vor und grinst. »Hoffentlich ist er Sonntag nicht wirklich verletzt, sonst jage ich ihn mit meiner Sense.« Er tätschelt seine Plastiksense wie ein treues Hündchen.

Ella zieht uns mit sich in das riesige Wohnzimmer, das als Tanzfläche dient und schwingt ihre Hüften im Takt der Musik, deren Bässe in meinen Knochen vibrieren. Romy greift nach meiner Hand, streckt sie in die Höhe, um sich darunter durchzudrehen, und schwingt dabei ihre Hüfte gegen meine. Eng umschlungen tanzen Jasmine und Charlie neben uns. Lachend bewegen wir uns weiter zur Musik, bis ich, abwechselnd mit Romy oder Ella, Seite an Seite, die Leute um uns herum vergesse. Ich weiß nicht, wie lange wir so tanzen, wie viele Songs schon gespielt worden sind, aber irgendwann habe ich keine Puste mehr. Mit einem Finger deute ich auf mein leeres Glas und dann auf die Küche, um Romy ohne Worte verstehen zu geben, dass ich mir etwas zu trinken hole. Ich spüle das Glas aus, um anschließend wieder kaltes Leitungswasser hineinzufüllen. Mir ist so warm, dass ich spüren kann, wie das kalte Wasser in meinem erhitzten Körper herunterläuft. Gerade als ich mir ein Stück der Pizza nehmen will, höre ich das laute Getöse aus einem der angrenzenden Räume. Gleich darauf höre ich, wie jemand Piets Namen brüllt. Ich stelle mich auf die Zehenspitzen, um über die Köpfe der anderen zu sehen, die einen Kreis um zwei Leute gebildet haben. Erst denke ich, dass einer von ihnen Piet sein muss, aber er ist es gar nicht, der auf den anderen einschlägt, sondern Nate. Piet ist der, der versucht, ihn zurückzuhalten. Überrascht und verwirrt versuche ich, mich an den anderen vorbeizudrängeln. Was zum Teufel? Nates Gegenüber ist Alec, ein Junge, mit dem ich nur wenige Kurse habe und den ich auch nur vom Sehen kenne. Er wird ebenfalls von zwei Spielern festgehalten, die versuchen, ihn von Nate wegzuziehen. Als ich in der Mitte des Kreises ankomme, haben die anderen die beiden bereits voneinander getrennt und Alec Richtung Haustür zurückgedrängt. Ich fasse nach Piets Arm, um seine Aufmerksamkeit zu erregen und zu erfahren, was hier los ist. Im ersten Moment, als ich Nates Gesicht sehe, starre ich erschrocken das Blut in seinem Gesicht an, atme dann aber erleichtert auf, als mir klar wird, dass sein Gesicht nur halb so viel abbekommen hat. Die geschminkte Platzwunde hat sich über seine Stirn verschmiert und nur der Riss an seiner Lippe blutet wirklich. Seine Kiefermuskeln sind zum Zerreißen gespannt, seine Zähne aufeinandergebissen, und wütend ballt er seine Hände zu Fäusten, während Piet auf ihn einredet.

»Was ist passiert?« Ich blicke zwischen beiden hin und her, die mich allerdings kaum beachten, sondern weiter wild miteinander diskutieren.

»Was ist los?«, frage ich noch einmal, fasse dabei wieder an Piets Oberarm, damit sie mich nicht noch einmal überhören. Beide sehen mich an, sagen aber kein Wort. Mit einem Blick auf Nates Lippe, die langsam anschwillt und noch immer leicht blutet, ziehe ich beide wie zwei ungezogene Kinder hinter mir her. Viel zu verblüfft über meine Reaktion, oder einfach, weil sie nicht mehr von allen angeglotzt werden wollen, folgen sie mir die Treppe hoch. Ich war noch nie hier, deswegen steuere ich auf gut Glück die erste Tür an, stoße sie auf und bin erleichtert und überrascht, dass es tatsächlich ein Badezimmer ist.

»Setz dich«, weise ich Nate an und deute mit dem Finger auf den Badewannenrand, während ich die Spiegeltür öffne und danach das untere Schränkchen, auf der Suche nach dem, was ich brauche. Piet wirft mir einen dankbaren Blick zu, schließt die Tür hinter uns und lehnt sich mit verschränkten Armen dagegen, als würde er Nate am Weggehen hindern wollen. Als ich mich abermals zu Nate umdrehe, verstehe ich Piets Reaktion.

»Setz dich jetzt dahin.« Nate steht immer noch neben der Badewanne und starrt die weißen Fliesen an. Mit einem Murren, ohne uns anzusehen, setzt er sich nach kurzer Zeit wirklich auf den Rand. Ich stelle mich zwischen seine Beine, greife nach seinem Kinn und hebe es an. Vorsichtig drücke ich ihm ein Taschentuch auf die Wunde, bis es aufhört zu bluten.

»Das hättest du nicht tun müssen«, sagt Piet hinter mir. »Nein, das hättest du nicht tun *sollen*.«

»Dieses Arschloch ist selbst schuld. Was glaubt er eigentlich, wer er ist?«, erwidert Nate trocken und wirft Piet einen zornigen Blick zu. »Ich verstehe nicht, wie du da so ruhig bleiben kannst.«

»Weil es mir egal ist, was dieser Typ zu mir oder über mich sagt.« Er macht einen Schritt auf uns zu, deutet mit dem Zeigefinger auf Nate. »Und wenn es mir egal ist, dann solltest du dich auch nicht um solche Kommentare scheren.« Mit zusammengepressten Zähnen starren die zwei sich einen Moment an. Ehe Nate noch etwas erwidern kann, richte ich mich an Piet. »Kannst du mal nach einem Kühlpack schauen?« Ohne mich anzusehen, nickt Piet, schließt die Tür hinter sich und lässt uns in der Stille zurück. Jetzt richten sich die grauen Augen auf mich, beobachten jeden meiner Handgriffe, während ich das Taschentuch von seiner Lippe nehme und die Wunde mit einem sterilen Tuch abtupfe und säubere.

»Danke«, murmelt er so leise, dass ich mir nicht sicher bin, ob ich es mir nur eingebildet habe. Ich nicke nur.

»Alec hat den ganzen Abend über schon irgendwelche rassistischen Witze und Bemerkungen gemacht«, sagt er, während er gedankenverloren an meinem schwarzen Umhang herumspielt. »Und er verlangt ernsthaft, dass ich das einfach so hinnehme, wenn jemand meinen besten Freund beleidigt?« Er gibt ein verächtliches Schnauben von sich.

»Ich verstehe dein Wut und ich würde ihn auch verteidigen wollen, aber so? Du kannst Worten nicht mit Fäusten beggnen, das macht's meistens nur schlimmer«, erwidere ich, während ich weiterhin das Tuch auf seinen Mundwinkel presse.

»Mich macht so was einfach so wütend.« Mit einer Hand reibt er sich die Stirn und zischt, als ich das Tuch noch fester drücke. »Ich sehe dann einfach nur noch rot«, gibt er zu und sieht mir dabei ins Gesicht.

»Als was bist du überhaupt verkleidet?« Zum ersten Mal an diesem Abend sieht er mich wirklich an, mustert skeptisch mein Kostüm und die Ohren an meinem Haarreif. »Bist du eine Eule?« Er zieht eine Augenbraue hoch und deutet auf meine dunkel geschminkten Augen.

»Eine Fledermaus«, antworte ich, drehe mich zu dem Mülleimer neben ihm und schmeiße das Taschentuch weg. Da die Wunde nicht mehr blutet, klebe ich ihm zwei der dünnen Pflaster aus der Erste-Hilfe-Tasche auf den Mundwinkel »Das ist nur ganz leicht. Ich glaube, es reicht, wenn du es einfach nur kühlst.« Als ich auch den Rest wegräumen und mich von ihm wegdrehen will, hält er meinen Umhang fest und zieht gerade so stark an dem Stoff, dass ich zurück gegen ihn stolpere. Überrumpelt stütze ich mich an seiner Schulter ab, um das Gleichgewicht wiederzufinden, und schaue hinab in sein grinsendes Gesicht. Beide Arme schlingen sich um meine Beine, halten mich an Ort und Stelle fest.

»Das ist jetzt aber wirklich ärgerlich mit meiner Lippe«, murmelt er grinsend, während seine Augen zu meinem Mund wandern.

»Vielleicht ist dir das ja jetzt eine Lehre.« Vorsichtig streiche ich mit dem Daumen über den Riss in seiner Unterlippe, der jetzt kaum noch zu sehen ist. Zischend holt er unter meiner Berührung Luft, zieht seinen Kopf jedoch nicht weg. Das Öffnen der Tür unterbricht den Bann zwischen uns, und einen Moment später lässt Nate seine Arme wieder sinken, nimmt das in ein Küchentuch eingewickelte Kühlpack dankend von Piet entgegen und legt es an seine Lippe.

»Tut mir leid wegen eben«, entschuldigt er sich nuschelnd unter dem umgeschlagenen Tuch an seinem Mund, woraufhin Piet ihm gegen den Kopf schnipst.

»Schon gut, Mann. Ich habe mich schon lange an die Kommentare gewöhnt.«

Gemeinsam laufen wir die Treppe wieder runter, wo die Party noch immer im Gange ist wie zuvor. Nur eine aufgebrachte Ella kommt uns entgegengestürmt. »Verdammt, was hast du dir dabei gedacht?« Sie schlägt Nate gegen die Brust, verschränkt die Arme und sieht die zwei abwartend an.

»Schon gut, reg dich wieder ab. Es ist nichts passiert«, murrt Nate und macht eine wegwerfende Handbewegung.

»Komm mit, wir holen uns was zu trinken.« Ich hake mich bei Ella unter, ziehe sie unter Protest von den anderen weg und erkläre ihr alles in Kurzfassung.

»Alec ist so ein Idiot«, murmelt sie danach. »Danke, dass du dich um sie gekümmert hast.« Ich schüttele abwehrend mit dem Kopf und nippe an meinem Wasser.

»Wo ist Romy?«, frage ich stattdessen.

»Sie steht draußen und unterhält sich mit einem zweiten Sensenmann, glaube ich.« Schulterzuckend läuft sie voraus ins Wohnzimmer, mischt sich unter die Tanzenden, nachdem ich ihr ein Zeichen gegeben habe, dass ich lieber nicht mehr tanzen will, sie aber ruhig gehen soll. Mir ist nicht mehr nach Tanzen zumute. Durch das große Glasfenster zur Terrasse hinaus erblicke ich Romy, die sich noch immer mit dem Sensenmann unterhält. Da ich keine Lust habe, mich zu ihnen zu gesellen, trinke ich mein Wasserglas leer und folge Ella dann doch noch auf die Tanzfläche, nur so lange, bis Romy wieder reinkommen wird. Nach ein paar Minuten gesellt sich auch Luc zu uns, der sich erstaunlich gut im Rhythmus der Musik bewegen kann. Ab und zu ertappe ich ihn dabei, wie sein Blick ebenfalls nach draußen schweift, um nach Romy zu sehen. Nach einer Stunde, nach der Romy noch immer nicht wieder da ist, werfe ich wieder einen Blick nach draußen, wo weder ein Sensenmann noch Romy zu sehen ist. Ich ziehe mein Handy hervor und bemerke erst jetzt die angezeigte Nachricht, die ich durch die Musik und den Bass weder gehört noch vibrieren gespürt habe.

Mir ist schlecht geworden, wollte dich nicht vom Feiern abhalten und bin schon mal nach Hause gefahren. Sorry. Bitte sei nicht böse. Liebe dich.

Verwirrt und ein kleines bisschen wütend, dass sie nicht Bescheid gesagt hat, sondern einfach abgezischt ist, schreibe ich ihr trotzdem schnell zurück, um zu fragen, ob sie denn gut nach Hause gekommen ist. Zehn Minuten später bejaht sie meine Frage und wünscht mir eine Gute Nacht.

»Was ist los?«, fragt mich Ella, die mein zerknirschtes Gesicht bemerkt hat.

»Schlaf doch einfach hier bei mir«, bietet sie mir schulterzuckend an, als hätte ich das schon tausendmal gemacht.

Vor Wochen hätte ich es nicht einmal für möglich gehalten, dass Ella und ich uns überhaupt so gut verstehen würden, doch jetzt ist es fast schon ganz natürlich, dass ich ihr zustimmend zunicke und sie grinsend meine Hand drückt.

»Wenn das kein Problem ist, gerne.« Sie nickt hastig und zieht mich zum Tanzen wieder zu sich. Dankbar, dass ich mich nicht noch um eine andere Mitfahrgelegenheit kümmern muss, lasse ich mich wieder in den Rhythmus der Musik fallen.

Meine Füße tun weh und in meinem Kopf scheint trotz der Stille immer noch der Bass zu wummern. Während ich auf einem der Hocker in der Küche sitze, höre ich, wie Nate und Ella sich von Piet verabschieden. Ich rufe noch ein »Tschüss, bis morgen« hinterher, weil ich einfach zu müde bin, um noch aufstehen zu können. Ella wankt strahlend und mit rosigen Wangen in die Küche, lehnt sich mir gegenüber an die Wand.

»Das war der beste Abend«, zwitschert sie.

Nate wirft mir einen amüsierten Blick zu. »Bringst du sie ins Bett oder soll ich?« Mit einem Ruck schwinge ich mich von dem bequemen Hocker und strecke Ella meine Hand entgegen.

»Och, was? Ihr wollt schon schlafen?«, fragt sie mich mit ihren Kulleraugen, aber reicht mir dann doch ihre Hand und lässt sich von mir mitziehen.

»Die zweite Tür rechts«, ruft Nate noch geistesgegenwärtig hinter uns her, weil ich keine Ahnung habe, wo sich Ellas Zimmer befindet.

»Das war der beste Abend«, wiederholt Ella und strahlt mich an, während sie sich aufs Bett fallen lässt.

»Willst du was trinken, damit du nüchterner wirst?«, grinsend zeige ich auf die leere Wasserflasche neben ihrem Bett.

»Was meinst du? Ich bin stocknüchtern.« Verträumt lässt sie sich nach hinten fallen und zieht mich dabei mit auf das Bett.

»Kann ich dir was verraten?«, flüstert sie leise, auf einmal ganz ernst.

»Klar«, fragend sehe ich sie abwartend an. »Alles o.k.?«

Sie nickt. »Ich beneide euch. Ihr drei seid so eingeschworen, das hätte ich auch gerne.« Der Themenwechsel überrumpelt mich, unsicher sehe ich ihr in die großen grauen Augen.

»Aber das hast du doch?«

Ungelenk winkt sie ab. »Klar, ich habe Nate und Piet, aber das ist nicht das Gleiche. Die verstehen mich manchmal nicht so, weißt du?«

»Na ja, aber gehören wir nicht mittlerweile irgendwie alle zusammen?« Ihr Blick ruht auf mir, die Augen fallen ihr beinahe zu, so müde scheint sie auf einmal zu sein.

»Findest du? Das wäre schön, oder?«, murmelt sie noch, bevor sie die Augen ganz schließt.

»Klar.« Ich drücke ihre Hand. »Ich hole dir mal eben noch was zu trinken«, flüstere ich leise und robbe sachte vom Bett.

»Nein, nein. Ich bin nüchtern«, brummt sie im Halbschlaf, bevor sie ihre Beine anzieht und sich auf die Seite rollt.

Grinsend nehme ich ihre Wasserflasche und laufe wieder runter in die Küche, aus der leise Geräusche kommen. Inmitten des Chaos der Party steht Nate mit einer Mülltüte in der Hand, die Musik durch einen Podcast ersetzt.

»Ist das ein Podcast über Architektur?«, frage ich überrascht und lausche den Stimmen, die gedämpft aus den Lautsprechern kommen.

»Beruhigt mich abends irgendwie.« Er zuckt mit den Schultern und hebt eins der Stuhlkissen zu seinen Füßen auf.

»Kenn ich. Ich höre immer Hörbücher, die ich als Kind schon gehört habe.«

Er lächelt mir zu und gemeinsam räumen wir schweigend das Gröbste auf, während die Frauenstimme uns etwas über die Kathedrale von Lincoln in England erzählt. Nach einer halben Stunde lasse ich mich erschöpft auf das Sofa fallen, das ich eben noch von einer vergessenen Jacke und einem explodierten Kartenspiel befreit hatte. Seufzend tut es mir Nate gleich, lässt den Kopf auf die Lehne hinter sich fallen. »Wie geht's deiner Lippe?«

»Besser. Tut kaum weh.« Er öffnet ein Auge und sieht zu mir hinüber. Grinsend beginnt er an meinem Oberteil zu zupfen, um mich zu sich hinüberzuziehen. Ich folge seiner Aufforderung, während er sich gleichzeitig wieder aufrichtet und dieses Funkeln in den Augen hat, was meinen Puls schneller schlagen lässt. Plötzlich scheint jegliche Erschöpfung einer Spannung gewichen zu sein, die sich zwischen uns knisternd ausbreitet. Seine Lippen fahren leicht über meinen Mund, als würde er austesten wollen, was wehtut und was nicht. Mit einer einzigen Bewegung zieht er mich zu sich auf seinen Schoß, wandert mit seinem Mund meinen Hals entlang. Mein Körper reagiert auf den seinen, meine Hände suchen nach seiner nackten Haut wie die seinen nach meiner. Ich ziehe ihm das Shirt über den Kopf, lasse es neben uns auf den Boden fallen und meines folgt gleich darauf. Mit dem Finger streicht er sanft zwischen meinen Brüsten entlang, beschert mir eine Gänsehaut, einen Schauer, der mir meine ganze Wirbelsäule entlangfährt. Meine Augen treffen auf seine, sein Blick spiegelt den meinen. Lust, Ungeduld, Einverständnis. Es ist, als würden wir beide das gleiche Lied hören, dem gleichen Rhythmus folgen, wissen, welche Liedzeile als Nächstes kommt. Anders als sonst ist es dieses Mal ungebremst. Anders als sonst sind wir dieses Mal allein, ungestört und neugierig darauf, wie es wohl ist, das Lied zu Ende zu hören. Anders als sonst geben wir genau dem nach, während hinter uns der nächste Morgen anbricht.

»Kaffee?«, fragt Gran, als ich mich am Sonntagmorgen zu ihr an den Frühstückstisch setze. Ich war am Samstagmorgen nach zwei Stunden Schlaf aufgewacht und hatte mich auf dem Weg nach Hause gemacht. Ich hinterließ Ella und Nate eine Nachricht, dass ich sie nicht hatte wecken wollen, und bekam erst am späten Nachmittag eine Antwort, die mir zeigte, dass das wohl auch ganz gut war. Ella hatte den schlimmsten Kater ihres Lebens und fühlte sich, als wäre ein Traktor mehr als ein Mal über sie rübergerollt. Nate schrieb mir nicht und auch ich schrieb ihm keine Nachricht.

Den ganzen Samstag hatte ich unsicher irgendwas getippt, nur um es dann wieder zu löschen. Wir schrieben uns nie, riefen uns auch nie an, warum also jetzt? Wir hatten zwar bis dahin noch nie miteinander geschlafen, nur war es nicht der Sex, der potenziell etwas zwischen uns verändern könnte, sondern das ständige Überdenken, das sich in meinen Kopf schlich. Deswegen meldete ich mich nicht bei ihm und war am Sonntagmorgen auch seltsam erleichtert, dass auch er sich nicht meldete.

»Kaffee klingt immer gut«, antworte ich und nehme die Tasse entgegen.

»Habe ich mir gedacht, deswegen habe ich dir auch schon

mal einen gemacht«, grinsend reicht sie mir die große Tasse, bevor sie sich wieder ihrer Zeitung widmet.

In der schwarzen Brühe fehlt definitiv Milch. Sehr viel Milch.

»Ist gestern eigentlich noch Post für mich gekommen?«, erkundige ich mich, während ich die Hafermilch aus dem Kühlschrank hole.

»Nein, warum, Liebes?« Gran hebt ihren Blick von dem Kreuzworträtsel und sieht mich neugierig an.

»Du weißt schon, wegen den Interviewweinladungen der UCLA.« Einen Moment denke ich schon, dass meine Gran fragen wird, von welcher Universität ich da rede, doch dann klärt sich ihr Blick wieder und sie schüttelt müde den Kopf.

»Tut mir leid, ich bin heute Morgen noch nicht wirklich wach.« Wie um ihre Worte zu untermauern, gähnt sie herzhaft, legt den Stift zur Seite und streckt sich. »Ich glaube, ich lege mich noch einmal aufs Ohr.« Mit der Hand streicht sie mir sachte über den Kopf, als sie die Küche verlässt und die Treppe hinaufgeht. An ihrer Stelle greife ich nun nach dem Stift und der Zeitung mit dem Kreuzworträtsel, das noch völlig leer ist, und beginne, ein paar wenige Felder auszufüllen. Erst für heute Nachmittag ist das Basketballspiel angesetzt, das spannend werden würde. Aber bis dahin habe ich noch genug Zeit, um mich auch noch mal hinzulegen und um erst mal ausgiebig zu duschen.

Kapitel 6

Mitte Dezember

»Bist du dir sicher, dass deine Antwort richtig ist?« Skeptisch sehe ich auf Nates Blatt, der mir gegenüber am Esstisch sitzt, den Kopf auf die Arme gestützt.

»Wie oft willst du das noch durchgehen?«

»So lange, bis ich es kann.« Ich werfe meinen Stift nach ihm, den er lässig aus der Luft schnappt und zurückwirft.

»Du kannst das besser als ich, also frag nicht mich, ob das richtig ist«, erwidert er und schreibt den letzten Satz meines Textes ab. Schmunzelnd lege ich mein Buch darüber, weshalb er mich amüsiert über seine Unterlagen anfunkelt.

»Willst du auch was trinken?« Er murmelt zustimmend, wobei er mein Buch wieder zur Seite schiebt. Ich öffne den Schrank mit den Gläsern, woraus mir auf einmal ein brauner Umschlag entgegen segelt.

Fassungslos starre ich auf die Absenderadresse. In unserem Hängeschrank?

»Alles okay?«, höre ich Nate hinter mir fragen, als ich mich nicht rühre. »Sue?«

Ich höre, wie er seinen Stuhl nach hinten schiebt und aufsteht, doch wirklich wahrnehmen tue ich ihn nicht.

»Was ist das?«, erkundigt sich Nate, der über meine Schulter auf den Umschlag schaut.

»Der Brief von der UCLA«, raune ich, unfähig, mich zu bewegen.

»In eurem Küchenschrank?« Verwirrt sieht er mich an, doch ich zucke nur mit den Schultern, denn das ist mir gerade furchtbar egal.

»Ich habe Angst.« Der Gedanke, nicht einmal zu einem Interview eingeladen zu werden, kriecht wie Eiswasser durch meine Adern. »Oh Gott, oh Gott, oh Gott.«

Nach Luft schnappend halte ich Nate den Brief entgegen. »Mach du ihn auf«, rufe ich fast panisch.

»Sicher?« Zweifelnd schaut er auf den Brief, der nun in seiner Hand liegt.

»Nein«, sage ich ehrlicherweise und will ihn ihm schon wieder aus den Händen nehmen, als ich das Klirren des Schlüssels vor der Haustür höre. Gran! Aufgeregt renne ich hin, reiße die Tür auf und halte ihr den Brief vor die Nase. »Mach du ihn auf!«, rufe ich, ohne auf ihren überrumpelten Gesichtsausdruck zu achten. Doch anstatt den Umschlag entgegenzunehmen, sieht sie mich beinahe wütend an.

»Was ist denn in dich gefahren?«, erwidert sie auf einmal und geht an mir vorbei durch den Flur.

Verwundert blicke ich ihr hinterher, sonst ist sie doch auch nicht so. »Der Brief der UCLA!«, erkläre ich ihr und halte den Brief demonstrativ hoch.

Zerstreut sieht mich meine Gran an, dann schaut sie hinüber zu Nate, als hätte sie ihn noch nie gesehen.

»Ja, gut«, sagt sie dann tonlos, greift nach ihrer Tasche und kramt darin herum.

»Gran?« Verwirrt und gekränkt sehe ich sie an. *Hallo?*

Sie sieht zu mir auf, wirkt gereizt und lässt dann wortlos ihre Handtasche auf den Stuhl neben sich sinken.

»Hast du mein Notizbuch gesehen? Das kleine gelbe?« Auffordernd sieht sie mich an, dreht sich in alle Richtungen und beginnt, eine Schublade nach der nächsten zu öffnen. Überrumpelt sehe ich zu Nate, der genauso verwirrt meinen Blick erwidert.

»Ähm, nein. Brauchst du das denn jetzt unbedingt?«

Gran wirft mir einen genervten Blick über die Schulter zu. »Na, was denn sonst.«

Stirnrunzelnd beobachte ich sie, wie die Zeitungen auf dem Tisch durchgeht.

»Was ist das für ein Brief?«, fragt sie dann und deutet auf den Brief in meiner Hand.

Ich folge ihrer Hand mit meinem Blick. »Der Brief der UCLA«, wiederhole ich unsicher, als wäre ich mir selbst nicht mehr so ganz sicher.

»Schön, schön.« In dem Moment findet sie das kleine Notizbuch, jauchzt triumphierend und öffnete es dann. »Ah, ja«, sagt sie und zeigt mit den Fingern in ihr Büchlein. »Sag mal, könntest du mich zum Arzt fahren? Ich habe gleich einen Termin.«

»Jetzt?« *Jetzt?*

»Ja, wann denn sonst?«, fragt sie viel zu barsch für ihre Verhältnisse.

»Hörst du mir nicht zu? Der Brief der UCLA ist angekommen.« Dabei betone ich jeden einzelnen Buchstaben der UCLA so deutlich, als würde ich ihn ihr diktieren wollen.

»Kann das nicht warten?«

Nein? Hilfesuchend schaue ich zu Nate, der meinen Blick ratlos erwidert.

»Kannst du mich also jetzt fahren?«, ungeduldig greift Gran nach ihrer Handtasche, bereit zu gehen. *Ich kann doch überhaupt nicht Auto fahren.*

Fragend sehe ich wieder zu Nate, der jedoch nur meine Gran beobachtet.

»Soll ich euch fahren?«, fragt er mich, als ich Schuhe und Jacke anziehe, während Gran schon an der Tür auf uns wartet.

»Ich habe nicht mal einen Führerschein«, flüstere ich hilflos. Seine Stirn legt sich in Falten, verwirrt, in was wir hier gerade reingeraten sind. Gran öffnet bereits die Haustür, ehe Nate sich beide Schuhe angezogen hat, und ignoriert jegliche Nachfragen. Im Gegenteil, mit jeder weiteren Frage, die ich ihr stelle, wird sie nur umso ungeduldiger.

Ich weiß zwar, dass Gran öfters für regelmäßige Check-ups im Krankenhaus ist, doch diese ganze Situation ist einfach nur absurd. Die ganzen zehn Minuten auf dem Weg ins Krankenhaus fragt sie nicht einmal nach dem Inhalt des Briefes. Immer wieder liest sie nur in ihrem gelben Büchlein.

»Du kannst hier ruhig warten. Ich komme gleich wieder«, sagt sie kurz, schnallt sich ab und steigt aus, sobald das Auto auf dem Parkplatz hält. Nate und mein Blick beggenen sich im Rückspiegel.

»Ist das schon mal vorgekommen?«

»Nein, nie«, erwidere ich und beobachte, wie Gran im Gebäude verschwindet. »Was war das gerade?«, murmele ich mehr zu mir selbst und schnalle mich ebenfalls ab. So einfach wird sie mich nicht loswerden.

»Soll ich mitkommen?«, höre ich noch Nate fragen, bevor ich auch schon die Autotür hinter mir zuschmeiße, um Gran durch den Eingang des Krankenhauses zu folgen. Ich sehe noch, wie Gran von einer jungen Ärztin empfangen wird, bevor sie mit ihr in eines der Behandlungszimmer geht. Der Warteraum davor ist kahl, riecht nach Infektionsmittel und löst eine Beklommenheit in mir aus, die mich nicht stillsitzen lässt. Schon fünfzehn Minuten ist sie jetzt in diesem Raum, und ich habe absolut keine Ahnung, was hier gerade abläuft. Ich laufe auf und ab, auf und ab. Als ich das einhundertsiebenundsechzigste Mal auf und ab gehe, sehe ich, wie die Tür sich öffnet und die Ärztin von eben herauskommt.

»Entschuldigen Sie bitte«, spreche ich sie an. »Ich bin die Enkelin von Sarah Walsh.«

Freundlich streckt sie mir ihre Hand entgegen. »Ach, Sie müssen Sue sein.«

Verblüfft sehe ich sie an. »Ja, genau.«

»Heute scheint wohl kein allzu guter Tag zu sein.« Bedauernd deutet sie hinter sich auf die geschlossene Tür zum Behandlungszimmer. »Die werden sich in nächster Zeit wohl häufen.« Bestürzt sehe ich sie an. *Wie bitte?*

In den Augen der Ärztin kommt Mitleid auf. »Tut mir leid, aber so zeigt sich der Verlauf der Krankheit. Sie scheint heute besonders mit sich zu kämpfen.« *Krankheit?* Mir klappt der Mund auf, als ich verstehe, was hier vor sich geht.

»Demenz«, murmele ich starr. Es ist keine Frage, mehr eine Feststellung, die mir die Ärztin mit einem Nicken bestätigt.

Sie mustert mich, sieht mich erst jetzt wirklich an. »Sie sehen sehr blass aus.« Ihr Gesicht legt sich in Falten, als sie meine Bestürzung richtig deutet. »Sie wussten nichts davon?« Meine Hände fangen an zu zittern. Gleichzeitig, als ich die warme Hand von Nate in meinem Rücken spüre, der mir gefolgt ist und den ich bis eben vollkommen vergessen habe, greift auch die Ärztin sachte nach meinem Handgelenk. »Ms. Walsh, Sue, es ist anzunehmen, dass sich der Zustand Ihrer Großmutter weiterhin verschlechtert hat. Bisher hat sie sich sehr gut gehalten, allerdings ist dies nun einmal der Verlauf dieser Krankheit.«

»Demenz«, wiederhole ich noch einmal, denke an ihre Verhalten von eben, an die Kreuzworträtsel, an die Zeitung im Kühlschrank, den Brief im Hängeschrank. Das Infektionsmittel steigt mir in die Nase, bis mir schlecht wird; das Blau der Augen der Ärztin ist unnatürlich grell und ihre Stimme schrillt in meinen Ohren; die Hand an meinem Rücken brennt ein Loch in mich. Ich bin hier, fühle so vieles gleichzeitig, nehme mehr wahr, als meine Sinne ertragen können, und gleichzeitig bin ich ganz weit weg; und alles, um das sich mein Kopf dreht, ist ein Wort: *Demenz*.

»Kommen Sie, setzen Sie sich einen Moment.« Die Ärztin leitet mich am Handgelenk sachte zu einem der Stühle an der kalten Wand. »Ihre Großmutter ist bereits seit zweieinhalb Jahren bei uns Patientin und nimmt regelmäßig an Gesprächsgruppen teil, um zu lernen, mit ihrer Situation umzugehen. Bisher hat sich die Demenz nur vereinzelt und nur durch Kleinigkeiten geäußert. Sie wirkt auf mich heute sehr verwirrt und durcheinander. Das ist allerdings typisch für das Krankheitsbild, und solche Tage, schlechte Tage, werden in Zukunft öfter auftreten mit dem Fortschreiten der Krankheit.«

Ich starre die Ärztin vor mir an. Gott, ich war so blind, so verdammt blind und unaufmerksam.

»Aber ich kann sie doch gleich wieder mit nach Hause nehmen, oder? Das eben war doch nur ein Routinetermin?« krächze ich. Die Ärztin fasst mich leicht an der Schulter, ehe sie mir einen dieser Mitleidsblicke zuwirft.

»Ja. Ja, das heute ist nur ein Routinetermin, allerdings würde ich gerne heute noch ein paar Tests machen und sie eine Nacht hierbehalten.« Sie zögert, ehe sie fortfährt. »Jetzt, wo ich schon einmal mit Ihnen spreche: Sie sind noch sehr jung, und wenn ich mich recht erinnere, haben Sie auch keine weiteren Angehörigen?« Ich schüttele mit dem Kopf. »Dann sollten Sie sich darum bemühen, Kontakt mit einem Pflegedienst aufzunehmen, um sich, wenn nötig, Hilfe dazu zu holen.«

»Pflegedienst«, murmele ich vor mich hin, als hätte ich das Wort eben zum ersten Mal gehört.

»Bringen Sie sie am besten nach Hause. Sie soll sich von der Nachricht erholen und morgen wiederkommen, dann werde ich mehr zu dem Zustand ihrer Großmutter sagen können.« Im ersten Augenblick versteh ich nicht, mit wem sie spricht, bis es langsam in meinen Kopf dringt und ich die Stimme von

Nate wahrnehme, der sich bedankt und mich vorsichtig Richtung Ausgang schiebt.

Wortlos fahren wir nach Hause, während ich aus dem Fenster starre und gleichzeitig an nichts und alles denke. Ich bin froh darüber, dass Nate mich nicht fragt, wie es mir geht, oder sonst irgendeinen Versuch unternimmt, mit mir zusprechen. Vor der Haustür nimmt er den Schlüssel aus meinen starren Händen, schließt auf und dirigiert mich in das Wohnzimmer, wo ich mich auf das Sofa lege. An die Decke starrend höre ich, wie die Kaffeemaschine angeschmissen wird, und kurz darauf erscheint eine dampfende Tasse in meinem Blickfeld. Mechanisch nehme ich sie entgegen, richte mich auf und hebe meinen Blick von der hellbraunen heißen Flüssigkeit und sehe Nate an.

»Du musst nicht hierbleiben, ich komme schon klar«, flüstere ich und puste in meine Tasse. Meine Aussage ignorierend hebt er meine Beine an, setzt sich und legt sie sich auf den Schoß. Ich fühle seinen Blick auf mir, während ich stumm meinen Kaffee trinke.

»Soll ich Romy oder Charlie anrufen?«, fragt er irgendwann in die Stille hinein, aber ich schüttele nur den Kopf.

»Ich will jetzt niemandem erklären, dass sich meine Gran vielleicht irgendwann an nichts mehr erinnern wird und ich zwei Jahre lang ihre Demenz nicht bemerkt habe.« Ich klinge genau so, wie ich mich fühle: kalt, hilflos, wütend, traurig, stumpf und ein wenig hysterisch. »Du musst nicht bleiben«, sage ich abermals und abermals ignoriert er meine Worte. Auch wenn ich es ihm schon zum zweiten Mal angeboten habe, habe ich solche Angst davor, er könne wirklich gehen. Ich will nicht reden, nicht *darüber* reden, nicht denken. Aber ich will auch nicht allein sein.

»Erzähl mir was«, bitte ich ihn leise.

Er schweigt lange.

»In England hatte ich einen ziemlich guten Freund, Will«, beginnt er. Ein klitzekleines Lächeln umspielt seine Lippen, während er vor sich auf den bunten Teppich starrt. »Ich weiß nicht, wie er das gemacht hat, aber er konnte mit beiden Händen gleichzeitig malen. Er fing zum Beispiel mit der linken Hand an der linken oberen Ecke des Blattes an und mit rechts an der rechten Ecke. Und wenn seine Hände sich in der Mitte trafen, hatte er ein ganzes Bild. Einfach so.« Amüsiert blickt er zu mir. »Zugegeben, die Bilder waren jetzt echt nicht das Beste, was ich je gesehen habe, aber es war irre, ihm dabei zuzuschauen.«

Ich lächle. »Erzähl mir mehr über England.«

Sein Lächeln verrutscht ein klein wenig. »Weißt du noch, als du mich gefragt hast, warum ich nicht in England geblieben bin?« Er wartet ab, bis ich zustimmend nicke. »Ich habe das Internat freiwillig verlassen, auch wenn ich glaube, dass sie mit meiner Entscheidung gerechnet haben.« Bedächtig schüttelt er langsam den Kopf. »Ich habe so viel Mist gebaut.« Seine Augen bohren sich in meine. »Ich habe zu viel getrunken, zu viel gefeiert und hin und wieder auch etwas eingeworfen. Ich wollte einfach nur eine gute Zeit haben, alles andere war mir völlig egal. Wir waren immer zu viert unterwegs und haben uns alle nichts weiter dabei gedacht. Wir – ich war so dumm.« Ich sehe den Wechsel in seinen Augen, sehe das Bedauern darin.

»An einem Abend waren wir feiern und sind mit dem Auto hingefahren. Auf dem Hinweg waren wir noch nüchtern, aber dann, sobald wir da waren, haben wir getrunken, und ein paar meiner Freunde haben MDMA genommen.« Ich sehe ihn von der Seite aus an, sehe, wie er schwer schlucken muss, bevor er fortfährt. »Als wir dann gehen wollten, wollte einer meiner Freunde unbedingt mit dem Auto fahren. Er war überhaupt nicht mehr von der Idee abzubringen. Jedenfalls ... jedenfalls sind wir dann mit dem Auto zurückgefahren. Wir sind nicht mal einen Kilometer weit gekommen, da sind wir von der Fahrbahn abgekommen. Will hat sich das Handgelenk gebrochen, aber ansonsten ist niemandem was passiert. Wir hatten ziemlichen Ärger mit der Internatsleitung.« Er fährt sich mit der Hand über sein Gesicht und sieht plötzlich viel älter aus. »Wir mussten alle mehrere Sitzungen mit einer Therapeutin absolvieren wegen verantwortungslosem Verhalten und dem Drogenkonsum. Sie hat mir irgendwann vorgeschlagen, wieder nach Hause zu fliegen, um Abstand zu kriegen. Ehrlich gesagt wollte ich das nicht, aber meine Eltern hatten wohl die gleiche Idee.« Sein Gesicht ist stur geradeaus gerichtet. »Und, tja, jetzt bin ich wieder hier.«

»Scheiße.«

Er seufzt. »Ja, so ziemlich. Wahrscheinlich ist es auch besser so, aber es war trotzdem nicht wirklich meine Entscheidung.« Ich greife nach seiner Hand, drücke sie, weil ich nicht so ganz weiß, was ich sagen soll. Das hatte ich irgendwie nicht erwartet, auch wenn jetzt vieles einen Sinn ergibt. Ich hatte ihn bisher auch nicht einmal betrunken oder auch nur angetrunken erlebt. Und seinen Wunsch, wieder zurück nach England zu gehen, verstehe ich jetzt auch. Seine Finger schließen sich um meine, malen Kreise auf meinem Handrücken, während seine Augen auf meinem Gesicht liegen, jeden Zentimeter wahrnehmend. Ich erwidere den Blick, lehne meinen Kopf gegen die Sofalehne und sehe ihn einfach nur stumm an. Nate geht auch dann nicht, als es schon längst dunkel ist, sondern bleibt die ganze Zeit da. Irgendwann hat er den Fernseher angemacht, nur um an etwas anderes zu denken als an den heutigen Tag. Meine Beine liegen nach wie vor auf seinem Schoß, während er gedankenverloren mit dem Daumen über meine Knöchel streicht und mich dadurch ein wenig beruhigt. Er ist noch immer da, als ich irgendwann einschlafe und der Erschöpfung des Tages erliege.

Es ist mitten in der Nacht, als ich wieder aufwache und Nate noch immer auf dem Sofa vor mir zusammengesunken sehe. Sein Kopf liegt auf seiner Brust, seine Hände auf meinen Beinen, die ich vorsichtig wegziehe. Meine Glieder knacken, als ich mich von dem Sofa hochstemme, ihn leicht an der Schulter berühre, damit er aufwacht. Blinzelnd sieht er verschlafen zu mir hoch.

»Komm mit«, flüstere ich, als könne noch jemand unabsichtlich wach werden. Ich nehme seine Hand wieder in meine, führe ihn durch das Wohnzimmer hinauf in mein Zimmer und ziehe ihn mit mir auf das Bett. Erschöpft schmiege ich mich unter die Decke, drehe mich zu Nate, der mit seinem Gesicht nur Zentimeter von meinem entfernt ist. Seine Hand legt sich schwer auf meine Hüfte, als er die Augen schließt, mich zu sich zieht und das Kinn auf meinen Scheitel legt.

Am nächsten Tag fahre ich ins Krankenhaus, um Gran abzuholen. Ich will mit ihr allein sprechen. Die Ärztin empfängt mich, begleitet mich in das Zimmer von Gran und deutet auf den Stuhl neben ihrem Bett. »Setzen Sie sich ruhig.«

Ich spüre die Augen von Gran besorgt auf mir, doch ich meide ihren Blick, zu viel Angst, darin nicht sie zu sehen.

»Die Tests bestätigen, dass sich die Demenz in den letzten Wochen rasch weiterentwickelt hat. Ich rate ihnen daher noch einmal dringend, mit Pflegediensten in Kontakt zu treten, um sich Hilfe dazu zu holen.« Sie sieht uns über ihre Brille hinweg an, den Mund zu einem gezwungenen Lächeln verzogen.

»Darum habe ich mich schon im Vorhinein gekümmert«, erwidert Gran. Bei ihren Worten ruckt mein Kopf nach oben. Sie ist so blass, ihr Haar so weiß, dass sie fast ganz in dem Bett untergeht. Sie hat es die ganze Zeit gewusst, hat Pläne und Vorkehrungen getroffen, ohne mich je mit einzubeziehen, obwohl es mich genauso viel angeht wie sie selbst. Die Ärztin nickt abrupt, wonach sie sich mir zuwendet. »Es gibt auch Gesprächsgruppen für Angehörige von Demenzerkrankten, ich werde ihnen einen Prospekt dazu mitgeben, damit sie lernen, damit umzugehen.« Lernen, damit umzugehen. Wut brodelt in mir. Ich will nicht lernen, damit umgehen zu müssen, dass Gran nicht mehr Gran sein würde und dass sie mich nicht mehr als ihre Enkelin erkennen wird. Trotzdem nicke ich.

»Gut. Wir werden noch weitere Untersuchungen in den nächsten Wochen durchführen, allerdings können sie vorerst wieder nach Hause gehen.«

Ich rede auf der ganzen Fahrt kein einziges Wort, aber als

wir das Haus betreten, platzt es aus mir heraus. »Du hast es die ganze Zeit gewusst. Zwei Jahre hast du es gewusst, *verdammte zwei Jahre!*«

»Ich wollte nicht, dass du dir Sorgen machst, und ich hatte nie geplant, dass du es so erfährst. Ich dachte, ich hätte noch Zeit, Sue.« Gran streckt einen Arm nach mir aus, lässt ihn aber wieder sinken, als ich keine Anstalten mache, auf sie zuzugehen.

»Du hattest kein Recht, mir so was vorzuenthalten.« Der Kloß in meinem Hals schwillt an, verhindert das Atmen. »Deswegen hast du mit der Musik aufgehört, oder?« Diese Frage schwirrt schon seit gestern in meinem Hinterkopf umher und ergibt jetzt so viel Sinn.

»Ich konnte mir die Noten nicht mehr merken. Ich hatte Angst vor Auftritten, und auch das Unterrichten fiel mir immer schwerer, weil ich selbst andauernd Fehler machte. Ich konnte mich auf mein eigenes Gehör, mein eigenes Gefühl für Musik, nicht mehr verlassen«, flüstert sie zaghaft, während sie mich flehend ansieht. »Eine Musiklehrerin, die selbst nicht mehr weiß, welche Noten gespielt werden müssen. Kannst du dir das vorstellen?«

»Wusste Pa es?«

»Nein«, traurig lächelnd schüttelt sie den Kopf, »ich habe es erfahren, als er seinen letzten Einsatz hatte. Ich wollte es ihm erzählen, wenn er wieder da sein würde.« *Nur kam er nie zurück.*

»Aber wie? Wie konntest du das so lange vor mir verbergen?«, hauche ich, zu müde, um noch laut sprechen zu können.

»Bisher hatte ich Glück. Es waren nur Kleinigkeiten, die niemandem auffallen, wenn man nichts von der Krankheit weiß. Außerdem habe ich alles dafür getan, dass du es nicht bemerkst.«

»Du hattest kein Recht, das für mich zu entscheiden.« Traurig lächelt mich Gran an, bevor sie leicht mit dem Kopf schüttelt.

»Doch, bisher hatte ich es. Es ist meine Krankheit. Natürlich betrifft es dich jetzt auch, aber ich brauchte selbst Zeit, um damit umzugehen.« Tränen steigen mir in die Augen, lassen meinen Blick verschwimmen, als Gran mich zu sich in die Arme zieht. Schluchzer schütteln meinen Körper, durchweichen den Pullover meiner Gran und es tut so schrecklich gut zu weinen. Sie hält mich fest, obwohl ich diejenige sein sollte, die sie hier an ihr Leben bindet. Ich weiß nicht, wie lange wir so dastehen; lange genug, dass ich alle meine Tränen ausgeheult habe, meine Wangen schon längst wieder getrocknet sind und mein Atem sich normalisiert hat. Dennoch will ich sie nicht loslassen, denn jetzt gerade ist sie meine Gran und keine Fremde. Oder bin dann ich die Fremde?

»Können wir kurz was erledigen?«, frage ich dann vorsichtig.

»Alles«, sagt sie prompt und beobachtet mich dabei, wie ich den Brief der UCLA aus einer der Schubladen ziehe und hochhalte. Bestürzt sieht Gran mich an.

»Das war's, was du mir gestern zeigen wolltest, oder?« Beschämt legt sie sich eine Hand ans Herz. »Oh, es tut mir so leid. Willst du ihn öffnen?«

Ich nicke. »Ja, aber nicht hier.« Seufzend schaue ich auf den Brief, der meine Zukunft beinhaltet. »Lass uns zu Pa gehen.«

Verständnisvoll nickt Gran, und keine zwei Minuten später

spazieren wir gemeinsam zum Friedhof, Gran bei mir untergehakt. Als wir am Grab ankommen, streicht Gran bedächtig über den mächtigen Marmorstein. Erwartungsvoll richten sich ihre hellen Augen auf mich.

Meine Hände zittern vor Aufregung als ich den grauen Umschlag aufreiße und das Schreiben heraushole. Gran steht mir gegenüber, nicht weniger aufgeregt als ich, beide Daumen feste gedrückt.

Schon die ersten zwei Zeilen lassen mein Herz höher schlagen. Die Erleichterung, die durch meinen ganzen Körper strömt, lässt mich laut aufatmen. Breit grinsend sehe ich zu Gran. Ich brauche gar nichts zu sagen, sie kennt die Antwort.

»Sie laden mich zu den Interviews ein«, raune ich leise und kann's kaum fassen.

Am Wochenende vor Weihnachten verlieren die Jungs ihr erstes Basketballspiel der Saison. Ich bin nicht da, um es mir anzusehen, weil an dem Tag das Pflegepersonal zum ersten Mal kommt, um sich vorzustellen, Gran und mich kennenzulernen und sich mit den Räumlichkeiten vertraut zu machen. Gran hatte mir erzählt, dass sie bereits für diese Situation gesorgt hatte, aber mir war nicht klar, dass sie tatsächlich bereits *alle* Vorkehrungen getroffen hatte; sie hatte nicht nur bereits Kontakt zu Pflegediensten aufgenommen, einen Haufen Geld dafür angespart, sondern auch ihr Testament geändert, mir das Haus überschrieben und verschiedene Akten mit allen wichtigen Dokumenten angelegt. Das alles will ich überhaupt nicht wissen und genau damit hat sie gerechnet.

Am Samstagmorgen wartet sie mit zwei Kaffeetassen auf mich, um mich mit all dem zu überfallen, sodass ich gar nicht erst die Gelegenheit habe zu fliehen. Und dafür bin ich Gran gleichermaßen böse wie dankbar, denn mir ist bewusst, wie wichtig es ist, dass ich einen Überblick über alles bekomme. Die letzten anderthalb Wochen waren der Horror und vergingen so langsam und schleppend, dass die Aussicht auf Weihnachtsferien nur wenig meine Stimmung heben konnte. Noch am nächsten Tag, nachdem Gran im Krankenhaus war, standen Romy und Charlie vor meiner Tür, da Nate sie angerufen hatte und ihnen genug erzählt hatte, um dafür zu sorgen, dass bei ihnen alle Alarmglocken schlugen. Anfangs war ich wütend, denn er hatte absolut kein Recht dazu, aber als die beiden mich in den Arm nahmen und ich ihnen nichts mehr erklären musste, dankte ich ihm im Stillen dafür.

»Scheiße, Sue, das tut mir so leid.« Mitfühlend strich mir Charlie über den Arm.

»Zwei Jahre weiß sie das jetzt schon?«, hakte Romy ungläubig nach, woraufhin sie genauso fassungslos aussah, wie ich mich noch immer fühlte.

»Sie wollte dich eben nicht damit belasten, zumindest so lange wie möglich«, erwiderte Charlie, erhob sich und holte drei Tassen aus dem Schrank.

»Ich weiß, aber es macht mich so wütend.« Ich sah meine beiden Freundinnen an. »Vor allem, dass ich so blauäugig war und einfach nichts bemerkt habe. Ich meine, jetzt, wo ich darüber nachdenke, ist es so offensichtlich, dass irgendwas nicht stimmte.«

»Rückblickend kommt einem vieles offensichtlich vor, auch wenn es das überhaupt nicht war, du betrachtest die Situationen einfach ganz anders.« Charlie schüttete dampfenden Kaffee in die Tassen vor uns. »Mach dich deswegen nicht so fertig. Wenn deine Gran nicht wollte, dass du etwas davon erfährst, hat sie sich vermutlich auch viel Mühe gegeben, es vor dir zu verbergen«, versuchte sie, mich weiter zu beruhigen. Romy nickte zustimmend und drückte meine Hand, ehe sie ebenfalls aufstand, um Hafermilch aus dem Kühlschrank zu holen.

»Ja, aber«, hilflos sah ich sie an, suchte nach den passenden Worten, »hätte ich nicht wenigstens, ich weiß auch nicht, instinktiv etwas merken müssen?«

Romy drehte sich wieder zu uns um, einen Finger erhoben. »Der Instinkt ist eine ganz wunderbare Sache. Er kann weder erklärt noch ignoriert werden.« Stirnrunzelnd sahen wir sie an. »Sorry, ich beschäftige mich gerade viel mit Agatha Christie und das kam mir gerade in den Kopf«, erklärte sie, während sie Hafermilch in die Tassen schüttet. »Was ich sagen will, Sue, hör auf dir den Kopf darüber zu zerbrechen, was du hättest sehen oder merken sollen, das bringt nichts.« Sie legte beide Arme um mich. »Wir sind für euch da, egal, was ihr braucht.« Charlie nickte zustimmend und legte beide Arme um uns.

»Kannst du es glauben?«, flüsterte Charlie aufmunternd in mein Ohr, so laut, dass es auch Romy hören konnte. »Romy interessiert sich für Literatur, die älter ist als sie selbst.« Ich musste lachen, hörte dem spielerischen Gezanke der zwei zu, wissend, dass sie das nur taten, um mich auf andere Gedanken zu bringen. Es funktionierte, zumindest kurz, denn dann wandelte sich das Lachen in Weinen um. Meine Freundinnen zogen mich noch fester an sich und mit jeder vergossenen Träne fühlte ich mich ein wenig leichter.

Wahrscheinlich ist es das, was das Leben manchmal so gefährlich macht: Es wiegt einen so lange in Sicherheit, nur um sich dann rücklings und mit voller Wucht auf einen zu stürzen.

»Reich mir mal die Gummischlangen.« Bevor ich Charlie die roten Süßigkeiten reiche, stecke ich mir selbst vorher noch eine in den Mund. Auf dem Bauch und den Kopf in die Hände gestützt, liegen wir in einem Kreis in Ellas Zimmer, um die Weihnachtsferien einzuläuten.

»Du liebst die Dinger viel zu sehr«, kommentiert Romy grinsend, deutet auf meine Hand, in der noch mal drei der Gummischlangen liegen, die ich vor den anderen Fressmäulern bunkere. Ich will ihr die Zunge rausstrecken, nur leider steckt in meinem Mund die vierte Schlange, daher verziehe ich nur mein Gesicht.

»Fahrt ihr über die Weihnachtstage weg?«, fragt Romy an Ella gerichtet, die seufzend mit dem Kopf schüttelt. »Nein, dieses Jahr nicht. Am zweiten Weihnachtstag kommt ein Freund von Nate aus England zu Besuch, und mein Vater hat mit seiner Baufirma kurzfristig ein großes Projekt an Land gezogen, weshalb er lieber hierbleiben will.« Sie greift nach der Schokolade, bricht ein großes Stück ab und steckt es sich in den Mund. »Was ist mit euch?«

Charlie würde Weihnachten bei Jasmines Familie verbringen, weil ihre Eltern verreist sind.

»Mein Bruder kommt zu Besuch«, informiert uns Romy, klingt aber nicht allzu begeistert. »Alle werden sich streiten, und Weihnachten wird furchtbar, aber so ist das schon, seitdem ich denken kann.« Schulterzuckend dreht sie sich auf den Rücken.

»Gran und ich werden den Abend zusammen zu Hause verbringen, so wie immer.« Seitdem Pa gestorben ist, sind Gran und ich nicht mehr verreist an Weihnachten, und dieses Jahr würde ich es mich nicht trauen, auf mich allein gestellt und ohne erfahrene Hilfe.

»Also feiern wir Silvester zusammen?« Romy schnappt sich die letzte Gummischlange und wirft mir ein triumphierendes Grinsen zu, dass ich mit einem Murren quittiere.

»Wir könnten alle zu mir, meine Eltern kommen erst nach Neujahr wieder«, schlägt Charlie mit vollem Mund vor.

»Klingt gut. Ich frage die Jungs mal, ob sie mit uns reinfeiern wollen oder mit ihrer Mannschaft«, überlegt Ella.

»Ja, mach das. Jasmine wäre natürlich auch dabei.« Irgendwie schien Charlie davon nicht ganz so begeistert wie sonst.

»Perfekt.« Romy klatscht in die Hände und damit sind unsere Pläne besiegelt.

»Ich hole mir was zu trinken. Will noch jemand was?«, erkundige ich mich, während ich mich ächzend aufrichte, doch die drei anderen verneinen.

Leise laufe ich die Treppe herunter, um Ellas Familie nicht zu wecken. Wie spät es wohl ist? Mitternacht oder noch später? Das Licht in der Küche ist zum Glück noch an, weshalb ich nicht den Lichtschalter suchen muss, die seltsamerweise in diesem Haus an den komischsten Stellen verlegt worden sind. Der Lichtschalter in Ellas Zimmer zum Beispiel befindet sich an der gegenüberliegenden Seite der Tür, soweit oben, dass Ella noch gerade so drankommen kann. »Gewohnheitssache«, hatte Ella nur dazu gesagt und mit den Schultern gezuckt. Aufgeschmissen stehe ich vor den vielen Schranktüren, nicht sicher hinter welcher sich die Gläser befinden.

»Rechts oben.« Erschrocken zucke ich zusammen, drehe mich zu Nate um, der auf die Unterarme gestützt an der Kücheninsel lehnt und mich beobachtet.

»Danke.« Ich öffne den besagten Schrank, finde jedoch nur Schälchen. Fragend wende ich mich zu ihm um. Er jedoch streckt nur einen Arm aus. Augenrollend reiche ich ihm eines der Schälchen. »Eigentlich suche ich Gläser.«

»Eine Tür weiter links.« Ich höre das Lachen in seiner Stimme, während er sich Cornflakes und Milch in die Schüssel schüttet. Gierig trinke ich das Glas Wasser leer, fülle neu nach und spüre dabei seinen Blick auf mir.

»Wie geht es deiner Gran?«, erkundigt er sich.

»Momentan ganz gut.« Er nickt langsam, lässt mich dabei nicht aus den Augen, während ich meine Schultern kreisen lasse, die durch die unbequeme Liegeposition von eben verspannt sind. Erst erwarte ich, dass er mich mit der knappen Antwort nicht davonkommen lässt, aber er sagt nichts Weiteres dazu.

»Was stand nun eigentlich in dem Brief der UCLA?«

Ertappt halte ich inne. Er macht große Augen. »Du hast ihn nicht geöffnet?«

Ich schlucke. »Doch.«

Er macht eine ungeduldige Handbewegung. »Na, erzähl schon!«

»Sie haben mich zu den Interviews eingeladen.«

»Das ist doch mega! Das freut mich!« Seine Augen strahlen mich an und ich glaube ihm jedes Wort.

Verlegen winke ich ab. »Aber das sind ja erst mal nur die Interviews. Danach können sie mich immer noch ablehnen.«

Augenrollend kommt er auf mich zu. »Klar, kleine Erfolge dürfen nicht gefeiert werden und vom Schlimmsten wird auch noch ausgegangen.« Er schließt mich in seine Arme und drückt mich fest. Umhüllt von dem vertrauten Geruch nach Kaffee und Seife, fühle ich sein Kinn auf meinem Scheitel. »Du kannst echt stolz auf dich sein. Sei stolz auf dich.«

Ich nicke an seiner Brust, drücke ihn noch ein bisschen fester an mich. Einen Moment später löst er sich ein Stück von mir, beugt sich zu mir herunter und drückt seine Lippen auf meine. Schauer jagen mir über die Rücken, während seine Hand meine Wirbelsäule herunterfährt.

»Was ist das nur mit uns und Küchen?« Ich spüre sein Schmunzeln an meinen Lippen. Meine ganzen Nervenenden konzentrieren sich auf ihn, auf seine Lippen, auf seinen Geschmack, auf seine Hand, die jetzt an meiner Seite hochstreicht. Atemlos löse ich mich von ihm, lege meine Stirn gegen seine und sehe ihm in die vertrauten grauen Augen. Sein Daumen streicht bedächtige Kreise über meine Wange, wandert zu meiner Unterlippe und fährt sachte über mein Kinn wieder zurück. Ich muss an die Nacht von Ellas Geburtstagsparty denken, spüre, wie Hitze in mir aufsteigt und das Verlangen, es am liebsten sofort zu wiederholen.

»Ich muss wieder hoch zu den anderen«, raune ich leise, wobei meine Lippen beim Sprechen seine berühren. Seufzend tritt er widerwillig einen Schritt zurück und zieht einen Moment später seine Hand von meinem Gesicht, das sich merkwürdig kalt ohne seine Finger anfühlt. Leicht lächelnd lehnt er sich wieder an die Kücheninsel, legt den Kopf schief und mustert mein gerötetes Gesicht. *Gott*, ich will nicht gehen, nicht jetzt.

»Weißt du, was?«, ruft er leise hinter mir her. »Egal, was noch zwischen uns passiert, zumindest wissen wir, dass das hier zwischen uns funktioniert.« Ohne mich umzudrehen, laufe ich mit breitem Grinsen die Treppe hinauf.

»Wo warst du so lange?«, fragt mich Romy, als ich kurze Zeit später wieder die Zimmertür hinter mir schließe.

»Oh«, beantwortet sie ihre Frage selbst, als sie meine heißen Wangen sieht. Grinsend wirft Charlie ein Kissen nach mir und deutet auf den Platz neben sich.

»Was ist das eigentlich genau zwischen euch oder will ich das besser nicht wissen?« Ella sieht mich mit dem gleichen schief gelegten Kopf an wie ihr Bruder zuvor. Blut schießt mir in den Kopf, als ich mich im Schneidersitz zu ihnen setze.

»Wir sind bloß ... Freunde.« Schulterzuckend greife ich nach der Schokolade, um ihr bloß nicht ins Gesicht zu sehen.

»Wir wissen alle, dass ihr nicht nur Freunde seid, aber das meine ich nicht.« Ella sieht mir forschend ins Gesicht, bevor sie weiterredet. »Ihr habt wirklich keine Gefühle füreinander?«

»Nein«, beantworte ich ihre Frage schlicht.

»Geht das denn?« Sie zieht skeptisch ihre Augenbrauen hoch, doch ich fühle mich von ihr nicht verurteilt. Ihre Stimme klingt nicht wertend, sondern ehrlich neugierig.

»Ja, schon. Ich werde nächstes Jahr zum Studieren weggehen und er möchte zurück nach England. Das macht es leicht, nicht über mehr nachzudenken.«

»Und wie ist der Sex?«, fragt Romy, während sie ein Stück Schokolade abbricht.

»Das will ich nicht wissen«, ruft Ella und hält sich dabei demonstrativ die Ohren zu.

»Ich schon«, erwidert Charlie lachend.

Ausweichend zucke ich mit den Schultern. »Wir hatten bisher nur ein Mal Sex.«

»Und?«, horcht Romy mich weiter neugierig aus, wobei Ella die Augen verdreht.

»Ganz gut«, antworte ich ruhig und greife nach der Schokoladenpackung, die in der Mitte zwischen uns liegt.

»Was soll *ganz gut* heißen?« Skeptisch zieht Charlie eine Augenbraue hoch.

»Na ja, es war gut, aber anfangs auch etwas unbeholfen«, gebe ich zurück und zucke abermals mit den Schultern. »Ist nicht jedes erste Mal mit jemanden erst mal ein wenig komisch und neu eben?«

»Ja, total«, erwidert Romy. »Bei Keith und mir hat es auch eine Weile gedauert, bis es wirklich gut wurde.«

»War bei Jasmine und mir auch so«, sagte Charlie, die sich dabei gähnend auf den Rücken dreht. »Sind immer noch dabei herauszufinden, was uns gefällt.«

»Vielleicht sollte ich mir ja auch für das letzte halbe Jahr noch jemanden suchen«, meldet sich Ella mit wackelnden Augenbrauen wieder zu Wort und schmeißt sich ein Stück Schokolade in den Mund.

»Wie wäre es mit Antonin?«, wirft Romy lachend ein, woraufhin Ella puterrot anläuft und sich an ihrer Schokolade verschluckt.

»Wie kommst du denn darauf?« Ihre Augen werden kugelrund, während wir drei anfangen zu lachen.

»Das ist so offensichtlich!«, prustet Charlie bei dem ertappten Blick von Ella los.

Wärmende Erleichterung durchströmt mein Körper, als ich am Weihnachtsmorgen die Küche betrete und der leckere Geruch alle Räume durchströmt. Gran hat es nicht vergessen: Zimtkuchen, Bratäpfel, Plätzchen und klassischer Braten. Ich schlinge meine Arme um sie und drücke ihr einen festen Kuss auf die Wange. Heute wird alles gut gehen. Fest davon überzeugt, schenke ich uns beiden einen Kaffee ein und setze mich an den Küchentisch.

»Guten Morgen, Liebes.« Gran lächelt mich an, mit beiden Händen in der Schüssel, um den Teig zu kneten.

»Morgen.« Glücklich beobachte ich sie, wie sie den Teig in eine Form gießt, und sauge den vertrauten Anblick ein, um ihn für später irgendwann zu verwahren.

»Willst du mir helfen?« Sie legt ein Blech voller abgekühlter Plätzchen vor mich, die ich wie ein fünfjähriges Kind mit allem Drum und Dran verziere.

»Kanon D-Dur von Johann Pachelbel?« Unsicher sehe ich zu ihr auf, während sie die Milch zurück in den Kühlschrank stellt und summend den Kopf schüttelt.

»Fast.«

»Aria Prima von Pachelbel aus *Hexachordum Apollinis*! Natürlich, ich bin so eine Idiotin!«, rufe ich, als ich die vertraute Melodie erkenne. Gran grinst zustimmend, geht zur Musikanlage und schaltet klassische Weihnachtsmusik an.

»Damit wir uns richtig schön auf heute einstimmen können.« Zwinkernd widmet sie sich der Füllung der Bratäpfel, die kurz darauf einen himmlischen Duft aus dem Backofen abgeben. Zufrieden grinsend widme ich mich dem nächsten Backblech mit Zimtsternen und streiche die Zuckerglasur darüber.

Nachdem wir uns so richtig den Bauch vollgeschlagen haben, setzen wir uns in das Wohnzimmer und starten unseren alljährigen Weihnachtsfilm-Marathon. Zuerst beginnen wir mit *Harry Potter und der Stein der Weisen*, um dann *Der Grinch* im Hintergrund laufen zu lassen, während wir uns die Geschenke überreichen. Dieses Jahr habe ich lange gebraucht, um ein Geschenk für Gran zu finden, bis es mir in einem kleinen Secondhandladen in der Stadt wortwörtlich in die Hände fiel. Es ist nichts Großes, nichts Teures, aber ich habe sofort an Gran denken müssen. Mit ihren blassen Fingern streicht sie andächtig über die Schallplatte von Claude Debussy.

»Die hat mir noch in meiner Sammlung gefehlt«, flüstert sie leise, mehr zu sich selbst als zu mir. Schwer steht sie auf, legt die schwarze Platte in den alten Spieler und leise schallt die Musik durch das Wohnzimmer. Mit geschlossenen Augen wiegt sich meine Gran auf dem Sofa sitzend zu der Melodie. Als sie ihre Augen wieder öffnet, leuchtet die Musik in ihnen wider.

Gran reicht mir zwei kleine Päckchen, die sorgfältig mit rotem Papier und goldener Schleife verpackt sind. In dem größeren Päckchen befindet sich ein schweres Notizbuch mit braunem Ledereinband mit leeren Seiten, voller Platz, um Erinnerungen, Gedanken und Momente niederzuschreiben.

»Ich weiß doch, dass du gerne schreibst, und vielleicht sind deine Ideen darin gut aufgehoben.« Lächelnd nicke ich und streiche mit der Hand über den teuren Einband. Dieses Buch werde ich allerdings nicht mit meinen Ideen füllen, ich werde es mit Erinnerungen füllen, die darin festgehalten werden, auch wenn sich eine von uns beiden vielleicht nicht mehr daran erinnern wird. Ich widme mich dem zweiten kleineren Päckchen und ziehe aus dem roten Papier eine dunkelblaue Samtschatulle hervor. Verwundert sehe ich Gran an, die konzentriert meinen Fingern folgt, als ich sie aufklappe. Keuchend schnappe ich nach Luft.

»Sie haben sie mir damals bei der Beerdigung gegeben.« Traurig sieht sie auf das glänzende Material in meiner Hand. »Ich habe sie für dich aufgehoben.«

Mit angehaltenem Atem streiche ich über Pas Plakette. Die silberne Kette mit der Erkennungsmarke brennt ein Loch in meine Hand, lässt mir Tränen in die Augen steigen, die ich schnell wegwische.

»Danke«, sage ich, während ich sie mir um den Hals hänge und unter meinen Pullover stecke. »Die werde ich nicht mehr ablegen.« Gran streicht mir mit der Hand über die Haare, küsst mich auf die Stirn, wie sie es damals, als ich noch klein war, immer getan hatte.

»Du weißt, dass er sehr stolz auf dich wäre.« Die Worte schmerzen und heilen mein Inneres, wie es sonst nichts könnte.

Ich presse meine Lippen aufeinander, um die Tränen zurückzudrängen. Jetzt ist noch nicht die Zeit zum Weinen gekommen und hoffentlich dauert das auch noch lange, lange an. Lächelnd drücke ich ihre Hand.

Das Klingeln an der Haustür schallt ungewohnt durch unser Haus. Verwundert sehen wir uns an, denn an Weihnachten erwarteten wir nie Besuch. *Der Grinch* ist längst vorbei und *Kevin allein zu Hause* flimmert über den Bildschirm, als es eine Sekunde später zum zweiten Mal klingelt.

»Erwartest du noch jemanden?«, fragt mich Gran stirnrunzelnd, während sie den Ton auf lautlos schaltet. Kopfschüttelnd laufe ich mit der Decke um die Schultern in den Flur und öffne die Tür.

»Was … was macht ihr denn hier?« Verdutzt sehe ich in die grinsenden Gesichter von Romy, Ella, Piet und Nate.

»Bei mir zu Hause gab es nur Stress«, erwidert Romy, die mich umarmt und sich anschließend an mir vorbeidrückt.

»Nate und mir war langweilig, außerdem haben wir selbst gemachte weiße Mousse Chocolat mitgebracht.« Zur Verdeutlichung hält Ella die goldene Schale hoch, drückt mir einen Kuss auf die Wange und folgt Romy ins Wohnzimmer. Mit offenem Mund sehe ich ihr kopfschüttelnd hinterher, um mich zu vergewissern, dass ich nicht träume. Nate umarmt mich grinsend.

»Frohe Weihnachten«, flüstert er mir ins Ohr, bevor er seiner Schwester folgt.

»Also ich wollte euch eigentlich nur Frohe Weihnachten wünschen.« Piet zuckt grinsend die Schultern, tritt ein, schließt die Tür und legt mir einen Arm um die Schultern, um mich mit sich zu den anderen zu führen.

»Aber ... also ...«, völlig überrumpelt schaue ich meinen Freunden dabei zu, wie sie es sich im Wohnzimmer bequem machen und meine Gran freudestrahlend mittendrin.

»Das ist aber ein schöner unerwarteter Besuch.« Glücklich steckt sie sich einen großen Löffel mit der Mousse in den Mund.

»Komm her.« Romy klopft auf das Polster zwischen sich und Nate, reicht mir ein Schälchen mit der süßen Näscherei, während sie selbst ordentlich zuschlägt. Noch immer überrascht lasse ich mich zwischen die beiden fallen. Sobald ich sitze und Piet es sich auf dem flauschigen Teppich gemütlich gemacht hat, schaltet Gran wieder den Ton ein. Erst als der Abspann von *Kevin allein zu Hause* erscheint, habe ich mich von der Überraschung erholt und bin völlig glücklich und zufrieden. So glücklich, dass mein Bauch kribbelt. Piets Kommentare bringen alle zum Lachen und sogar Gran kichert leise in ihre Mousse.

»Seid ihr bereit für eine weitere Überraschung?« Piet springt auf einmal auf, wodurch das Wohnzimmer gleich viel kleiner wirkt.

»Ich weiß nicht, ob ich heute Abend noch eine verkrafte«, erwidere ich misstrauisch, während er zu dem schwarzen Koffer läuft, den ich erst jetzt wirklich wahrnehme.

»Du spielst Geige?« Anscheinend bin ich nicht die Einzige,

die von Piets verborgenem Talent nichts weiß. Sprachlos beobachtet Romy ihn, wie er sich vor uns hinstellt und sich spielerisch räuspert.

»Also dann, mein verehrtes Publikum, sie werden nun in den höchst seltenen Genuss der Künste des großen Piet kommen.« Nate lacht leise neben mir, Ella verdreht die Augen und Romy und ich sind vollkommen perplex. Was konnte dieser Junge eigentlich mal zur Abwechslung nicht? Ich werfe Gran einen raschen Blick zu, die Piet erwartungsvoll mustert, als er tief durchatmend die Geige unter das Kinn legt, völlig konzentriert.

Langsam, ganz vorsichtig, streicht er mit dem Bogen über die Seiten, die zarte Töne von sich geben und wie Honig durch mich hindurchfließen. Mit geschlossenen Augen schließt sich seine Hand fester um den Griff des Bogens, während er immer schneller und wieder langsamer wird, höhere und tiefe Töne spielt. Gebannt sehe ich ihm dabei zu und erkenne das Stück schon nach den ersten Sekunden – das *Andante* von Mozart. Piet ist nicht nur ein begnadeter Basketballspieler, sondern auch ein verdammt talentierter Musiker. Doch das schönste Geschenk von allen, mit dem ich am wenigsten gerechnet habe, ist, das Gran auf einmal aufsteht, sich auf den Hocker vor das Klavier setzt und die Tastenabdeckung zurückschlägt. Zum zweiten Mal an diesem Abend treten mir Tränen in die Augen. Grans flinke Finger huschen über die Tasten, das Klavier vermischt sich mit der Geige. Die Musik durchdringt jeden einzelnen Nerv in meinem Körper, lässt die Haare auf meinen Armen sich aufstellen. Romys Finger schließen sich um meine, ihr Blick spiegelt meinen – auch sie hat es früher geliebt, Gran beim Spielen zuzusehen, auch sie hat es vermisst, die Klaviertöne durch unser Haus klingen zu hören. Doch es ist Nates Hand, die sich schwer in meinen Nacken legt, die mich erdet, während mein Herzschlag sich beschleunigt. Dieses Gefühl, dass sich in meiner Brust nach oben drängt, ist mehr als bloßes Glück und bringt mich dazu, meine Augen zu schließen, mich von der Musik tragen zu lassen. Mit der freien Hand berühre ich die Kette um meinen Hals.

»Danke, dass ihr da wart. Ihr seid der Wahnsinn.« Ich werfe lachend einen Blick zu Piet, der mit seinem schwarzen Geigenkasten über der Schulter stolz am Türrahmen lehnt. »*Du* bist der Wahnsinn.«

Grinsend neigt er den Kopf. »Immer gerne.« Er winkt mir zu und verschwindet als Erstes durch die Tür nach draußen in die Nacht. Romy und Ella umarmen mich fest. »Danke, danke, danke«, sage ich immer wieder, weil ich nicht weiß, was ich sonst sagen soll. Romy drückt meine Hand, bevor sie mit Ella Piet folgt. Ich wende mich zu Nate um, der an der Wand im Flur lehnt.

»Danke«, flüstere ich, und damit meine ich nicht nur den heutigen Abend, sondern auch den Tag, als er mit mir im Krankenhaus war. Ausnahmsweise grinst er mal nicht, sondern sieht mir nur ernst in die Augen, während er nickt, als würde er das Ausmaß meines Dankes verstehen. Ich halte die Luft an, als er sich nach vorne lehnt, die Hand an meine Taille legt und den Kopf beugt, um mich auf die Wange zu küssen. Obwohl der Kuss so unschuldig ist, so wenig im Gegensatz zu all den anderen vielen Küssen, die wir geteilt haben, fühlt sich dieser am intimsten an. »Schlaf gut, Sue.« Seine Stimme ist leise und rau, als er einen flüchtigen Moment seine Stirn gegen meine lehnt.

»Gute Nacht«, hauche ich in die Dunkelheit, fähig zu sprechen erst, als er bereits außer Hörweite ist.

Kapitel 7

Happy New Year

»Geh ruhig, ich komm schon klar.« Gran drückt meine Hand und schiebt mich zur Tür.

»Bist du dir sicher?« Sie verdreht die Augen, sieht mich streng an und mit einem Mal kann ich sie mir sehr gut als strenge Mutter vorstellen, die meinen Pa nichts hat durchgehen lassen, wenn er irgendeinen Blödsinn angestellt hat.

»Zum hundertsten Mal, Sue Sally Walsh, ich werde allein klarkommen und sowieso gleich ins Bett gehen, also jetzt hau schon ab.«

»O.k., o.k., ich bin gleich weg, nur versprich mir, mich sofort anzurufen, sollte es dir nicht gut gehen.« Kapitulierend ziehe ich mir meine Schuhe an und schlüpfe in die Jacke, als Gran nickt.

»Du siehst übrigens sehr schön aus.« Wieder drückt sie meine Hand und öffnet die Haustür, um mich daran zu hindern, noch länger hier herumzustehen. »Romy wartet schon auf dich. Habt einen schönen Abend.« Ich drücke sie fest an mich, ehe ich in Romys silberne Schrottkiste steige.

»Du siehst sehr scharf aus.« Ich deute auf ihr schwarzes langärmliges Oberteil, unter dem ein schwarzer Spitzen-BH durchschimmert. Sie wirft mir ein strahlendes Lächeln zu, nachdem sie das Auto auf die Straße lenkt und mich ähnlich mustert wie ich sie zuvor.

»Und du siehst sehr schön aus. Ich liebe den roten Lippenstift an dir.« Grinsend werfe ich ihr einen Kussmund zu. So viel zu Komplimenten, denn nun wird ihr Gesicht wieder ernst.

»Wie geht's dir?« Ich atme tief durch, auf solche Fragen habe ich heute Abend überhaupt keine Lust. »Schon gut, schon gut, schon gut. Erzähl mir lieber von deinen Feiertagen.« Die ganzen letzten Tage haben Gran und ich nur auf dem Sofa gelegen, von Weihnachtsfilmen zu Silvesterfilmen gewechselt und unseren Bauch mit den Resten von Weihnachten vollgeschlagen. Romys Tage verliefen ähnlich, nur das zwischen Essen und Schlafen noch Familienstreitigkeiten dazukamen. Ich knuffe sie sanft in den Oberarm, als sie sich über ihren Bruder aufregt.

»Lass uns heute Abend richtig genießen! Keine schlechten Gedanken, kein Streit und keine bösen Überraschungen, o.k.?« Fordernd strecke ich ihr meinen kleinen Finger entgegen und sie hakt ihren ein.

Charlie hat sich alle Mühe gegeben mit ihrer Dekoration. Überall hängen goldene und silberne Luftschlangen, die in dem dämmrigen Licht glitzern. Sie selbst sieht ebenfalls aus wie eine glitzernde Luftschlange in ihrem Paillettenkleid, das ihr allerdings hervorragend steht und die dunklen, kurzen Haare schimmern lässt.

Mit roten Wangen drückt sie uns zwei Gläser Bowle in die Hand.

»Endlich habt ihr es auch hergeschafft!« Verblüfft sehen Romy und ich uns an: Sind wir so spät dran? »Ihr müsst dafür sorgen, dass Ella bessere Laune bekommt, und ich kümmere mich um das Essen.« Damit verschwindet sie in der offenen Küche. Ella sitzt mit grimmigem Gesicht auf dem Sofa, auf das wir uns rechts und links von ihr fallen lassen.

»Was ist dir denn über die Leber gelaufen?«

»Nicht *was*, sondern *wer*.« Mit ihrem Kopf deutet sie mürrisch Richtung Veranda, auf der fünf Leute stehen und sich unterhalten. Piet, Jasmine und Nate erkenne ich sofort in der einbrechenden Nacht, den Jungen mit den kurz geschorenen Haaren und das Mädchen mit der Zigarette im Mundwinkel allerdings nicht.

»Der Typ ist Luis, Nates Freund aus England, und das daneben ist Lila.« Sie verdreht die Augen, nimmt sich mein Glas aus der Hand und trinkt es in einem Zug aus.

»Sie sieht nett aus«, sage ich und ernte sofort einen fassungslosen Blick von Ella, die verächtlich den Mund verzieht.

»Ist sie aber nicht. Luis hat sie aus England mitgebracht, weil sie anscheinend auch mit Nate befreundet ist.« Ella zuckt mit den Schultern, während sie noch immer mit zusammengekniffenen Augen das Mädchen durch die Fensterscheibe beobachtet. Lila ist groß und schlank, die dunkelbraunen Haare sind zu einem Bob geschnitten. Mit einer Zigarette zwischen den Fingern lacht sie über irgendwas, das Piet gesagt hat, und berührt Nate dabei am Oberarm.

»Das macht sie andauernd«, kommentiert Ella die Geste mit einem Augenverdrehen. »Andauernd muss sie ihn berühren, das ist so anstrengend.« Schnell zieht Romy ihr Glas aus Ellas Reichweite, bevor sie auch das noch leer trinken kann.

»Waren die beiden mal zusammen?«, fragt Romy neugierig. Wieder zuckt Ella die Schultern. »Kann sein, aber er redet so gut wie nie über England, also keine Ahnung.« Seufzend steht sie auf und deutet mit dem Kopf zur Küche. »Will noch jemand etwas trinken?« Vielleicht wäre Bowle für den Abend gar nicht mal schlecht. Nickend folge ich ihr, während Romy mit einem kleinen Grinsen nach draußen geht. »Mal sehen, ob sie wirklich so schlimm ist, wie du behauptest.«

Schnaubend packt Ella meine Hand und zieht mich hinter sich her zur Küche.

»Lass sie einfach und hab Spaß heute Abend«, raune ich ihr zu. »Es ist Silvester!«, erinnere ich sie mit hochgezogenen Augenbrauen und wedele mit der Kelle voller Bowle vor ihrem Gesicht herum. Dramatisch schließt sie die Augen, nickt dann aber und setzt ihr breitestes Grinsen auf, das fast schon einschüchternd ist. »Und wie wir heute noch Spaß haben werden.« *Oje.*

Nicht nur mit der Deko hat sich Charlie Mühe gegeben, sondern auch mit dem Essen. Zusammen sitzen wir wenig später an dem langen Esstisch und genießen die vielen kleinen Köstlichkeiten, die Charlie und Jasmine den ganzen Tag über vorbereitet haben.

»Das schmeckt alles wirklich lecker«, bemerkt Lila, die mir schräg gegenüber sitzt, jedoch bisher kaum etwas von ihrem Teller probiert hat. Piet gibt mit vollem Mund ein zustimmendes Geräusch von sich, was Charlie zum Lächeln bringt.

»Ich habe nur assistiert, eigentlich hat Jasmine das alles gemacht.«

»Du bist großartig«, sagt Piet daraufhin mit vollem Mund und greift nach einem weiteren Brötchen.

»Wie lief euer letztes Spiel vor den Ferien?«, fragt Luis, an Piet gerichtet, der ihn daraufhin sofort in ein Gespräch über Fouls, Fast Breaks und Freiwürfe verwickelt und so schnell nicht mehr losgibt. Luis ist nicht im klassischen Sinne gut aussehend, er hat aber etwas an sich, das ihn dennoch attraktiv macht; die kurz geschorenen Haare betonen die dunklen Augen und die auffällige Narbe an seinem Kinn lassen ihn interessant aussehen. Er fühlt sich sichtlich wohl in Piets Gesellschaft, und aus den Gesprächsfetzen, die ich über den Tisch hinweg mitbekomme, spielt er ebenfalls Basketball.

»Habt ihr eigentlich irgendwelche Vorsätze?«, fragt Ella an Romy und mich gewandt.

»Führerschein«, sage ich prompt und nehme einen Schluck von der Bowle.

»Wer's glaubt, wird selig.« Schnaubend greift Romy nach den kleinen vegetarischen Würstchen und wirft mir einen ungläubigen Blick zu. Ich strecke ihr die Zunge raus.

»Wie läuft eigentlich dein Kunstprojekt?«, frage ich Charlie über den Tisch.

»Richtig gut!« Fröhlich tupft sie ihr Brötchen in die Soße vor sich. »Es macht so Spaß. Ich probiere gerade mal was Neues aus, ihr werdet sehen!«

»Was ist aus dem Kunstprojekt über das Anthropozän geworden?«

»Das ist ein bisschen schiefgelaufen«, murmelt sie kichernd und wirft Jasmine einen belustigten Blick zu. *Oh*. Ich habe zwar keine Ahnung, warum die zwei sich so ansehen, aber irgendwas sagt mir, dass ich es auch gar nicht wissen will.

»Und wann dürfen wir dieses geheimnisvolle Kunstprojekt endlich mal live und in Farbe betrachten?«

»In ein paar Wochen vielleicht.«

Ella knufft mich in die Seite und zieht meine Aufmerksamkeit auf sich. »Siehst du, das geht schon die ganzen Tage so.« Ich folge ihrem Blick und beobachte unauffällig, wie Lila sich zur Seite lehnt, um Nate irgendwas zuzuflüstern, worüber dieser leise lacht und nickt. Ist er anders als sonst? Er geht immer offen mit allen um, lacht viel, unterhält sich gerne. Wie wir wohl aussehen, wenn wir uns im Flüsterton unterhalten?

»Das ist doch nicht zum Aushalten«, flüstert Ella mir ins Ohr, wobei ich die Augen wieder auf meinen Teller richte, um die beiden nicht auf uns aufmerksam zu machen. Ich zucke mit den Schultern, beiße von meinem gegrillten Champignon ab, der jetzt ein bisschen zäh in meinem Mund schmeckt. »Ich verstehe nicht, warum du dich so aufregst. Sie sind eben gut befreundet«, meint Romy, hebt ihr Glas und prostet ihr zu. Ich schließe mich ihr an.

»Lasst uns irgendwas spielen.« Luis reibt sich mit einem Grinsen die Hände.

»Wahrheit oder Pflicht?«, schlägt Piet vor, wobei er einen Schluck von der Bowle nimmt. Das ist so klischeehaft, aber mir selbst fällt auch nichts anderes ein, weshalb ich schulterzuckend zustimme, als die anderen sich ins Wohnzimmer setzen.

»Aber ohne Flasche«, bestimmt Ella und ihr Ton lässt keine Widerrede zu. Sie wendet sich zu Luis um. »Du wolltest spielen, also fang du auch an.« Ein wenig überrascht von ihrer Bestimmtheit, sieht er sich in der Runde um und deutet auf Jasmine. »Wahrheit oder Pflicht?«

»Wahrheit.«

»Hast du deine Freundin oder Exfreundinnen schon mal betrogen?«

Jasmine zieht bei der Frage eine Augenbraue hoch, schüttelt jedoch mit dem Kopf. »Wahrheit oder Pflicht, Romy?«

»Pflicht.« Romy hat noch nie, wirklich noch nie, Wahrheit gewählt.

»Küsse eine Person deiner Wahl.«

»Nicht sehr kreativ, aber nichts leichter als das.« Mit einem Grinsen beugt sie sich zu mir rüber, drückt ihre Lippen auf meine und kneift mir gleichzeitig in die Seite. Triumphierend grinsend sieht Romy zu Charlie. »Wahrheit oder Pflicht?«

»Wahrheit.« Romys Lächeln nach hat sie genau darauf gehofft.

»Mit wem war dein erstes Mal?« Charlie verdreht genervt die Augen und wirft eins der Sofakissen nach ihr.

»Das sag ich nicht, das weißt du ganz genau.« Fassungslos wirft Romy beide Arme in die Luft und sieht mich mit großen Augen an. »Das darf doch nicht wahr sein, warum zum Teufel sagt sie es uns nie?!« Lachend hebe ich meine Schultern und deute auf ihr Glas.

»Dann musst du trinken.« Charlie nimmt einen großen Schluck und lehnt sich zurück in das Polster an Jasmines Seite.

»Weißt du es?«, fragt Romy jetzt Jasmine, die den Kopf in den Nacken legt und laut loslacht. »Von mir erfährst du nichts.«

Bei ihrer Antwort verschränkt Romy die Arme und lässt sich gegen die Wand zurücksinken. »Du bist dran«, murrt sie in Charlies Richtung, die sich bereits ihr Opfer ausgesucht hat. »Lila, Wahrheit oder Pflicht?«

Sie legt den Kopf schief, als würde sie ihre Möglichkeiten abwägen wollen, aber ihr Lächeln verrät die Antwort. »Ich geh immer aufs Ganze, also Pflicht.«

»Das glaube ich gern«, schnaubt Ella so leise, dass nur Romy und ich es hören können.

»Teile mit jemanden deiner Wahl einen Tequila Shot.«

Das Grinsen, das darauf in Lilas Gesicht erscheint, ist triumphierend und gierig zugleich. Sie nimmt den kleinen Salzstreuer, leckt das Salz von ihrem Handrücken, kippt den Shot runter, den Piet ihr reicht, und beißt in die vorgeschnittene Zitronenscheibe. Ohne das Gesicht zu verziehen, presst sie ihre Lippen auf Nates Mund, um auf diese Weise den Shot, den Geschmack von Tequila und Zitrone, zu teilen. Ich sehe noch den überrumpelten Blick auf seinem Gesicht, ehe ich mich abwende und höchst interessiert die Beeren in meiner Bowle betrachte.

Mit einem diabolischen Grinsen lässt sie sich gegen die Stuhllehne fallen und fixiert Ella. Um Nate nicht anzusehen, nehme ich einen Schluck von meinem Glas. Ich wollte wirklich nicht wissen, mit wem er sonst noch eventuell etwas am Laufen hat, aber dabei zusehen wollte ich noch weniger. Mein Blick begegnet dem von Charlie, die zerknirscht und entschuldigend aussieht.« So hatte ich das definitiv nicht gemeint«, murmelt sie fast unhörbar.

Ellas Lächeln jedoch ist genauso breit, wie es auch falsch ist. Herausfordernd sieht sie Lila entgegen und das Gefühl, dass sie nur hierauf gewartet hat, überkommt mich.

»Wahrheit«, sagt sie wie aus der Pistole geschossen.

Neugierig sieht Lila sie an. »Was ist das Peinlichste, das dir je passiert ist?«

Ella sieht gelangweilt aus, als würde sie die Frage für absolut unnötig empfinden. »Ich bin letztes Jahr in der Cafeteria vor allen ausgerutscht, auf meinen Hintern geflogen und habe mir meinen Kaffee samt der Linsensuppe über mein weißes T-Shirt geschüttet. Sah weder elegant noch schön aus.« Mit gleichgültiger Miene zuckt sie die Schultern, und ehe irgendwer darüber lachen kann oder Lila etwas erwidern kann, richtet sich ihr Blick auf Nate. »Nate«, sagt sie nun an ihn gerichtet, der überrascht den Kopf hebt und seine Schwester halb bittend, halb warnend anschaut.

»Pflicht.«

Nach dem fiesen Grinsen, das seiner Schwester über die Lippen huscht, wusste sie ganz genau, dass er so antworten würde.

»Küss die Person im Raum, die du am attraktivsten findest.«

Stirnrunzelnd betrachtet Nate seine Schwester. Nervös nehme ich einen weiteren Schluck von meiner Bowle, wechsle einen Blick mit Romy, unsicher, wo ich hinschauen soll. Nate bewegt sich nicht, niemand bewegt sich für einen Moment.

»Verdammt, darauf wissen wir doch alle die Antwort«, sagt Piet plötzlich, lehnt sich vor und drückt Nate einen Kuss auf den Mund. »So, jetzt habt ihr es alle gesehen.« Alle fangen an zu lachen, bis auf Ella, die eingeschnappt die Arme vor der Brust verschränkt.

»Bist du jetzt fertig mit den Spielchen?«, frage ich sie flüsternd, denn ich weiß nur zu gut, worauf sie es angelegt hat. Auch wenn ein klitzekleiner Teil in mir sich fragt, was wohl passiert wäre, hätte Piet ihn nicht vor dieser Situation gerettet.

»Niemand spielt dieses Spiel richtig«, murrt sie nur und rutscht noch tiefer in den Sessel.

Kurz vor null Uhr hören wir auf mit diesem bescheuerten Spiel und gehen hinaus in den riesigen Garten, um uns das Feuerwerk anzusehen. Mit Sektgläsern in den Händen zählen wir die letzten Sekunden herunter, bis das neue Jahr anbricht und sich Romy jubelnd auf mich stürzt. Als Nates Augen meinen begegnen, habe ich fast das Gefühl, dass er auf mich zukommen will, doch genau in dem Moment, in dem er einen Schritt auf mich zugeht, zieht ihn jemand anderes in die Arme. Ich wende den Blick von Lilas Hinterkopf ab, starre in den dunklen Himmel, in dem das erste bunte Licht in tausend Funken auf die Stadt regnet. Mit einem Mal fühle ich mich unwohl in meiner Haut, unwohl in dieser kleinen Gruppe, unwohl mit Lila, unwohl und beklemmt. Als hätte er meine Unsicherheit gespürt, legt plötzlich Piet seine Ellenbogen auf meine Schultern, faltet seine Hände auf meinem Kopf und legt sein Kinn darauf. »Frohes neues Jahr«, flüstert er.

Dankbar drücke ich seinen Unterarm, ohne noch einmal nur in die Nähe von Nate zusehen, denn der Stich kommt unerwartet. Unerwartet und ungewollt.

Nach Mitternacht ist die Stimmung seltsam aufgeladen, was mich zu einem weiteren Glas Bowle drängt. Ich schütte das süße Zeug in mein bauchiges Gläschen und will gerade nach den Himbeeren angeln, als Lila neben mir auftaucht.

»Tut mir leid wegen vorhin«, sagt sie, während sie sich ein übrig gebliebenes Brötchen schnappt. Fast will ich schon sagen, dass mich das alles nichts anginge und ich es auch vollkommen okay finde, als sie weiterredet und meine Worte in meiner Kehle unausgesprochen zurückbleiben. »Ich bin übrigens Lila, wir haben uns noch gar nicht richtig vorgestellt«. Sie blickt hinter sich zu den Jungs. »Nate ist damals einfach wortlos abgereist, komisch ihn wiederzusehen.« Ihr Blick wird abweisend. »Ella spielt schon komische Spielchen, ich meine, was sollte die Frage vorhin? Weiß sie nicht, dass das unangenehm sein könnte für seine ... na ja«, sie macht eine hilfesuchende Armbewegung, als würde sie dadurch die richtigen Worte finden könne, »für seine Freundin-Schrägstrich-Exfreundin.«

Bei ihren letzten Worten klappt mir die Kinnlade runter. Irritiert blinzele ich die paar Himbeeren in meinem Glas an. Sie wirken zwar vertraut, aber *so* vertraut? *Freundin-Schrägstrich-Exfreundin*? Was davon trifft eher zu?

»O-okay?« Verzweifelt suche ich nach meiner Stimme, nach Worten, die irgendwo, zwischen Bowleholen und dem Wort *Freundin*, verloren gegangen sein müssen.

»Süß, wie Piet ihm beigestanden hat.« Sie lächelt mich an, greift nach dem Brötchen und legt es dann doch wieder zurück und verlässt ohne eine Antwort abzuwarten die Küche. Verwirrt sehe ich ihr hinterher, frage mich, was hier gerade passiert ist, starre wieder auf die Himbeeren, die einsam in meinem Glas herumschwimmen, und schütte noch eine weitere Kelle Bowle in mein Glas. *Was zum Teufel?*

Als Romy irgendwann vorschlägt, Scharade zu spielen, bin ich sofort mit dabei. Die Teams bilden sich nahezu automatisch in Jungs plus Lila und uns vier. Genervt stelle ich fest, dass auch Lila bei einem Spiel, bei dem man sich nur lächerlich machen kann, eine gute Figur macht. Immer mehr teile ich Ellas Abneigung gegen sie, bis ich es nicht mehr aushalte und mich nach draußen entschuldige, um frische Luft zu schnappen.

Aufgebracht lehne ich mich gegen die Hollywoodschaukel im Garten und starre in den Nachthimmel. *Freundin-Schrägstrich-Exfreundin?* Zum Teufel. Ella hatte von Anfang an recht.

»Alles gut?« Bei seiner Stimme hätte ich am liebsten frustriert aufgestöhnt.

»Klar«, erwidere ich Nates Frage, ohne meine Augen vom Nachthimmel abzuwenden.

»Wow. Du bist ganz schön überzeugend.« Ich höre seine gedämpften Schritte auf dem Gras und kurz darauf steht er vor mir. »Wenn alles gut ist, warum siehst du mich dann nicht an?«

Ich wende mich ihm zu. »Alles gut«, wiederhole ich, ohne eine Miene zu verziehen. Misstrauisch erwidert er meinen Blick. »Soll ich dich allein lassen?«

Ich zucke mit den Schultern. »Wie du willst.«

»Sue –«, er fährt sich durch die dunklen Locken. »Wenn ich was falsch –«

»Alles gut, wirklich«, unterbreche ich ihn, ehe er seinen Satz beenden kann. »Ich glaube, ich brauche gerade doch mal zwei

Minuten für mich«, setze ich dann noch hinterher, als ich sehe, dass er wieder zum Sprechen anheben will. Unschlüssig steht er einen Moment lang still da, nickt dann aber und kommt meinem Wunsch ohne ein weiteres Wort nach. Na, wenn das nicht ein super Start ins neue Jahr ist.

Eineinhalb Wochen nach Schulbeginn findet das erste Basketballspiel dieses Jahres statt. Luis und Lila sind noch immer zu Besuch und langsam frage ich mich, wann bei ihnen endlich die Ferien wieder vorbei sind. Romy ist heute nicht beim Spiel dabei, weil sie krank ist, eine Krankheit die Ella als »nachträglichen Schulanfang« bezeichnet.

»Da ist er«, raunt mir Ella ins Ohr, als Antonin aufs Spielfeld läuft. »Nummer 4. Das ist sein erstes Spiel in der Mannschaft.« Ihre Wangen färben sich rot, während sie ihn anstarrt, und ich mich dazu verpflichtet fühle, ihr in die Seite zu knuffen, damit sie nicht auch noch anfängt zu sabbern. Heute liegt eine Spannung in der Halle, die fast greifbar ist und sich auf die Spieler überträgt, die heute noch schneller laufen, noch höher springen und noch besser treffen.

»Ich will mal wissen, was Piet heute Morgen gefrühstückt hat«, meint Luis, der neben mir steht und bewundernd zusieht, wie Piet bereits im zweiten Viertel seinen neunten Dreier im Korb versenkt.

»Oh ja, und ich würde gerne wissen, woher Antonin diese flinken Finger hat, mit denen er so viele Steels holt.« Ella zwinkert mir und Charlie anzüglich zu und lehnt sich in ihrem Sitz zufrieden grinsend zurück.

»Ich weiß zwar nicht, woher Antonin die flinken Finger hat, aber dafür kann ich euch versichern, dass Nate auch sehr viel mit seinen flinken Fingern anstellen kann.« Lila sieht mich vielsagend an, worauf ich nur genervt die Augen verdrehe. Hat sie es so bitter nötig?

»Ach ja?«, fragt Ella sie streitlustig und funkelt sie böse an, doch Lila ignoriert sie vollkommen.

»Du müsstest es doch bestimmt wissen, oder nicht?«, erkundigt Lila sich grinsend bei mir.

»Müsste ich das?« Ich ziehe die Augenbrauen hoch.

»Er hat mir von euch erzählt.« *Hat er?* Schulterzuckend beobachtet sie mich ganz genau, damit ihr meine Reaktion bloß nicht entgeht.

»O.k. Und?«, erwidere ich, ohne sie weiter anzusehen, sondern richte meinen Blick wieder auf das Spielfeld.

»Du müsstest dann ja bestens Bescheid wissen.« Ich spüre ihre zusammengekniffenen Augen auf mir, während ich bemüht gelassen das Spiel verfolge.

»Keine Ahnung, was dich das angeht«, erwidere ich, nachdem sie nicht aufhört, mich anzusehen, und sofort beiße ich mir auf die Zunge, als ich ihr spitzes Lachen höre.

»Ihr hattet noch keinen Sex?« Triumphierend grinst sie mich an und lehnt sich zufrieden mit sich selbst in ihrem Sitz zurück. »Findet er dich also doch nicht so scharf?«, murmelt sie leise vor sich hin, aber ich kann sie dennoch hören. Ich spüre die Hitze in meine Wangen steigen, aber nicht vor Scham, sondern vor Wut. Sicherlich würde ich sie nicht korrigieren, nur um ihr irgendwas zu beweisen.

»Warum musst du aus dem Sexleben meines Bruders eine öffentliche Debatte machen?«, fragt Ella auf einmal in ihrer süßesten Stimme. »Und es Sue so unter die Nase reiben? Ist doch völlig schnuppe, niemanden interessiert es hier, was ihr zwei in London miteinander hattet. Ist schließlich schon lange aus und vorbei.« Bei ihren letzten Sätzen betont sie jede Vergangenheitsform so nachdrücklich, dass selbst ein Typ in der Reihe vor uns sich neugierig zu uns umdreht.

Ausdruckslos sieht Ella Lila abwartend an, der gerade das Grinsen aus dem Gesicht gerutscht ist. »Lass es dir von seiner Schwester sagen und jeder verdammt anderen Frau auf diesem Planeten, die meine Ansicht teilt. Dein Verhalten Sue, Nate und sogar dir selbst gegenüber ist echt daneben.« Einen Moment sieht Ella ihr in die Augen, die ihr beinahe aus dem Kopf fallen. »Dachte ich es mir doch.« Ella schlägt die Beine übereinander, lehnt sich in ihren Sitz zurück und blickt auf das Spielfeld, wobei ihr Gesicht nichts verrät. Blinzelnd sehe ich sie an. Sie ist so klein, hat aber so viel Power. Sollte ich jemals etwas auf sie kommen lassen, sollte ich auf der Stelle tot umfallen.

Als Lila sich wieder gefangen hat, erwidert sie irgendetwas Bissiges, aber Ella und ich beachten sie nicht. Luis leises Lachen neben mir geht in den Anfeuerungen beinahe unter, aber im Augenwinkel sehe ich noch, wie Lila ihm dafür wütend gegen den Oberarm schlägt.

Durch die unfassbare Trefferquote von Piet und der restlichen Leistung der Mannschaft ist es kein Wunder, dass sie die Halle als Sieger verlassen. Wir empfangen Piet und Nate an ihren

Autos, die Antonin im Schlepptau haben, ganz zur Freude von Ella. Nate legt seiner Schwester und mir jeweils einen Arm um die Schultern, selig lächelnd über ihren Sieg. Piet grinst wie ein Honigkuchenpferd, als sein Bruder mit dem türkisen Palmenhut um die Ecke schlittert.

»Mr. Hall?«

Verwundert drehen wir uns alle zu der tiefen Stimme um, obwohl nur Piets Name genannt wurde. Der Mann im schwarzen Anzug mit Schlips kommt mit ausgestreckter Hand auf den verdutzten Piet zu. »Mein Name ist Mr. Hill – ja, ich weiß ein interessanter Zufall –, ich bin Talentscout der Stanford University. Hätten Sie Zeit für ein kurzes Gespräch?«

Als Piet sich noch immer nicht rührt, hebt Nate den Arm von Ellas Schulter und schubst ihn leicht in die Richtung des Mannes. »Geh schon.«

Mit offenem Mund nickt Piet, umgreift die ausgestreckte Hand und schüttelt sie kräftig. Es ist das erste Mal, dass ich ihn sprachlos sehe.

Wie bestellt und nicht abgeholt starren wir den beiden hinterher, wobei ich die Ablenkung nutze, um mich ein wenig von Nate zu entfernen. Die ganze Neujahrssache ging mir immer noch nicht aus dem Kopf. Was genau hatte er Lila über uns erzählt? Wir hatten uns seitdem nicht mehr gesehen und irgendwie fiel es mir schwer, einfach da weiterzumachen, wo wir aufgehört hatten. Etwas war anders seitdem, nur weiß ich nicht, woran genau es lag. An meiner aufkommenden Unsicherheit und dem Grübeln, an Lila, an ihm? Zwanzig Minuten verharren wir wortlos auf dem Parkplatz, während ich Nates ratlosem Blick ausweiche und stattdessen meinen Kopf auf Charlies Schulter lege, bis Piet mit erhobenem Kopf, stolz und verlegen zugleich, wieder um die Ecke biegt und kurz vor uns die Faust in die Höhe reckt und uns das verkündet, was wir sowieso alle schon wissen. »Der große Mr. Hall hat soeben ein Sportstipendium an der Stanford University angeboten bekommen.« Er schafft es kaum noch, sich grinsend vor uns zu verbeugen, bevor wir ihn alle umarmen, auf die Schulter klopfen und hochjubeln lassen.

An diesem Abend gibt es im Sally's neben dem gewonnenen Spiel tatsächlich etwas mehr zu feiern als sonst, denn nicht nur Piets Stipendium machte mir gute Laune, sondern auch die Verkündung von Luis, dass heute ihr letzter Abend hier sei. Vergnügt sitze ich mit Ella an einem der kleinen Tische auf dem roten Sofa und schlürfe, inmitten all der Feiernden, einen Milchshake. Charlie ist noch nach dem Spiel losgefahren, um den Freitagabend und das kommende Wochenende bei Jasmine zu verbringen.

»Glaubst du, Antonin hat mich bemerkt?« Während sie ihn im Auge behält, lehnt Ella sich über den Tisch, damit wir sie über die Musik hinweg verstehen können. Ich folge ihrem Blick zu der kleinen Gruppe an der Bar, wo Antonin zusammen mit Lila, Luis, Nate und anderen Spielern steht und sich lachend unterhält.

»Ich habe ehrlich gesagt keine Ahnung, aber er wirkt auch ein bisschen zurückhaltend. Sprich du ihn doch an«, rate ich ihr schulterzuckend. »Dann bemerkt er dich definitiv.«

»Bist du dir sicher? Nicht, dass er dann genervt ist.« Ihre Wangen färben sich bei dem Gedanken rosa.

»Aber dann weißt du es und außerdem kennt ihr euch ja schon. Du bist keine Fremde, also warum sollte er dann genervt sein? Bisher war er doch immer nett zu dir.«

»Die Frau selbst ist die Emanzipation«, murmelt sie mehr zu sich als zu mir, bevor sie ihren Milchshake wie einen Shot auf ex runterkippt, mit der flachen Hand auf den Tisch schlägt und entschlossen auf Antonin zugeht. Grinsend sehe ich ihr hinterher.

Kurz nachdem sie aufgestanden ist, will ich ebenfalls zu den anderen gehen, da schiebt sich Mike, ein Junge aus meinem Biologiekurs, mit dem ich mich immer recht gut verstanden, aber schon länger nicht mehr geredet habe, zu mir auf die Bank.

»Hi, Sue.« Freundlich lächelnd hält er mir eine gekühlte Cola hin. »Durst?«

Überraschend nehme ich sie dankend an. »Gutes Spiel, was?«, fragt er mich und deutet auf die Jungs mit den blauen Hoodies.

Ich nicke lächelnd. »Allerdings, vor allem für Piet.«

»Das stimmt. Stanford, richtig? Das ist echt klasse.« Er nimmt einen Schluck von seinem Tonic Water, ehe er mich wieder betrachtet. »Wie geht's dir? Wir haben uns schon länger nicht mehr unterhalten.«

»Ganz gut.« Ich zucke mit den Schultern, ich hasse Small Talk. »Will dein Vater immer noch, dass du mit Basketball anfängst?«, erkundige ich mich grinsend und muss an die Zeit denken, als wir noch enger befreundet waren und er sich ständig über seinen Vater beschwert hat, der ein guter Freund vom Coach ist.

»Manchmal, aber ich glaube, er hat sich mittlerweile damit abgefunden, dass ich kein Talent für Basketball habe.« Er nickt rüber zur Bar. »Hast du Hunger?«

Ich schaue unschlüssig rüber zu meinen Freunden, nicke dann aber. »Klar.«

Gemeinsam drängen wir uns an den anderen vorbei zur Bar, wo er eine Pizza bestellt. Beim Essen fragt er mich nach meinen Hauptfächern aus, nach meinen Plänen nach der Schule, und ich versuche, ihm jede Frage, ohne besonders ins Detail zu gehen, zu beantworten. Ich muss lachen, als er mir im Gegenzug von seinem Roadtrip erzählt, den er gemeinsam mit seinem Cousin nach der Highschool plant, und alle möglichen Reiseutensilien aufzählt, die er auf keinen Fall vergessen darf mitzunehmen, die teils aber völlig absurd sind.

»Wirklich! Jeder, der gut vorbereitet sein will, braucht so ein Ding!« Mit Gesten deutet er einen Angelauswurf an, der eher wie ein komischer Basketballwurf aussieht, und ich kann ihn mir nun wirklich nicht mehr als Spieler vorstellen. Mein Blick fällt hinter ihn über seine Schulter, wo Nate in einem kleinen Grüppchen steht und sich unterhält. Meine Augen wandern wieder zu Mike, der mir mit leuchtenden Augen seine geplante Route erläutert. Die hellbraunen kurzen Haare und die blauen Augen machten ihn schon immer attraktiv, nur habe ich mich bisher nicht darum geschert. Doch jetzt? Seit Silvester habe ich ständig dieses Gefühl, Nate an diesem Abend etwas überlassen zu haben. Ich kann es nicht erklären, geschweige denn in Worte fassen, aber dieses Gefühl ist da, lästig und unwillkommen. Jetzt, wo meine Augen Mikes Mund streifen, kommt mir der seltsame Gedanke, dass ich das, was ich Nate überlassen habe, nur zurückbekommen würde, wenn ich Mike küssen würde. Und nur aus diesem einzigen Grund lasse ich mich von ihm küssen, als er meinen Blick auf seine Lippen bemerkt und ihn für sich selbst interpretiert, keine Ahnung davon, dass ich das hier nicht seinetwegen, sondern allein meinetwegen tue. Der Kuss ist anders, kurz, beinahe flüchtig, fremd. Ich sehe Mike die gleiche Überraschung an, die sich auch auf meinem Gesicht widerspiegelt. Überrascht, dass er mich auf einmal geküsst hat, und überrascht, dass ich nichts dagegen unternommen habe. Stumm sitze ich ihm gegenüber, bevor ich mir ein Stück der Pizza nehme und weiter über die Route spreche, die er für die Reise plant. Ich überspiele damit die Unruhe in mir, und als er nach einer kurzen Sekunde einfach mitspielt, hätte ich ihn vor Dankbarkeit gleich noch einmal küssen können.

Sobald das letzte Pizzastück verdrückt und meine Cola leer ist, verschwinde ich mit einer Ausrede. Erleichtert suche ich nach Ella, die nicht mehr bei den Sofas sitzt und auch nicht bei Piet in der Nähe ist. Na toll. Ich könnte Piet fragen, ob er mich nach Hause fährt, aber das wäre zu viel verlangt. Er sollte die Nacht durchfeiern, sich hochleben lassen und auf sein Stipendium anstoßen, auf das er verdammt stolz sein kann. Ich werde laufen, so weit ist der Weg nicht und die frische Luft wird mir auch nicht schaden.

Ich ziehe meine Jacke fester um mich, verstecke meine Hände in den Ärmeln und verkrieche mich in meinem Schal, damit die eisige Nachtluft mir nicht allzu sehr um die Ohren fegen kann. In dem Moment, in dem ich um die Ecke des Bistros laufe, pralle ich fast mit Nate zusammen.

»Hoppla, Sue.« Seine Stimme ist rau, als würde er sich eine Erkältung einfangen.

»Was machst du hier draußen?«, frage ich Nate verwirrt, dessen Wärme sich durch die Nähe auf mich überträgt. »Warum feierst du nicht drinnen mit den anderen?«

Er zuckt mit den Schultern. »Brauchte kurz mal frische Luft, und du?«

»Ich will nach Hause.« Nate hebt eine Augenbraue, sieht mich missmutig an, bevor er auf die Straße hinter sich deutet.

»Du willst zu dir nach Hause *laufen*?«

»Ja.«

»Bei dieser Kälte?«

»So kalt ist es jetzt auch nicht.«

»An deiner Nasenspitze bildet sich schon ein Eiszapfen, so eisig ist es hier draußen, also sei nicht albern.« Bei seinen Worten verziehe ich das Gesicht und vergrabe meine Nase in meinem hochgezogenen Schal.

»Ich fahre dich.« Seine Stimme lässt keine Erwiderung zu, und dennoch verneine ich, als er bereits um mich herum zu seinen Wagen läuft. »Brauchst du nicht, wirklich. Willst du nicht mit den anderen feiern? Den Sieg und Piets Stipendium?«

»Nein, schon gut. Weißt du noch die Sache mit dem vielen Leuten und dem Überwältigtsein? Ich fahr dich.«

Abwartend steht er vor seiner Autotür, und sein Blick verrät mir, dass er mich, wenn ich jetzt nicht bald einsteige, eigenhändig in dieses Auto verfrachtet wird. Ich schneide ihm eine Grimasse, die er ausdruckslos zur Kenntnis nimmt, steige dann aber auf der Beifahrerseite ein. Ich muss endlich diesen bescheuerten Führerschein zu Ende bringen.

»Mike, hm?« Bei dem Namen rutsche ich in meinem Sitz herunter, denn dieses Gespräch will ich jetzt definitiv nicht führen und erst recht nicht mit ihm. Ich gebe nur ein komisches Geräusch von mir und rutsche gleich noch tiefer in meinen Sitz. Als er mir einen kurzen Blick zuwirft, muss mein Unbehagen deutlich von meinem Gesicht abzulesen sein, denn er lacht leise, nur ein bisschen kürzer und weniger freundlich als sonst.

Ich weiß, dass ich mich nicht rechtfertigen muss, nicht vor ihm, nicht vor irgendwem sonst, aber das Gefühl, es dennoch tun zu müssen, überkommt mich trotzdem.

»Das war aus Versehen«, gebe ich ehrlich zu.

»Komisch, so was in der Art hast du damals auch zu mir gesagt«, murmelt er so leise, dass ich ihn kaum verstehe. Am liebsten würde ich meinen Kopf gegen das Armaturenbrett hauen und all das, was in den letzten eineinhalb Stunden passiert ist, wieder rückgängig machen.

»Hast du Lust, was zu unternehmen?«, fragt er auf einmal aus dem Nichts heraus.

»Jetzt?« Stirnrunzelnd sehe ich zu ihm. »Was willst du jetzt noch unternehmen?«

Wieder zuckt er die Schultern, wirft mir einen kurzen Blick zu. »Wir könnten zum Fluss ...« Sein Blick richtet sich wieder nach vorne auf die Straße. »Oder ich biege hier ab und bringe dich nach Hause?«

Meine Augen wandern zwischen ihm und der Straße hin und her, während ich in meinem Kopf die Optionen abwäge, auch wenn mir die Entscheidung leichtfällt.

»Fahr weiter.« Ich sehe aus dem Fenster, damit Nate meine Erleichterung nicht sehen kann.

Das Feld, das als Parkplatz dient, ist menschenleer und nur durch die kleinen Laternen am Rand schwach beleuchtet. Der Wind ist hier draußen noch stärker, weshalb ich meine Jacke noch enger um mich schlinge, aber dieses Mal macht mir die Kälte nichts aus, denn der Blick auf den Fluss und auf die gegenüberliegende Seite ist wunderschön. Ich konnte diesen Sommer nicht mehr mitzählen, so oft waren wir bis spätnachts hier und haben zu dritt oder mit den anderen aus der Highschool gegrillt, getanzt und die Wärme genossen. Doch im Winter war ich tatsächlich noch nie so spät hier. Der Fluss ist in der Mitte, am tiefsten Punkt, tiefschwarz und schwappt in kleinen Wellen ans Ufer. Nebeneinander laufen wir den kleinen Weg zum Wasser hinunter, bis meine Fußspitzen fast den nassen Sand am Wasserrand berühren.

»Darf ich dich etwas fragen?« Auf seine Antwort wartend, konzentriere ich mich auf sein Profil, das halb im Schatten halb im Mondlicht liegt.

»Warum bist du damals überhaupt nach England gegangen?«, frage ich neugierig, nachdem er leicht genickt hat.

»Ich wollte einfach mal von zu Hause weg. Es gab keinen bestimmten Grund. Ich wollte einfach mal was anderes sehen.« Er wirft einen Stein ins Wasser, der mehrmals auf dem Wasser aufkommt, bevor er mich ansieht. »Willst du nicht auch aus

dem gleichen Grund nicht hier, sondern woanders studieren?«
Überrascht sehe ich ihn an. »Abgesehen davon, dass dein Dad an der UCLA studiert hat, meine ich.«

»Mir gefällt der Gedanke nicht, von etwas abhängig zu sein, sei es von einem Ort, einer Person oder sonst was. Ich will hier raus, weil ich das Gefühl habe, hier ständig von allem abhängig zu sein, und diese Abhängigkeit macht mir Angst.«

Anstatt mich irritiert über meine verwirrenden Worte anzusehen, blickt er wieder leicht nickend weiter auf den Fluss.

»Willst du Medizin allein wegen deinem Vater studieren?«

»Ja und nein.« Ich ziehe meine Jacke noch enger um mich und starre weiterhin vor uns auf den Fluss. »Ich glaube, es wäre eine Lüge zu sagen, ich würde es nicht auch wegen meinem Vater machen. Mir gefällt der Gedanke, dass ich den gleichen Beruf ausübe wie er.« Ich zucke mit den Schultern, sehe zu ihm und begegne seinem Blick. »Aber vor allem gefällt mir der Gedanke, Menschen zu helfen, irgendwas wirklich tun zu können. Alles dreht sich größtenteils um den Menschen, und dieses Wissen interessiert mich, ich will mehr darüber lernen und es anwenden. Ich weiß nicht, was mir mehr Freude bereiten könnte, als zu sehen, dass ich jemandem wirklich helfen konnte.« Ich muss grinsen bei dem Gedanken, wie glücklich mein Vater war, wenn er einem seiner Kameraden das Leben retten konnte. Es machte immer den Eindruck, als würde dieses Gefühl ihn tragen, ihn jedes Mal weitermachen lassen, obwohl es die meiste Zeit nie so glatt lief. Aber er sorgte dafür, dass solche Momente, solche, in denen es nicht gut ging, die guten Momente nie überschatteten. Ich glaube, das war sein Trick. »Ich kenne die Vor- und

Nachteile, seitdem ich klein bin. Mir ist bewusst, dass nicht immer allen geholfen werden kann. Aber ...« Ich zucke wieder mit den Schultern und schaue gedankenverloren auf die Mondsichel, die sich im schwarzen Wasser glänzend spiegelt. »Aber ich denke, dass ich das schaffen kann. Wie du einmal meintest, mein Pa ist meine Motivation.«

Nate sagt lange Zeit nichts. Dann, irgendwann, streicht er mir über den Hinterkopf und massiert leicht meinen Nacken unter dem Schal. Kalte Luft sickert dadurch unter meine Jacke, verschafft mir eine Gänsehaut, die meinen ganzen Körper überzieht, aber ich sage dennoch nichts. In diesem Moment fühle ich mich lebendig.

»Aber zum Militär möchtest du nicht?«, fragt er leise, fast schon vorsichtig.

Sachte schüttele ich den Kopf, weil ich befürchte, bei jeder größeren Bewegung diese Stille in mir selbst und zwischen uns zu zerstören. »Nein. Ich glaube nicht, dass ich dort hingehöre.« Ich überlege kurz. »Und außerdem möchte ich das Gran nicht antun. Sie hat ihren Mann und ihren Sohn an das Militär verloren und um mich soll sie nicht auch noch Angst haben müssen.«

Ich weiß nicht, wie lange wir so dastehen, uns nicht rühren und keinen Laut von uns geben. Es ist eine Stille zwischen uns eingekehrt, die auch alles in mir ruhig werden lässt, ohne dass ich mich unwohl oder falsch fühle. Im Gegenteil, irgendwie scheint gerade alles genau richtig zu sein.

»Nach England habe ich mir geschworen, nie wieder von etwas abhängig zu sein.« Seine Worte sind so leise, kaum ein Flüstern, dass ich fast nicht sicher bin, richtig gehört zu haben.

»Wie geht es dir jetzt, da du wieder hier bist? Tut dir der Abstand gut?«, frage ich vorsichtig, mit Angst davor, eine bestimmte Grenze zu übertreten.

»Ja und nein. Ich vermisse London schon, aber momentan tut es ziemlich gut, zu Hause zu sein.«

»Erzähl mir was. Erzähl mir noch mehr«, fordert er mich nach kurzer Zeit auf, lächelt mich schief von der Seite an und unwillkürlich muss ich daran denken, wie ich ihn dazu aufforderte, als meine Gran ins Krankenhaus kam.

»Ich habe letztens ihre Zettel gefunden«, beginne ich kontextlos. »Zettel auf denen der Name von meinem Pa steht oder auch mein Name und *Enkelin*. Einmal war mein Name sogar falsch geschrieben.« Bisher hatte ich es nicht über mich bringen können, es jemanden zu erzählen. »Lauter solcher Dinge. Oder auch darüber, wie sie den Kaffee zubereitet, oder eine Erinnerung auf einem Post-it am Kühlschrank, dass sie nicht vergessen darf, ihn wieder zu schließen.« Mit der Hand reibe ich mir über die kalte Stirn. »Ich hab sie vor ein paar Tagen gefunden, als sie mich gebeten hat, in ihrem gelben Büchlein nach der Uhrzeit ihres Termins zu schauen. Wahrscheinlich hat sie vergessen, dass die Zettel darin liegen. Ich glaube nicht, dass sie wollen würde, dass ich sie sehe.« Nate gibt einen traurigen Ton von sich, zieht mich näher an sich heran und schlingt die Arme um mich.

»Was können wir tun, um es ihr zu einfacher zu machen? Kann ich irgendwie helfen?«

Schulterzuckend lehne ich meinen Kopf an seine Schulter. »Keine Ahnung«, flüstere ich.

»Die Ärztin meinte, dass es eine Selbsthilfegruppe für Angehörige gibt. Willst du da mal hingehen?«

Ich schlucke. »Vielleicht«, weiche ich ihm aus. Bisher hatte ich zu viel Angst vor den Geschichten und Erfahrungen der anderen Teilnehmenden.

»Und was geht dir so durch den Kopf?«

Ich sehe zu ihm auf und habe das Gefühl, ihm wirklich frei heraus sagen zu können was ich denke. Ich fühle mich nicht unter Druck gesetzt, ihn beeindrucken zu müssen. Er sieht mich so ruhig an wie eh und je und genau dieser Blick lässt meinen Gedanken freien Lauf. Ich wende mich wieder von ihm ab und sehe geradeaus zum Strand, dem Nachthimmel und dem dunklen Fluss. Meine wirren Gedanken und Gefühle lichten sich und fühlen sich in diesem Moment so klar an.

»Ich glaube, wenn Medizin nicht wäre, würde ich schreiben wollen. Gran hatte immer die Musik und das war für mich immer der Gegenpart zur Medizin. Wissenschaft und Kreativität, weißt du? Ich wollte unbedingt auch so etwas haben, aber Musik war nichts für mich. Und dann habe ich begriffen, dass ich das eigentlich schon längst hatte. Meins ist das Schreiben.«

»Irgendwie überrascht mich das nicht«, sagt er und lächelt mich schief an.

»Jetzt bist du dran.«

Er überlegt kurz. »Ella und ich hatten früher mal die Idee, ein Wettessen mit Popcorn auf einer Achterbahn zu machen.« Bei der Erinnerung verzieht er das Gesicht. »Als wir, glaube ich, zwölf Jahre alt waren, haben wir es geschafft, Popcorn auf eine Achterbahn zu schmuggeln, und danach musste sich Ella furchtbar übergeben, und unsere Eltern haben uns die Hölle heiß gemacht dafür.« Das leise raue Geräusch seines Lachens steckt mich an und das Bild einer kotzenden jungen Ella steigt in meinem Kopf lebhaft auf.

»Versteht ihr euch also schon immer so gut?«

»Ja, deswegen war sie wegen dem Internat in England ziemlich sauer auf mich, aber mittlerweile ist es wie immer.« Er zuckt mit den Schultern, blickt zum Fluss und dann zu mir. »Es ist eigentlich alles so wie früher, auch mit Piet. Es ist fast so, als wäre ich nie wirklich weg gewesen.«

»Das klingt schön.« Ich schlage die Kapuze meiner Jacke hoch, um den Wind abzuwehren, und sehe lächelnd vor mich hin. Wie es wohl wäre, Geschwister zu haben? Romy ist so was wie eine Schwester für mich, aber wie wäre es, neben Gran jetzt noch jemanden zu haben, der auch einen Dad verloren hat, dessen Gran auch an Demenz erkrankt ist, jemanden, der das Gleiche durchmacht wie ich und den das alles genauso betrifft wie mich, der die gleiche Verantwortung trägt. Es wäre definitiv einfacher. Ich wäre nicht allein mit der Situation, würde nicht allein Entscheidungen fällen müssen.

»Ist dir kalt? Wollen wir zurück?« Ich schüttele den Kopf, grabe mich aber weiter in meine Jacke hinein.

»Ich will noch nicht zurück, es tut gerade so gut, hier zu sein«, erwidere ich ehrlich und atme noch mal tief die kalte Nachtluft ein. Schweigend laufen wir weiter am Fluss entlang. Einfach zwei Personen, die nebeneinanderher laufen, ihren eigenen Gedanken nachhängen, ohne das Gefühl zu haben, den anderen unterhalten zu müssen.

Als ich nach einer halben Stunde in den Jeep einsteige, sind meine Finger taub, meine Wangen rot vor Kälte und meine Zehen eingefroren. Ich beobachte, wie Nate seine Hände aneinander reibt und in die hohlen Handflächen pustet, bevor er den Schlüssel in das Zündschloss steckt und die Heizung anmacht. Er zwinkert mir zu, biegt auf die Straße und schaltet das Radio ein. Zufrieden lehne ich meinen Kopf gegen den Sitz und schaue aus dem Fenster, während ich der Musik zuhöre.

»Das war eine tolle Idee.« Immer noch in den Sitz gelehnt, drehe ich meinen Kopf zu ihm, als wir in meine Straße einbiegen.

»Immer gerne.« Schief lächelt er mich an. Ich sehe ihn noch immer an, als er vor dem Haus stehen bleibt, und halte seinen Blick fest, der sich wieder auf mich richtet, unfähig, wegzusehen oder auszusteigen. Die wohlige Wärme in dem Wagen macht das Aussteigen in die Kälte nur umso schwerer, auch wenn es nur ein paar Sekunden dauern würde, bis ich die Haustür aufgeschlossen hätte.

Ich räuspere mich, denn eine Sache muss ich dennoch loswerden.

»An Silvester dachte ich kurz, dass du immer noch mit Lila zusammen wärst. Sie hat so was angedeutet«, erkläre ich ihm, da ich es endlich aus meinen Kopf streichen will. Die letzte Stunde mit ihm war wieder so normal gewesen, dass ich es einfach ansprechen muss. Nate fährt sich mit der Hand durch seine abstehenden Locken, ehe er mich ansieht.

»Ich bin damals von heute auf morgen abgereist, ohne mich zu verabschieden oder die Sache zwischen uns zu beenden. Ich weiß auch nicht. Wir waren auch nie so wirklich zusammen, deswegen hatte ich gehofft, der Sache aus dem Weg gehen zu können.«

Zerknirscht spielt er mit dem Autoschlüssel in seiner Hand. »Das war ziemlich feige. Wir hatten ehrlich gesagt auch keinen richtigen Kontakt, deswegen habe ich auch nicht mehr darüber nachgedacht und angenommen, dass sie genauso darüber gedacht hat.«

Sein Blick begegnet meinem. »Ich habe das aber mittlerweile mit ihr geklärt und auch von dir erzählt.«

Ich nicke. »Ja, das hat sie mir gesagt.«

»Also alles wirklich okay?«

»Ja.«

»Sicher?«

Ich nicke abermals, woraufhin ein erleichtertes Grinsen auf seinem Gesicht erscheint.

Seine Hand hebt sich, legt sich auf meine Wange und streicht mit dem Daumen federleicht über meine Unterlippe, jagt mir Schauer über den Rücken und mir wird noch wärmer. Seine grauen Augen werden dunkles Schiefergrau, bohren sich in meine. Mein Blick wandert von seinen Augen zu seinen Lippen, die so perfekt geschwungen sind und sich zu diesem kleinen schiefen Lächeln verziehen, bis ich das kleine Grübchen in seiner rechten Wange sehen kann. Ich schließe die Augen, halte den Atem an, als ich endlich seine Lippen auf meinen spüre, und stoße einen kleinen Seufzer aus. Dieser Kuss ist tiefer, intensiver und auf eine gewisse Weise auch sinnlicher als alle anderen Küsse, die wir je geteilt haben. Er erinnert mich an unseren ersten Kuss, weil dieser genauso stürmisch ist, nur dieses Mal bin ich weder betrunken noch unsicher, denn Nate ist mir vertraut, diese Situation ist mir vertraut. Er küsst mich auf eine Art, die mich glauben lässt, dass er sich die ganzen letzten Wochen zurückgehalten hat. Nach Luft schnappend lehne ich meine Stirn an seine, wobei ich die Hitze in meinen Wangen, in meinem gesamten Körper spüre. Bei seinem eindringlichen Blick, dem schiefen Grinsen überkommt mich das Gefühl, dass er mir mit dem Kuss etwas beweisen will, etwas, das so simpel wie kompliziert ist. Ich brauche niemand anderen zu küssen als ihn. Bei dem Gedanken werde ich rot, und Mike tut mir mit einem Mal leid, auch wenn er vermutlich nicht besonders überzeugt von unserem Kuss war und es vermutlich auch nicht mehr darauf ankommen lassen würde. Wieder überbrücke ich den Abstand unserer Münder, drücke meine Lippen auf seine, süchtig nach seinem Geschmack, nach dem Gefühl, mich ihm hinzugeben. Mit den Fingern fahre ich über sein scharfes Kinn, zu seinen Haaren und ziehe leicht an ihnen, wobei er rau in den Kuss stöhnt und mich noch näher zu sich zieht – so nah, wie es die Konsole zwischen uns zulässt. Mit jeder Faser in meinem Körper spüre ich seine Hand, die über meine Seite streicht, unter die Jacke kriecht, sich auf meine Hüfte legt und sie leicht drückt. Seine Lippen wandern von meinem Mund zu meinem Mundwinkel, küssen sich runter zu meinem Hals, liebkosen jeden einzelnen Zentimeter dabei und jagen mit jedem Mal einen Schauer über den Rücken. Seufzend lege ich meinen Kopf auf die Seite, um ihm noch mehr anzubieten, um zu verhindern, dass er damit aufhört. Seine Hand legt sich in meinen

Nacken, zieht meinen Kopf wieder zu sich und verschließt mit einem kleinen Lächeln unsere Lippen erneut. Grinsend zieht er sich nach einiger Zeit zurück, beobachtet mich mit seinen grauen Augen genau, während ich meinen Kopf wieder gegen die Sitzlehne lege. Ich könnte ihn die ganze Nacht so ansehen. Ich spüre das sinnliche Lächeln auf meinen Lippen und das Kribbeln irgendwo in meinem Bauch. In anderen Momenten würde es mir vielleicht Angst einjagen, aber jetzt gerade, hier in diesem Auto, tut es das nicht.

»Ich sollte langsam reingehen«, flüstere ich leise. Einen Moment sieht er mich noch an, bevor er tief Luft holt, seine Autotür öffnet und um den Wagen zu mir herumgeht.

»Ganz der Gentleman.« Lachend lege ich meine Hand in seine, als er mir beim Aussteigen hilft. Vor der blauen Haustür drehe ich mich zu Nate um, der mir gefolgt ist.

»Kommst du mit rein?«, frage ich ihn, und alles in mir hofft darauf, dass er Ja sagt.

Schmunzelnd beugt er sich abermals zu mir, fährt mit der Hand an meiner Seite entlang. Das ist Antwort genug. Ungeduldig krame ich den Schlüssel aus meiner Tasche, als Nate neben mir erstarrt und auf die Tür zeigt.

»Eure Haustür steht offen.« Verwirrt wende ich mich um, starre den dunklen Spalt an, hinter dem kein Licht im Flur brennt oder sonst wo in dem kleinen Haus.

Kapitel 8

Fünfzehnter Januar

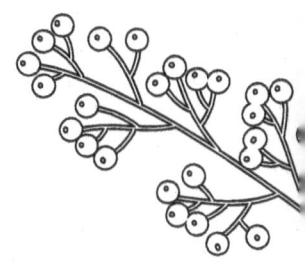

Mit zusammengezogenen Brauen drängt sich Nate an mir vorbei und schiebt die Tür ein kleines Stück weiter auf, sodass er hindurchschlüpfen kann. Ich folge ihm auf dem Fuß, versuche, an ihm vorbei in das Haus zu spähen. Habe ich tatsächlich die Tür offen gelassen, als ich vorhin gegangen bin, ohne dass Gran etwas bemerkt hat? Oder ein Einbrecher? Hier? In dieser Kleinstadt? Unwahrscheinlich. Das Wohnzimmer und die Küche sind leer, das Licht ist aus, aber alles sieht noch genauso aus wie zuvor. Nichts ist umgeräumt, unordentlich oder durchwühlt. Fragend sieht Nate mich an.

»Kann es sein, dass du vergessen hast, die Tür zuzumachen?«, flüstert er in den dunklen Raum hinein. Ich drücke beide Lichtschalter, sehe mich in den Zimmern um.

»Ich glaube nicht.« Wieder drehe ich mich um meine eigene Achse. »Gran schläft wahrscheinlich schon.« Dann sehe ich hinunter auf den Display meines Handys. »Es ist gleich halb eins.«

»Willst du mal nachschauen?« Er deutet auf die Treppe, die zum oberen Stockwerk führt, wo er das Schlafzimmer meiner Gran vermutet. Unschlüssig nicke ich.

»Warte kurz.« Mich selbst beruhigend laufe ich die Treppe hoch, doch die Ruhe ist in dem Moment vorbei, als ich Grans Zimmertüre offen stehen sehe. Nie, wirklich nie, hat Gran je mit offener Tür geschlafen. Als ich das Zimmer leer vorfinde, laufe ich weiter zum Badezimmer, dann schaue ich in meinem Zimmer nach, dann wieder in ihrem Zimmer.

»Nate!«, rufe ich und eile die Treppe herunter. »Sie ist nicht da!«

»Hat sie ein Handy? Kannst du sie anrufen?«

In dem Moment, in dem er die Frage stellt, habe ich schon mein Handy in der Hand und wähle ihre Nummer. Fluchend lege ich auf, als ich von oben den vertrauten Klingelton höre.

»Mist. Kann sie bei Freunden sein?«

Ich schüttele den Kopf. Bei wem denn? Um diese Uhrzeit? Kalte Panik steigt in mir auf, die ich versuche niederzukämpfen.

»Soll ich die Polizei rufen?« Unsicher sehe ich ihn an. »Ich weiß nicht. Wenn sie auf einmal nicht mehr weiß, wo sie ist, oder was weiß ich denn? Was soll ich machen?«

»Du hast hier überall nachgesehen, stimmt's? Dann ruf sie an, und wir gehen raus und laufen die Straße einmal ab, vielleicht ist deine Gran hier irgendwo in der Nähe.«

Mir rutscht mein Herz in die Hose, als ich den Notruf wähle und hinter Nate wieder nach draußen in die dunkle Nacht trete. Bitte, Gran, mach jetzt bloß keinen Mist.

»Sie schicken eine Streife her«, informiere ich Nate, der zwei Meter vor mir läuft. Die Frau am Telefon hörte sich erst gelangweilt, dann aber alarmiert an, als ich die Demenz von Gran erwähnte.

»Bleib du lieber hier, damit jemand da ist, falls sie zurückkommt und wenn die Polizei eintrifft.« Nate deutet hinter sich. »Ich geh in die Richtung und rufe Piet an, damit er beim Suchen hilft.«

Ich nicke, spüre immer mehr Panik und Hilflosigkeit in mir hochkommen. »Hey, es wird alles gut. Sie ist bestimmt nicht weit.« Er drückt meine Hand, bevor er die Straße entlanggeht und ich zum Haus zurückkehre. Fünf elend lange Minuten später hält der Polizeiwagen vor mir, aus dem eine Frau und ein Mann aussteigen. Die Frau, Celine, kenne ich, weil sie beim Herbstfest immer bei dem Stand mit den Süßigkeiten aushilft. Als ich ihnen die Situation schildere, tauschen sie einen Blick.

»Such du mit dem Wagen die Gegend ab, ich bleibe bei ihr«, sagt Celine und nickt ihrem Kollegen zu, den ich nur flüchtig ab und zu mal gesehen habe, der daraufhin wieder ins Auto steigt.

»Keine Sorge, wir finden sie schon.« Sie wirft mir einen aufmunternden Blick zu. »Es kommt öfters vor, dass Demenzerkrankte von zu Hause weglaufen.« Schwer schluckend bringe ich ein gequältes Lächeln hervor. Immer wieder laufe ich vor unserem Haus hin und her, während Celine sich noch einmal im Haus und im Garten umblickt. Nervös knete ich meine Finger, schreibe alle fünf Minuten Nate eine Nachricht, ob er sie schon gefunden hat. *Scheiße, scheiße, scheiße.*

Nach zehn Minuten kommt Celine wieder zu mir nach draußen. »Sue, es wird alles gut«, wiederholt sie ihre Worte von vorhin, die aber keinerlei Wirkung bei mir haben. »Ist so was denn schon mal vorgekommen? Das Weglaufen?«, fragt sie freundlich, um mich vom Hin- und Herlaufen abzulenken. Ich schüttele abwesend den Kopf. »Nein.«

»Hast du eine Idee, wo sie hingelaufen sein könnte? An einen bestimmten Ort oder irgendwohin, wo sie öfters und regelmäßig hingeht?«

Ich rattere alle Orte in meinem Kopf ab, zähle sie hastig auf. »Zum Friedhof vielleicht? Oder zur Bäckerei, wo sie oft am Nachmittag hingeht?« Wo ist Gran noch oft? »Vielleicht zur Schneiderei, da arbeitet eine gute Freundin von ihr?« Nickend wendet sich Celine ihrem Funkgerät zu und gibt die genannten Orte an ihren Kollegen weiter. Bei dem Vibrieren meines Handys schrecke ich zusammen.

»Hat sie jemand gefunden?« Mit dem Kopf deutet Celine auf mein Handy, doch ich schüttele niedergeschlagen den Kopf.

»Nein, leider nicht.« Unruhig beginne ich wieder, meine Finger zu kneten, gehe in meinem Kopf noch einmal die ganze Stadt durch, überlege, an welchen Orten wir öfters hingehen, doch mir fällt nichts mehr ein.

Geschlagene fünf Minuten später bin ich kurz vor einer Panikattacke. Was ist, wenn sie irgendwo verwirrt durch die Gegend spaziert, sich verirrt hat?

»Sue.« Hoffnungsvoll drehe ich mich zu Celine um. Hat ihr Kollege sie gefunden? Doch als ich mich zu ihr umdrehe, deutet sie auf das Ende der Straße. »Das sind sie doch, oder?«

Mir wird eine Sekunde schwarz vor Augen, so erleichtert bin ich, als ich den hellbraunen Mantel meiner Gran am Ende der Straße ausmache, der im Dunkeln gut zu sehen ist. *Heilige Scheiße, endlich.* Bei dem Anblick, der sich mir jetzt bietet, spüre ich vor lauter Anspannung in meinem Magen ein hysterisches Lachen aufsteigen. Jedoch treten mir stattdessen Tränen der Erleichterung in die Augen. Ich renne auf die zwei unterschiedlichen Gestalten zu. Hochgewachsen und schlaksig ragt Piet neben meiner kleinen Gran auf wie ein Riese. Gran bei ihm eingehakt, spazieren sie langsam auf mich zu. Ich hatte erwartet, Gran aufgelöst, verwirrt oder wütend aufzufinden, doch sie strahlt von einem Ohr zum anderen und beachtet mich gar nicht wirklich, als ich bei den zweien ankomme. Piet wirft mir einen beruhigenden Blick zu, während er geduldig Gran zuhört, die von Noten und einem ihrer Auftritte erzählt. Erst als ich sie auf der anderen Seite in den Arm nehme, reagiert sie auf mich, lächelt mich freundlich an.

»So ein reizender junger Mann«, sagt sie über Piet und bleibt weiter bei ihm eingehakt. Unsicher erwidere ich ihr Lächeln, zu erleichtert, um irgendwas zu fragen. Von der anderen Seite der Straße sehe ich Nate angerannt kommen, der am Haus Halt macht und auf uns wartet. Da Gran noch immer ohne Punkt und Komma auf Piet einredet und weder mich noch die Polizisten beachtet, führt er sie ins Haus, während ich draußen stehen bleibe.

»Geht es ihr gut?«, fragt Celine.

Ich nicke. »Schätze schon.«

»Brauchst du noch Hilfe?« Mitfühlend streicht sie über meinen Arm.

»Ich glaube nicht.« Überfordert starre ich auf die Haustür, hinter der Piet und Gran bereits verschwunden sind.

»O.k. Ich achte in nächster Zeit auf sie, falls ich sie irgendwo sehen sollte.« Ich murmele ein halbherziges »Dankeschön«, als sie an mir vorbei und zum Wagen geht, der eben um die Ecke gebogen ist.

Nate folgt mir ins Haus und auch in seinem Gesicht sehe ich die Erleichterung. »Ich habe ihn angerufen und auf dem Weg hierher hat er sie an der Bushaltestelle gefunden«, flüstert er mir zu, bevor wir die Küche betreten.

»Tee?« Munter hält Gran den Wasserkocher in die Höhe.

Müde, verwirrt und fertig mit den Nerven schüttele ich einfach nur den Kopf. »Geht es dir gut?«, frage ich sie stattdessen.

»Mir geht es gut.« Sie hält in der Bewegung inne. Ihr ruhiger Blick liegt weiterhin auf mir, mustert mein Gesicht. »Du siehst sehr müde aus. Geht es dir gut?«

Ich bin völlig baff. Dieser Abend ist ein einziger Horror, und jetzt fragt sie mich, wie es *mir* geht? Ich nicke nur, denn in mir ist ein Sturm voller Angst, Trauer und Wut. Wut, weil ich mir so verdammt hilflos vorkomme.

Gran sieht nacheinander in unsere Gesichter, dann greift sie nach ihrer Teetasse und lächelt uns an. »Ich geh jetzt mal schlafen. Gute Nacht!«

Wortlos starre ich ihr hinterher, dann richte ich meinen Blick auf Piet.

»Ich war gerade auf dem Weg vom Sally's nach Hause, als Nate mich anrief. Es war einfach Zufall, als ich sie dann an der Bushaltestelle gesehen habe. Sie saß einfach nur da, als würde sie auf den Bus warten.«

Mit einem Seufzer lasse ich mich auf einen der Stühle ihm

gegenüber plumpsen. »Ging es ihr gut? Hat sie dich erkannt? Ist sie gleich mit dir gegangen?«

»Ja.« Piet reibt sich über die Augen. »Also, ich weiß nicht, ob sie mich erkannt hat, aber sie hat sich gefreut, mich zu sehen. Ich habe sie gefragt, ob ich sie nach Hause bringen soll, und sie ist direkt mitgekommen und hat mir von ihren Auftritten erzählt. Sie meinte, sie käme gerade von einem und wollte sich nur kurz bei der Haltestelle ausruhen.« Er zuckt mit den Schultern. »Sie dachte zwar erst, ich würde in die falsche Richtung laufen, aber dann war eigentlich alles o.k.«

Ich lasse meinen Kopf auf die Tischplatte sinken. Ich bin so schrecklich müde, während mein Kopf hellwach ist. Ich verliere sie. Ich verliere sie jeden Tag ein bisschen mehr.

»Ich glaube, ich muss mich hinlegen«, murmele ich. Dann sehe ich zu Piet. »Danke, dass du sie gefunden und hergebracht hast.«

»Selbstverständlich.« Er sieht hinüber zu Nate. »Kannst du mich mitnehmen?« Dann schaut er wieder mich an. »Oder ist es dir lieber, wenn einer von uns oder wir beide hierbleiben?«

»Ich glaube, sie schläft jetzt eh. Ich werde auch die Tür abschließen, sicher ist sicher.« Dann räuspere ich mich. »Ihr könnt ruhig beide nach Hause.«

»Sicher?«, fragt Nate hinter mir und kurz darauf spüre ich seine Hand an meiner Schulter.

»Ja, wirklich. Ich brauche, glaube ich, kurz Zeit klarzukommen.« Ich richte mich wieder auf und sehe beiden fest in die Augen. »Wirklich. Ich bin euch so dankbar, aber ich glaube, ich muss auch einfach nur schlafen.«

Die zwei wechseln einen Blick, unsicher, ob sie sich darauf verlassen können.

»Wirklich«, wiederhole ich jetzt bestimmender.

»Aber ruf an, wenn was ist.«

»Ja, melde dich«, fügt Piet hinzu, während er sich von seinem Stuhl erhebt.

»Mach ich«, versichere ich den beiden noch zehn weitere Male auf dem Weg zur Tür.

Piet umarmt mich ein bisschen zu lang, ein bisschen zu fest. Seine Art, um mir zu sagen, wie leid es ihm tut. Auch Nate drückt mich an sich, dreht sich vor dem Auto noch mal kurz zu mir um. Ich sehe den Widerwillen in seinen Augen, doch er akzeptiert meine Entscheidung. Nachdem ich die Tür zugemacht habe, schließe ich sie ab. Auf leisen Sohlen spähe ich in das Schlafzimmer meiner Gran und sehe sie samt ihrem Mantel eingekuschelt in ihrem Bett. Ihr ruhiger Atem verrät, wie tief und fest sie schon schläft. Erleichtert schleppe ich mich selbst in mein Zimmer, lasse die Tür jedoch offen, um zu hören, sollte sie noch einmal aufstehen. In dem Moment, in dem ich die Decke über mich lege, bin ich auch schon eingeschlafen. Was für ein verdammt langer Abend.

Als ich am nächsten Morgen aufwache, scheint bereits die Sonne in mein Zimmer und bringt mich dazu, wieder aufzustehen, auch wenn ich lieber den Samstag in meinem Bett verbracht hätte. Seufzend rolle ich mich auf die Seite, greife nach meinem Handy und schicke Romy eine Nachricht, dass sie mich anrufen soll, sobald sie kann. Danach klettere ich aus meinem Bett, ziehe mir die Jeans von gestern aus, die ich noch immer trage, und schlüpfe in eine bequeme Yogahose und einen weiten Pulli. Ein Blick in den Spiegel verrät mir, dass ich genauso schrecklich aussehe, wie ich mich fühle, mit dunklen Ringen unter meinen Augen und verschmiertem roten Lippenstift. *Klasse.*

Müde laufe ich in die Küche runter, in der Gran schon am Tisch sitzt, ihre Zeitung vor sich aufgeschlagen.

»Guten Morgen, Liebes.« Bei den Worten von Gran atme ich auf, doch ihr zerknittertes Gesicht sieht meinem nur allzu ähnlich. Ich eile zu ihr, lege ihr meine Arme um den Hals und drücke sie, so fest ich kann an mich.

»Guten Morgen«, murmele ich in ihre weißen Haare. Ich wende mich zur Kaffeemaschine um, sehe die fast durchsichtige Brühe. Gran hatte wohl vergessen, Kaffeepulver in die Maschine zu schütten. Wortlos koche ich neuen Kaffee. Die routinierten Bewegungen und der Geruch von frisch gemahlenen Kaffeebohnen tröstet mich seltsamerweise. Gran ist vom gestrigen Abend nichts anzumerken, nur die Müdigkeit in ihrem faltigen Gesicht ist der einzige Beweis, dass der Vorfall nicht nur ein Albtraum war.

»Soll ich frisches Brot beim Bäcker holen?«, frage ich sie, weil in mir das dringende Bedürfnis nach Bewegung aufkommt.

»Gerne.« Sie schaut von ihrer Zeitung auf. »Vielleicht das mit den Körnern, welches du so magst?«

Als ich aus der Tür trete, bin ich versucht, hinter mir abzuschließen. Mache es dann aber doch nicht, weil ich mir so verloren dabei vorkomme. *Nur fünf Minuten. Ich bin nur fünf Minuten weg*, beruhige ich mich selbst. Müde laufe ich durch den kleinen Vorgarten und bleibe abrupt stehen. *Oh nein.* Mein Herz wird schwer, als ich vor unserer Einfahrt noch immer Nates Auto sehe. Gerührt betrachte ich Nate und Piet, die auf den Vordersitzen noch immer schlafen, tief versunken in den Ledersitzen und ihren dicken Winterjacken. Unschlüssig, ob ich zu ihnen gehen und sie wecken soll, bleibe ich einen Moment länger im Vordergarten stehen. Dann entscheide ich mich dagegen, will erst Brot kaufen und die zwei mit frischem Gebäck überraschen. Wenigstens eine kleine Geste, um zu zeigen, wie viel mir das hier bedeutet. Acht Minuten später, nachdem ich wieder in unsere Straße einbiege, ist Nates Wagen verschwunden. Gran jedoch sitzt noch immer mit Kaffee und ihrer Zeitung am Frühstückstisch.

Noch am gleichen Tag lese ich mir jede Broschüre durch, die die Ärztin mir damals im Krankenhaus mitgegeben hat. Schreibe mir die Telefonnummer raus, die Gran notiert hatte in dem Ordner für Pflegedienste und Pflegeheime. Sie hatte sich so gut hierauf vorbereitet. Diese Ordner, die Broschüren, das alles ist so eine riesige Hilfe. Stumpf schreibe ich mir alles auf, notierte jede Nummer, jede Adresse, jeden Tipp. Als ich am Sonntagabend von Charlie nach Hause komme, mit der ich mich auf einen Kaffee traf, um ihr alles zu erzählen, bin ich so müde vom Reden, dass ich mich nur noch auf die Couch werfe. Gran sieht von ihrem Buch in ihrem Sessel auf. »Alles gut?«, erkundigt sie sich stirnrunzelnd.

Ich nicke. »Einfach nur müde.« Zur Untermalung gähne ich laut. »Ich muss noch so viel lernen«, seufze ich und stemme mich wieder auf meine Beine.

Dann schnappe ich mir Pas dickes Anatomiebuch aus dem Regal, um mir damit meine Hausaufgaben zu erleichtern. Anstatt mich in mein Zimmer zurückzuziehen, wie ich es sonst beim Lernen tue, setze ich mich dieses Mal in die Küche, um näher bei Gran zu sein. Als ich das schwere Buch aufschlage, hätte ich am liebsten weinen können. Fein säuberlich war darin auf einem kleinen Klebezettel *Sues Lieblingsbuch: Medizin, UCLA* geschrieben. Ich schließe die Augen, atme ein und wieder aus, ein und wieder aus.

Der Montag verläuft so normal, so ereignislos. Nach der Schule gehe ich direkt wieder nach Hause, lerne wieder am Küchentisch und beginne, abends für mich und Gran zu kochen. Alles wie immer. Ich schäle die Zwiebeln, röste die Nüsse und schneide das Gemüse, während Gran die News im Fernsehen kommentiert. Die Nudeln sind noch nicht ganz gar gekocht, als es plötzlich einen lauten Schlag gibt. Erschrocken drehe ich mich zu Gran, deren Glas auf den Fliesenboden gefallen ist.

»Ich mach das schon«, sage ich hastig und laufe mit einem Geschirrtuch zu ihr. Doch Gran steht ebenfalls auf, um die Scherben mit ihren bloßen Händen zusammenzusuchen.

»Lass nur. Ich mach das, du schneidest dich.« Anstatt mir Platz zu machen, schlägt Gran meine Hände zur Seite.

»Ich kann das selbst«, sagt sie so barsch, dass ich unter ihren Worten zusammenzucke.

»Bitte, Gran, lass mich das einfach machen.«

»Nein. Ich kann das«, fährt sie mich an. Halb verletzt, halb überrascht starre ich meine Gran an.

»Dann nimm wenigstens das Tuch dafür.« Ich strecke es ihr auffordernd entgegen, doch sie beachtet mich nicht.

»Geh weg.« Überrumpelt stehe ich auf. »Du kannst das nicht.«

»Bitte«, murmele ich so leise, ohne zu wissen, worum ich sie bitte.

Dann hievt sich Gran wieder auf die Beine, murmelt irgendetwas, verlässt den Raum und schlägt die Tür hinter sich zu. Mir steckt ein Kloß im Hals, so verwirrt, so hilflos stehe ich hier und weiß nicht, wie ich damit umgehen soll. Als Gran kurz darauf wieder aus dem Zimmer kommt, dieses Mal im Mantel und mit Mütze, kann ich sie nur schwer daran hindern, das Haus zu verlassen. Immer wieder versuche ich, beruhigend auf sie einzureden, doch erst nach mehreren Minuten kann ich sie dazu bringen, sich wieder in das Wohnzimmer zu setzen. *Wie soll ich das hinbekommen? Wie?*

Am nächsten Morgen bin ich so verängstigt und in Sorge, dass ich bei dem Pflegedienst anrufe, den Gran in ihrem Ordner notiert hatte. Ich schildere die Situation, die Vorkommnisse und bin einfach nur froh, dass da jemand ist, der von all dem eine Ahnung hat. Als der Mann am Telefon mir mitteilt, dass er bereits ein paar Unterlagen, die Gran ihm vorsichtshalber vor ein paar Wochen hat zukommen lassen, vor sich hat und schon übermorgen jemanden vorbeischicken will, damit wir die Schwester kennenlernen, hätte ich vor Erleichterung am liebsten wieder losgeweint.

Am späten Vormittag klingelt mein Handy. Erleichtert

springe ich auf, in der Hoffnung, dass Romy mich anruft, aber als ich auf das Display starre, steht dort nicht ihr Name.

»Wie geht es dir? Wie geht es deiner Gran?«, erkundigt er sich direkt, nachdem ich den Anruf angenommen habe.

»Den Umständen entsprechend«, antworte ich, weil ich nicht weiß, wie es uns gerade geht. Überfordert, schlecht, verwirrt?

»Braucht ihr etwas?« Seine Stimme ist besorgt, aber nicht mitleidig.

»Nein, wir haben alles«, flüstere ich und setze mich auf das Sofa. Kurz herrscht Stille am anderen Ende, als würde er überlegen, was er als Nächstes sagen will. Erst bin ich versucht, ihm davon zu erzählen, dass ich sie noch gesehen habe, wie sie die Nacht über vor dem Haus schliefen, doch dann kommt er mir zuvor, und ich lasse es. Außerdem bin ich mir nicht sicher, ob sie wollten, dass ich es mitbekam.

»Kann ich sonst irgendetwas für dich tun?«, hakt er nach, doch ich verneine wieder, nicht sicher, was irgendwer gerade tun könnte.

Im Hintergrund höre ich eine Tür knallen, Stimmengewirr und Nates leisen Fluch, als Ellas Stimme in den Fokus rückt.

»Mit wem telefonierst du? Piet?« Höre ich sie gedämpft fragen und ein leises Knacken, als sie wahrscheinlich versucht, nach dem Hörer zu greifen. »Ich will ihm doch nur Hallo sagen«, kichert sie, die nervige Schwester, die ihren Bruder ärgern will. »Hab dich doch nicht so!« – »Hör auf mit dem Scheiß.« – »Lass mich doch mal.« Bei ihrem Gezanke muss ich grinsen.

»Hi, Piet. Mein Bruder ist der größte Idiot. Hallo?«

»Hi, Ella.«

»Oh, du bist definitiv nicht Piet.« Ich kann mir fast schon ihr amüsiertes Grinsen vorstellen, das sie Nate triumphierend zuwirft, der im Hintergrund sein Handy zurückverlangt.

»Wie geht's dir, Sue? Hast du Lust, heute was zu unternehmen?«

»Ich kann heute nicht«, erwidere ich in den Hörer, während ich mit dem Stift auf der Zeitung herumkritzele.

»Aller gut bei dir?« Wieder höre ich den gedämpften Protest von Nate im Hintergrund.

»Ja, alles gut«, lüge ich, denn ich habe absolut keine Lust, alles zu erklären.

»Du klingst aber nicht so. Soll ich vorbeikommen?« Eine Sekunde zögere ich, versucht, das Angebot anzunehmen. Vielleicht wäre es doch ganz schön, mit jemanden über alles zu reden, aber mit einem Blick auf die Treppe verwerfe ich den Gedanken wieder.

»Ich erkläre dir alles morgen, o.k.? Ich muss jetzt auflegen und grüß Nate von mir.« Mit diesen Worten beende ich den Anruf, schmeiße das Handy auf den Couchtisch und koche Kaffee mit viel Milch.

Schon einen Tag später, einen Tag früher als angenommen, steht Emma, eine Krankenschwester vom Pflegedienst, vor unserer Tür. Der Vorteil, wenn man in einer Kleinstadt wohnt und jeder jeden kennt. Gran weiß direkt, um was es geht, was die Gespräche einfacher macht, und Emma geht mit ihr um, als würden sie schon ewig miteinander arbeiten. Jeden Tag würde sie nun kommen und Gran im Alltag unterstützen. Doch so richtig fällt mir erst ein Stein vom Herzen, als ich bemerke, dass Gran versteht, warum sie da ist, warum ich das nicht alleine machen kann, und sie mir sogar dankt, dass ich diesen Schritt gemacht habe.

Am Donnerstag treffe ich auch endlich Romy wieder in der Schule, die mich in den letzten Tagen weder zurückgerufen hat noch im Unterricht aufgetaucht ist.

Vielleicht wäre ich an anderen Tagen deswegen sauer auf sie, aber ich hätte auch anrufen können, ich hätte ihr mehrmals schreiben können, also sehe ich einfach darüber hinweg, denn momentan gibt es definitiv Wichtigeres. Romy ist nahezu genauso betroffen wie ich und an diesem Morgen ist unsere kleine Tradition mit einem gemeinsamen Kaffee seltsam tröstlich. Der Schultag verläuft unfassbar schnell, weil ich mich auf die Aufgaben und Texte stürze, um mich von all den Sorgen abzulenken. Nach der Schule kommt Romy dann mit zu uns nach Hause, um Gran zu sehen. Den ganzen Nachmittag verbringen wir auf der Terrasse, eingemummelt in Decken und mit heißer Schokolade. Zu dritt reden wir über Gott und die Welt, sinnieren über »alte Zeiten« und lachen, bis uns die Bäuche wehtun. Heute ist ein guter Tag, heute ist sie da.

»Weißt du noch, als wir auf den Baum geklettert sind, weil wir fest davon überzeugt waren, dass wir von dort aus in den Garten von Ms. Stevens gucken können, weil wir glaubten, dass sie eine Hexe ist und Kinder gefangen hält, wie bei *Hänsel und Gretel*?«

Ich pruste in meinen Kakao bei der Erinnerung. »Stimmt, und du bist vom Ast gefallen und in Brennnessel geflogen. Ich glaube, du hattest einen Monat lang überall Ausschlag.«

Kichernd schaukelt Romy auf der Hollywoodschaukel. »Ma war total verzweifelt, bis du mir irgendeine Salbe gegeben hast.«

Gran schmunzelt, während sie einen Schluck von der heißen Flüssigkeit nimmt. »Ihr wart andauernd verletzt, man konnte euch nirgendwohin lassen, ohne damit zu rechnen, dass mindestens eine von euch mit einer Schramme wieder nach Hause kommt.«

Romy und ich grinsen uns stolz an, damals haben wir Stunden damit verbracht, unsere blauen Flecken und Schrammen zu vergleichen, zu zählen und zu messen.

»Ich habe immer noch eine Narbe von unserem selbst gebauten Ausguck, der eingebrochen ist, als wir zu zweit darauf wollten.«

Grinsend reckt Romy ihren Ellenbogen in die Höhe. »Phil war so neidisch auf uns. Er hat immer gesagt, ich würde mich wie ein kleiner Bruder benehmen und nicht wie eine Schwester, dabei hat er sich, glaube ich, sogar gefreut, dass ich nicht mit Puppen gespielt habe.«

Wir lachen, und so geht es den ganzen Abend weiter, bis es spät wird und es viel zu kalt draußen ist, um noch sitzen bleiben zu können. Auch wenn Gran heute gut drauf war, sagte sie nur wenig oder allgemeine Dinge. Ich spürte die Unsicherheit und auch Romy merkte es. Doch wir ließen uns nichts anmerken, versuchten, sie nicht zu korrigieren, oder holten Fotos heraus, wenn wir das Gefühl hatten, dass sie nicht mehr wusste, über was wir redeten.

»Sue!« Nate ruft mir über den Parkplatz hinterher und passt mich vor der Bushaltestelle ab, zu der ich gerade gehen will, weil Romy heute eher Schulschluss hatte als ich.

»Hey«, begrüße ich ihn, als er vor mir zum Stehen kommt. Jetzt, da ich ihn sehe, fällt mir erst so richtig auf, wie lange wir uns schon nicht mehr gesehen haben.

»Was machst du jetzt?«, fragt er und sieht mich mit einem kleinen Lächeln an.

»Erst mal nach Hause gehen und dann mal schauen. Warum?« Stirnrunzelnd sehe ich zu ihm auf, während sein Grinsen breiter wird.

»Das heißt, du hast kurz Zeit?« Er wartet gar keine Antwort ab, sondern zieht mich an meiner Hand hinter sich her. Überrumpelt stolpere ich ihm nach.

»Na ja, aber wirklich nicht lange.« Verwirrt blicke ich zu ihm auf, als er seine Autotür öffnet und mir bedeutet einzusteigen.

»Hi, Sue!«, ertönt die Stimme von Piet hinter mir, der es sich auf der Rückbank bequem gemacht hat.

»Äh, hallo, Piet.« Was wird das hier? Mit zusammengezogenen Brauen mustere ich Nate, als er einsteigt.

»Du hast ihr nicht gesagt, was wir vorhaben?«, erkundigt sich Piet lachend und klopft mir dabei auf die Schulter.

»Nein, aber ihr könntet ruhig jetzt damit rausrücken.«

Die beiden Jungs werfen sich durch den Rückspiegel einen kurzen Blick zu, bevor sie beide wie aus einem Mund »Wart's ab« sagen.

Ich ziehe eine Augenbraue hoch, als das Lachen der beiden nur noch breiter wird.

»Ihr wollt euch ein Tattoo stechen lassen?«

Skeptisch sehe ich zwischen den beiden und dem Tattoo-Studio hin und her.

Piet wirft mir einen Arm um die Schulter und zieht mich mit sich. »Es wird eine Art Erinnerung an die Highschool und ist schon seit Ewigkeiten eine Tradition des Teams.«

»Und wie lang ist für dich eine Ewigkeit?«, frage ich ihn neugierig. »Denn mein Pa war damals auch im Team und hat sich kein Tattoo stechen lassen müssen.«

Piet kratzt sich verlegen am Kopf. »Na ja, wir etablieren es gerade als Tradition, damit es sicher dann eine ganze Ewigkeit halten wird.« Er grinst, als hätte er sich das alles selbst ausgedacht, und ganz ehrlich, wahrscheinlich ist es sogar seine Idee gewesen. »Ein paar der Jungs haben es schon machen lassen und jetzt sind wir an der Reihe.« Er boxt Nate in die Seite.

»Und was lasst ihr euch stechen?«

Nate öffnet die Glastür und bedeutet uns einzutreten.

»Unsere Trikotnummer auf der Unterseite des Oberarms unseres Wurfarms«, erklärt Piet, während Nate den Besitzer des Ladens begrüßt.

»Und warum bin ich jetzt hier?« Ich sehe Piet mit großen Augen an. »Ich lasse mir deine Trikotnummer nicht auf den Arm stechen, auf keinen Fall.«

Nate legt den Kopf in den Nacken und lacht gemeinsam mit Piet bei meinem erschrockenen Gesichtsausdruck laut los.

»Das wäre aber ziemlich cool von dir«, erwidert Piet und lässt sich auf den großen Ledersessel fallen.

»Ich dachte, dass es dich vielleicht ablenken würde.« Schulterzuckend sieht Nate mich grinsend an. »Und außerdem braucht Piet jemanden, der ihm die Hand hält.«

Und so stehe ich neben dem Stuhl, höre das leise Brummen der Tätowiernadel und halte tatsächlich die Hand des zufriedenen Piets, der den Anfang gemacht hat.

Eine 57, danach ist Nate an der Reihe, der sein langärmliges Shirt hochkrempelt und mich funkelnd ansieht. Ihm halte ich allerdings nicht die Hand, während er seine eigene Trikotnummer, die 44, gestochen bekommt.

Während der Besitzer den zufriedenen Jungs die frischen Tattoos zuklebt, laufe ich in dem kleinen Laden umher und sehe mir die filigranen Bilder an. Bei einem Schriftzug, der so fein gearbeitet ist wie mein Kirschbaum, bleibe ich stehen und sehe ihn mir genauer an.

»Willst du auch eines?«, fragt Sam, der Besitzer, und sieht mich interessiert an.

Abwägend sehe ich den Schriftzug vor mir an.

Kurze Zeit später liege ich selbst auf dem Stuhl, das Shirt hochgezogen und spüre die Nadel in meine Haut stechen. Der Schmerz ist vertraut, vor allem seitlich auf den Rippen. Genau auf der gegenüberliegenden Seite des Baumes. Es ist nicht der Schriftzug, den ich auf dem Bild gesehen habe, aber die gleiche Schriftart, und als ich das feine Ergebnis sehe, den filigranen Schwung, bin ich mehr als zufrieden.

»Danke«, hauche ich in den kleinen Raum und bewundere das Werk im Spiegel.

»Wer hat dir den Kirschbaum tätowiert?«, erkundigt sich Sam interessiert und mustert die dünnen Linien. »Das ist eine unglaublich gute Arbeit.« Erwartungsvoll sieht er mich mit hochgezogenen Brauen an.

»Ein Freund von meinem Pa«, erwidere ich ausweichend. Ich will ihm nicht erzählen, dass es einer der Soldaten meines Vaters war, der ihm und mir das Tattoo gestochen hat und dabei gar kein ausgebildeter Tätowierer ist.

»Dürfte ich mir vielleicht ein Foto davon machen?« Überrascht sehe ich auf, begegne Sams Blick im Spiegel und nicke langsam.

»Von mir aus.«

»Danke! Bin gleich zurück.« Er eilt aus dem kleinen Raum, um seine Kamera zu holen. Weiterhin starre ich auf die grazilen Linien, als Nate hereinkommt. Er lehnt sich an die Wand hinter mich und sieht sich den Schriftzug an. Hitze steigt mir in die Wangen, als er seinen Blick über meinen nackten Bauch wandern lässt, bis seine Augen im Spiegel auf meine treffen. Er sagt nichts, schaut mich einfach nur an.

»Danke, dass ihr mich mitgenommen habt.« Er lächelt mit schief gelegtem Kopf und sieht mich einfach nur an, auch als Sam wieder hereinkommt, die Fotos macht und sich dafür hundertmal bei mir bedankt.

Beschwingt treten Nate, Piet und ich wieder ins Freie. Durch diese kleine Aktion fühle ich mich gestärkt, und grinsend laufe ich neben Piet und Nate zum Auto, als mein Grinsen mit einem Mal wieder verschwindet. Auf der anderen Straßenseite, in einem kleinen Café, sitzt Romy. Mit Keith. Genervt stöhne ich auf. Echt jetzt?

»Kommst du, Sue?«, fragt Nate, der gerade in sein Auto einsteigen will. Bei meinem Namen dreht sich Romy um, folgt der Straße mit ihrem Blick und landet schlussendlich auf mir. Wir sehen uns stumm an. Nur eine Sekunde, in der ihr Gesicht von Blass zu Rot wechselt. Dann wende ich mich Nate zu, steige in das Auto und wir fahren davon. Jetzt, mitten auf der Straße vor allen anderen, halte ich ihr auf keinen Fall eine Predigt, aber sie kann sich auf mich verlassen, dass ich darauf noch mal zurückkommen werde. Mit Sicherheit. Zu hundert Prozent.

Kapitel 9

Neunzehnter Januar

»Wieso? Oder nein, magst du es mir einfach mal von vorne erzählen?« Ich sehe meine beste Freundin irritiert an, der Kaffeebecher zwischen uns in der Konsole ist mittlerweile kalt. Romy sieht mich nicht an, aber ich kenne sie gut genug, um zu sehen, dass sie sauer ist. Ihr Kiefer ist angespannt und die Augen sind verengt.

»Weil ich einfach will.« Ihre Antwort ist so trotzig, dass ich sie am liebsten schütteln möchte.

»Du willst wieder mit Keith zusammen sein, dem Typen, der dich nach Strich und Faden belogen hat und dich nicht *als gut genug* dargestellt hat?« Ungläubig starre ich sie an. »Bitte, Romy, denk doch mal nach. Das wird nicht gut gehen.«

Sie schließt die Augen, genervt von den Worten, die ich schon so oft wiederholt habe.

»Wir haben uns ausgesprochen, o.k.? Er hat sich geändert und ist jetzt ganz anders.«

»Was meinst du damit?«

»Wir haben ab und zu miteinander geredet, er hat sich auf der Halloweenparty entschuldigt, und er meint es dieses Mal ernst.« Sie sieht mir in die Augen. »Er meint es ernst.«

Ich weiß nicht, ob sie damit mich oder auch sich selbst überzeugen will.

»Kaufst du ihm das wirklich ab?« Skeptisch ziehe ich die Augenbrauen zusammen, forsche in ihrem Blick nach Unsicherheit.

»Ja.« Wütend wendet sie den Blick wieder ab und schaut vor uns auf den Parkplatz, der schon vollkommen gefüllt ist.

»Moment mal, auf der Halloweenparty? Keith war der zweite Sensenmann?«

Sie nickt zustimmend. »Er hat sich an dem Abend mehr als deutlich bei mir entschuldigt.«

»Dir war gar nicht schlecht, du bist mit ihm weggegangen«, flüstere ich, als es mir endlich wie Schuppen von den Augen fällt. Mit geschlossenen Augen lehne ich meinen Kopf zurück an die Kopfstütze des Sitzes. »Echt jetzt, du hast mich angelogen, um mit ihm abzuhauen, um was? Mit ihm zu schlafen?«

»Nein, nicht nur.« Romy wirft mir einen kurzen Blick zu, der ein bisschen weicher wird. »Tut mir leid wegen der Lüge, aber ich wollte nicht, dass du mich zurückhältst.«

Schnaubend wende ich mich ihr zu. »Das hätte ich definitiv.«

»Siehst du, du gibst ihm nicht einmal eine Chance.«

»Natürlich nicht!« Aufgebracht richte ich mich in meinem Sitz auf. »Du bist meine beste Freundin, natürlich sorge ich mich um dich, vor allem, wenn du wieder was mit Keith anfängst Überhaupt, wann habt ihr euch bitte ansonsten noch getroffen?«

Romys Schultern sacken ein Stück runter, ehe sie zerknirscht meinem Blick begegnet. »Ich war die letzten Wochen nie krank, wenn ich das behauptet habe.«

Stöhnend sinke ich wieder in meinen Sitz. »Das darf doch nicht wahr sein.«

»Was regst du dich überhaupt so darüber auf?«, fährt sie mich auf einmal an. »Du bist doch kein bisschen besser.«

Stirnrunzelnd ziehe ich eine Augenbraue hoch. »Ich gehe nicht zurück zu meinem Exfreund, der mich x-Mal betrogen hat«, erwidere ich trocken.

»Nein, aber du machst andauernd mit Nate rum und bildest dir ein, dass es dich nicht stören würde, wenn er was mit anderen Mädchen anfängt. Wo ist da der Unterschied?«

Fassungslos sehe ich sie an. »Das kannst du überhaupt nicht miteinander vergleichen.«

Schnaubend zieht sie die Augenbrauen hoch. »Ach nein? Ihr nutzt euch doch nur gegenseitig aus, und ich bitte dich, jeder sieht, dass das längst kein lockeres Spielchen mehr zwischen euch ist.« *Wie bitte?*

»Machst du Witze? Das ist nicht wahr.«

»Ja klar, Sue, wie du meinst.« Romys verdreht die Augen. »Auf deine Doppelmoral kann ich verzichten.«

Kopfschüttelnd umgehe ich ihren Kommentar, versuche, das Gespräch wieder auf sie zu lenken. »Der Typ ist verdammt noch mal nicht gut für dich. Er nutzt dich aus, aber du denkst, du würdest ihn lieben, und das ist ein gewaltiger Unterschied!« Meine Stimme wird in dem kleinen Auto mit jedem Wort lauter.

»Er nutzt mich nicht aus!« Ihre Stimme ist schrill und zittrig, genauso wie meine.

»Romy«, bitte ich sie jetzt leiser. »Bitte, du bist viel schlauer als das hier.«

Wieder schüttelt sie den Kopf. »Sue, halt dich einfach da raus, wenn du mich nicht unterstützen willst.« Die Resignation in ihrer Stimme beweist nur, wie entschlossen sie ist, und zeigt mir die Mauer, gegen die ich bei ihr anrenne.

»Ich unterstütze dich. Immer. Aber nicht hierbei, nicht dieses Mal, nicht bei etwas, das dich am Ende nur verletzen wird. Ich traue Keith nicht und das solltest du auch nicht.«

»Ich weiß, was ich tue.« Damit steigt sie aus, knallt die Autotür hinter sich zu und wirft den kalten Kaffee in den nächsten Mülleimer.

Den ganzen Tag laufe ich mit der miesesten Laune durch die Schule. Beim Mittagessen ignorieren wir uns, schweigen uns an. Ella und Charlie spüren die drückende Stille zwischen uns, sprechen uns aber in der Schule nicht darauf an. Immer wieder werfe ich Romy kurze Blicke zu, wenn sie sich in der Cafeteria umsieht oder sich am Ende der Mittagspause in einen der leeren Flure verdrückt, nur um da höchstwahrscheinlich auf Keith zu treffen.

Als ich wieder zu Hause ankomme, fühle ich mich so einsam. Gran schläft, und das Haus ist dunkel, kalt und viel zu leise. Ich schalte den Fernseher ein, einfach nur, um das Haus mit Geräuschen zu füllen, und schmeiße die Kaffeemaschine an, um den vertrauten Geruch zu erzeugen, der unfassbar tröstend ist. Die Uhr am Backofen, vor dem ich tatenlos stehe und meiner Tiefkühlpizza beim Backen zusehe, zeigt, dass sie in zehn Minuten fertig ist, als es an der Tür klingelt. Stirnrunzelnd schlurfe ich in Kuschelsocken zur Tür.

»Was machst du hier?« Überrascht sehe ich Nate an, der unaufgefordert an mir vorbei den Flur betritt.

»Ich dachte, du bräuchtest eventuell Gesellschaft«, erwidert er, zieht seine Schuhe aus und grinst mich schief an, während er rückwärts in die Küche geht und sich wie selbstverständlich auf einen der Küchenstühle setzt. Verblüfft sehe ich ihm hinterher, dann schließe ich die Tür und folge ihm durch mein eigenes Haus.

Unschlüssig bleibe ich am Tresen stehen.

»Nettes Outfit.« Das amüsierte Aufblitzen seiner Augen lässt meine Wangen erröten, als ich an mir heruntersehe und die roten Wollsocken, die kurze Shorts und das viel zu große dunkelblaue Schlafshirt begutachte. Ich muss schlucken, als meine Augen auf seine dunklen treffen. Das Bing meines Backofens reißt mich aus der Starre. Dankbar, etwas zu tun zu haben, laufe ich durch die Küche und hantiere mit dem heißen Blech und der Pizza.

»Willst du ein Stück?«, frage ich ihn und deute auf die Pizza. Er nickt, holt zielsicher zwei Teller aus dem Schrank, während ich die Pizza mit dem Schneideroller in Stücke schneide.

»Willst du mit mir für den Biologietest lernen?«, hake ich noch einmal nach, als wir uns gegenüber am Tisch sitzen, doch er winkt nur mit der Hand ab.

»Ich habe doch gesagt, ich will dir einfach nur ein bisschen Gesellschaft leisten.« Er beißt von seinem Stück ab und ich tue es ihm gleich.

»Dein Lieblingsessen?«, fragt er irgendwann zwischen zwei Bissen und deutet auf die Pizza zwischen uns.

Mit vollem Mund schüttele ich den Kopf. »Nein, Lasagne. Deins?«

»Pizza.« Er strahlt. »Lieblingsfarbe?«

»Dunkelblau.«

»Hätte ich mir denken können, mindestens eins deiner Kleidungsstücke ist immer dunkelblau. Dunkelgrün. Lieblingsreiseziel?«

»Schwierig, aber Italien überwiegt; Verona, Rom, Siena, Venedig ...«

»Island. Lieblingssüßigkeit?«

»Auch schwierig, aber –«

»Sag jetzt bitte nicht diese roten Gummischlangen.« Empört sehe ich ihn an. »Die sind so lecker.«

»Hmm. Ich liebe Kakao.« Er lächelt schief. »Lieblingstier?«

»Otter.«

Jetzt muss er loslachen. »Ein Otter? Warum ausgerechnet ein Otter?«

Grinsend zucke ich mit den Schultern. »Deins?«

Er mustert mich, überlegt einen Moment. »Hunde, ziemlich langweilig, ich weiß. Lieblingsfilmgenre?«

»Wirklich langweilig. Horrorfilme.«

»Keine Ahnung, habe keinen Favoriten. Lieblingssportart?«

»Puh. Es macht Spaß, beim Turnen zuzuschauen ...«

Er lacht laut auf.

»Lass mich raten, deine ist nicht zufällig Basketball?«

»Wie kommst du nur darauf?« Grinsend nimmt er sich ein weiteres Stück der Pizza. »Lieblingswort?«

»Lieblingswort? Hm. Fraglich. Und deins?«

»Fraglich?« Er wiederholt mein Wort, als müsste er dessen Klang erst austesten. »Fraglich.« Nachdenklich sieht er mich an. »Wenn du nichts dagegen hast, ist fraglich ab jetzt auch mein Lieblingswort.«

Ich beantworte ihm jede Frage, spiele sein kleines Spielchen weiter mit, bis ihm irgendwann die Fragen ausgehen, nachdem wir die Pizza längst aufgegessen und uns ins Wohnzimmer gesetzt haben.

Ähnlich wie nach dem Krankenhaus sitze ich mit dem Rücken an die Seitenlehne des Sofas gelehnt und meine Beine liegen auf Nates Schoß. Egal, wie viele Fragen er stellt, er fragt mich nicht, wie es mir oder Gran geht, und irgendwie tut es ganz gut, mal nicht darüber nachdenken zu müssen.

»Wollen wir einen Film gucken?« Er zuckt mit den Schultern und richtet seinen Blick auf mich. Ich will aufstehen, um mir die Fernbedienung zu angeln, die in dem kleinen Regal einsortiert sind, als er meine Knöchel festhält und mich so zu sich zieht. Sein Gesicht ist nur noch Zentimeter von meinem entfernt, so nah, dass ich die kleine Narbe erkenne und mit dem Finger darüberstreiche. Er lächelt, sodass sich das Grübchen in seiner Wange bildet und ich von der Narbe ablasse, um auch darüber mit dem Finger zu streichen.

Meine Augen folgen meinem Fingern hinab zu seinen Lippen, seinem Kinn und dem Tattoo, das unterhalb seines kurzen Shirts hervorkommt. Grinsend sehe ich wieder zu ihm auf, als er mit seinen Händen meine Taille berührt, sich zu mir herunterbeugt und seine Lippen auf meine presst. Die Arme um seinen Hals geschlungen lehne ich mich wieder zurück an die

Seitenlehne, ohne den Kuss zu unterbrechen und ziehe ihn mit mir. Seine Hand wandert unter mein Shirt, streicht unterhalb meiner Brust über meine Rippen, berührt das Tattoo unter meinem Herzen und malt mit dem Daumen Kreise auf meine Haut. Seufzend ziehe ich ihn noch näher. Seine Lippen legen sich federleicht und sanft auf meine. Gott, wie könnte ich jemals auf seinen Mund verzichten? Der Gedanke kommt so schnell, dass er gleich darauf wieder irgendwo in meinem Hinterkopf verschwindet, als Nates Hand weiter über meinen nackten Bauch wandert, den Bund meiner Shorts erreicht, als mein Handy unter mir anfängt zu klingeln.

»Bitte nicht jetzt«, murmele ich an seinen Lippen, will den Kuss nicht unterbrechen und alles andere, auf das mein Körper so wartet. Aber mein Handy klingelt weiter. Das leise raue Lachen von Nate und das Vibrieren seiner Brust an meiner geht mir durch und durch. Langsam zieht er sich wieder zurück, kriecht mit der Hand unter meinen Rücken, zieht mein Handy darunter hervor und streckt es mir entgegen.

»Hi«, melde ich mich heiser, während ich noch immer über mir in Nates Gesicht blicke.

»Wann wolltet ihr mir von der Sache mit Keith erzählen?«, erwidert Charlie aufgebracht in den Hörer und damit ist die Stimmung hin. Frustriert setze ich mich auf, wobei Nate zurückrutscht, den Kopf auf seinen Arm auf der Sofalehne ablegt und mich beobachtet.

»Wie lange geht das schon und seit wann weißt du es? Wart ihr deswegen so komisch heute? Hallo?«, hetzt Charlie weiter, ohne eine Antwort abzuwarten.

»Tut mir leid. Ich wollte es dir noch sagen, aber –«

»Wann? Wenn Romy auf einmal wieder völlig fertig ist, oder erst, wenn alles schon wieder vergessen ist?«

»Hey, mach mal langsam, Charlie. Ich weiß es selbst erst seit gestern und ich wollte es dir morgen sagen, o.k.?« Nate zieht eine Augenbraue hoch, fragt mich lautlos, ob er woanders hingehen soll, um mich in Ruhe telefonieren zu lassen, aber ich schüttele nur den Kopf. Mit der freien Hand streiche ich mir müde über das Gesicht.

»Ja. Tut mir leid, ich verstehe es einfach nur nicht.« Charlie hat sich wieder beruhigt.

»Das habe ich sie auch gefragt. Woher weißt du es eigentlich?«

»Ich habe sie heute zufällig in der Stadt gesehen.« Ihre Stimme hört sich genauso frustriert an, wie ich mich fühle. »Was sollen wir jetzt tun?«

»Keine Ahnung, wir könnten noch mal zusammen mit ihr reden, aber ich glaube, das bringt auch nichts.« Ich beobachte, wie Nate die Augen schließt, den Kopf in seiner Ellenbeuge versteckt und tiefer in die Sofaecke rückt, wodurch das Polster unter mir nachgibt und ich noch weiter zu ihm hin rutsche, bis ich fast ganz mit dem Rücken auf dem Sofa liege.

»Ja, vielleicht. Nur sag mir so was in Zukunft sofort.«

»Mach ich, versprochen.«

»O.k. Wir sehen uns morgen und sprechen noch mal persönlich darüber, ich muss meiner Ma beim Kochen helfen.«

»Bis dann.«

»Bis morgen, Süße.« Damit legt sie auf und ich werfe das Handy neben mir auf den Teppich.

»Alles gut?«, erkundigt sich Nate und blickt wieder auf, den Kopf noch immer seitlich auf den Arm gelegt.

Ich zucke mit den Schultern. »Romy hat wieder was mit Keith angefangen, mit dem sie schon mal zusammen war, er sie aber mehrmals betrogen hat und ihr danach sozusagen selbst die Schuld dafür gegeben hat.«

Überrascht zieht er beide Augenbrauen hoch. »Keith Howard?«

Ich nicke und wedele mit der Hand. »Lass uns jetzt nicht darüber reden«, lenke ich ab und falte beide Hände auf dem Bauch. Nate stemmt seinen Kopf auf die Hand und sieht auf mich herab.

»Wie spät ist es?«

Ich drehe meinen Kopf, sehe auf die Fernseheruhr und kann's kaum glauben. »Gleich halb neun.«

»Ich sollte langsam gehen.«

Nein. »Ja.«

Aber wir bewegen uns keinen Millimeter, sehen uns nur weiterhin an, als würde er darauf warten, dass ich etwas tue, ihn wegschicke oder zur Tür begleite, nur will ich das absolut nicht tun.

Ich schlucke, bevor die Worte aus meinem Mund purzeln. »Du kannst auch einfach hier schlafen.«

Das schiefe Grinsen verzieht seinen Mund, als er nickt. »Wenn du das willst.«

»Wenn du das auch willst.« In meinem Kopf meldet sich eine kleine Glocke, die mich an die Regeln erinnert, und auch wenn es keine Regel gegen eine Übernachtung gibt, habe ich dennoch das Gefühl, dass das hier ein Regelbruch mehr ist. Seine Hand legt sich wieder auf meine Taille, aber dieses Mal, um mir beim Aufsetzen zu helfen.

»Ich will nur eben duschen.«

Mit dem Handtuch rubbele ich meine Haare halbtrocken, putze meine Zähne und bin mit einem Mal seltsam nervös. Mit geschlossenen Augen liegt er auf meinem Bett, die dunklen Locken verwuschelt. Sein Anblick erinnert mich an den Spätsommernachmittag am Fluss. Ist das wirklich schon mehr als vier Monate her? Unsicher bleibe ich vor dem Bett stehen. Kaum habe ich den Gedanken, schließen sich seine Finger um mein Handgelenk und ziehen mich mit einem Ruck auf das Bett. Längs falle ich darauf und habe kaum Zeit, mich umzudrehen, als er seinen Arm um meine Taille schlingt, meinen Rücken an seine Brust zieht und den Kopf in meinem Nacken vergräbt, wobei er mit der anderen Hand die Decke über uns wirft. Mit aufgerissenen Augen liege ich starr in seinen Armen, bis ich mich mit jedem seiner Atemzüge in meinen Nacken ein bisschen mehr entspanne und irgendwann wirklich einschlafe.

Kapitel 10

Mitte Februar

Die Prüfungswochen stehen so kurz bevor, dass ich kaum hinterherkomme. Der ganze Tag besteht nur noch aus Lernen, Schule, Lernen. Romy zieht sich währenddessen immer weiter zurück. Ich bin so mit Lernen, meiner Gran und der UCLA beschäftigt, dass es mir am Anfang kaum auffällt. Wir fahren immer noch zusammen zur Highschool, teilen uns immer noch einen Kaffeebecher, nur sind unsere Gespräche schleppend und schwierig geworden, weil zwischen uns ein Thema liegt, das wir beide versuchen zu ignorieren. Charlie und ich haben mehrmals einen Versuch gestartet, um mit ihr über Keith zu sprechen, doch wies sie uns immer wieder ab, bis wir es irgendwann sein ließen. Und auch wenn wir ihr anboten, Keith zu gemeinsamen Abenden mitzubringen, schob sie immer wieder Ausflüchte vor, um unser Aufeinandertreffen zu vermeiden. So ähnlich war es auch damals gewesen, als sie das erste Mal zusammenkamen. Er nahm sie für sich ein, integrierte sie in seine Clique, ohne überhaupt Interesse an uns zu zeigen. Ein Nicken, ein kurzes »Hallo, wie geht's?« waren alles, was wir in Schulfluren von ihm entgegengebracht bekamen. Vielleicht, weil wir all das schon einmal durchgemacht hatten mit ihr, hörten Charlie und ich schließlich auf, ihr hinterherzurennen. Erst versuchte sie nur unserer Kritik, dann unserer ganzen Freundesgruppe aus dem Weg zu gehen.

Die meisten Tage sitzt sie nicht mehr bei uns am Tisch, sondern bei Keith und seiner Clique, und der einzige beständige Kontakt ist der morgendliche Weg zur Highschool, ein Ritual, das wir beide nie hatten brechen können.

Auch damals, zu Beginn der Mittelstufe, als wir uns so heftig gestritten hatten, dass wir zwei Wochen kein Wort miteinander sprachen, trafen wir uns noch jeden Morgen an der Haltestelle und saßen wortlos nebeneinander im Bus. Wir konnten im Moment vielleicht nicht miteinander sein, aber ganz ohneeinander hielten wir es auch nicht aus. Vielleicht war auch das der Grund, warum Charlie und ich den Abstand, den sie zwischen uns herstellte, akzeptierten, da uns diese kleinen Dinge zeigten, dass wir ihr nur Zeit lassen mussten. Von außen betrachtet sieht es so aus, als wäre Ella der Ersatz, nur stimmt das nicht so ganz. Sie ist schon vorher ein Teil von uns geworden, nur waren wir da noch zu viert. Mittlerweile ist es selbstverständlich, sie bei allem mit einzubeziehen, und das Gleiche gilt auch für Piet und Nate. Daher ist es kein Wunder, dass auch die drei immer mehr den Kontakt zu Romy verlieren.

Inzwischen gesellen sich zu den blauen Plakaten der Basketballmannschaft immer mehr von den goldenen Plakaten, die den Abschlussball ankündigen. Zwar findet der erst in wenigen Monaten statt, jedoch gibt er jetzt schon den meisten Gesprächsstoff her. An unserem Tisch jedoch nicht, denn Nate, Piet und Antonin, der immer öfters bei uns sitzt, übertrumpfen die Unterhaltung mit dem Finale der Basketballsaison, in dem sie nahezu sicher spielen werden. Nur noch fünf Spiele der Rückrunde müssen bestritten werden, die sie aber alle schon in der Hinrunde gewonnen haben, und daher sind wir guter Dinge.

»Können wir später mal reden?« Mit dem Kopf auf die Hände gestützt, starre ich vor mir auf den Teller, gehe in den Gedanken die Vokabeln meines Spanischtests durch und könnte mich selbst am liebsten verfluchen, weil ich zu faul war, sie wirklich zu lernen, als Ella mich unter dem Tisch anstupst. »Sue?«

»Ja?«, murmele ich abwesend, ohne den Blick zu heben.

»Was, ja? Also hast du Zeit nach der Schule?«

Stirnrunzelnd sehe ich sie an. »Was?«

Genervt verdreht sie die Augen. »Du. Ich. Heute. Nach. Der. Schule.«

»O.k.?«

»Perfekt.« Zufrieden lächelnd dreht sie sich wieder zu Antonin um, der ihr Spielzüge erklärt, und ignoriert meinen verwirrten Blick.

»Was machst du am Wochenende?«, richte ich mich an Charlie, die ihre Bohnen hin und her schiebt.

»Ach, Jasmine kommt.« Die erwartete Begeisterung bleibt aus.

»Alles gut bei euch?«, hake ich vorsichtig nach und schaue auf ihre Bohnen, die nicht weniger werden.

Sie zuckt mit den Schultern, sieht mich verlegen an, bevor sie mit einem Ruck aufsteht. »Ich habe keinen Hunger, wir sehen uns später in Bio.«

Verdutzt sehe ich ihr hinterher. Seufzend picke ich selbst die Bohnen aus meinem Salat und will sie gerade zu meinem Mund führen, als mich eine Stimme hinter mir daran hindert.

»Sue?« Nicht auch das noch. Die Gabel schwebt vor meinem Mund, und fast wäre ich versucht, mich nicht umzudrehen, einfach so zu tun, als hätte ich Mikes Stimme nicht gehört.

»Hi, Mike.« Ich klebe mir ein viel zu breites Lächeln ins Gesicht, während ich hoffe, nicht vor allen rot anzulaufen, bei dem Gedanken, worüber er höchstwahrscheinlich mit mir reden will.

»Hast du kurz Zeit?« Mike steht mit den Händen in seinen Hosentaschen vor mir, wippt unruhig auf seinen Fersen und macht mich dadurch nur noch nervöser.

»Klar.« Mit einem Blick in die Runde stehe ich auf, greife nach meinem Tablett und räume es weg, bevor ich Mike durch den großen Raum nach draußen zu den Parkplätzen folge.

»Was gibt's?«, frage ich scheinheilig, als wir abseits vor der großen Flügeltür stehen bleiben.

»Ich wollte dich das eigentlich schon seit dem Abend im Sally's fragen.« Er räuspert sich kurz. »Hast du vielleicht Lust, mal nach der Schule oder am Wochenende einen Kaffee trinken zu gehen oder so was?« *Oh-oh.*

Ich hole tief Luft, doch bevor ich auch nur ein Wort sagen kann, kommt mir Mike zuvor.

»Sag nicht Nein, o.k.? Nicht sofort. Überleg es dir, wir könnten auch was anderes machen.«

»Hör mal, Mike –«, versuche ich einzuwenden, doch wieder redet er mir dazwischen.

»Melde dich einfach bei mir, du hast ja meine Nummer. Es hat auch keine Eile, versprochen. Melde dich einfach.« Er wendet sich schon zum Gehen ab, als ich ihn zurückhalten will.

»Mike, hör mal –«

»Das wäre wirklich großartig. Ich weiß doch, wie sehr du Kaffee magst.«

»Ja, aber –«

»Perfekt, also ruf mich einfach an, wenn du Zeit hast, ganz spontan.«

»Aber –«

»Also bis dann, Sue. Lass dir Zeit, sag nicht sofort Nein.« Und damit läuft er einfach davon, flüchtet vor meiner Antwort und ich stehe mit offenem Mund noch immer an Ort und Stelle. Was zur Hölle ist heute los mit den Leuten? Grimmig laufe ich zurück in die Cafeteria, schnappe mir meine Tasche und ignoriere die fragenden Blicke von Ella und Nate.

Nach der Biostunde, in der ich auch nicht viel mehr aus Charlie rausquetschen konnte, stehe ich wartend, mit der Kapuze ins mürrische Gesicht gezogen, um mich vor dem eiskalten Wind zu schützen, an Ellas roten Mini gelehnt.

Das Klicken der entriegelnden Tür lässt mich zu Ella aufsehen, die über den Parkplatz geschlendert kommt. »Steig ein«, fordert sie mich auf und öffnet selbst die Fahrertür.

»Was ist eigentlich los?«, frage ich sie neugierig, als wir von dem Parkplatz herunterfahren.

»Erzähle ich dir, wenn wir da sind.«

»Wo?«

»Bei mir.«

Ich ziehe eine Augenbraue hoch, erwidere aber nichts darauf, sondern sehe einfach nur aus dem Fenster.

»O.k., sagst du mir jetzt, was los ist?« Rückwärts lasse ich mich auf ihr Bett fallen, das so unfassbar weich ist, und stütze mich auf meine Unterarme, um sie ansehen zu können.

»Antonin hat mich zum Abschlussball eingeladen.« Ihre Wangen plustern sich auf, während sie sich mit rotem Kopf neben mich schmeißt.

Mir fällt die Kinnlade runter. »Deshalb musste ich jetzt herkommen?«

»Natürlich nicht.« Ella verdreht die Augen. »Ich brauche deinen Rat.«

»Also erstens: Es freut mich wirklich, dass Antonin dich gefragt hat, und es muss ihm wohl verdammt wichtig sein, wenn er dich jetzt schon fragt! Zweitens: Ich weiß nicht, ob ich so gut im Ratgeben bin.«

Mit hochgezogenen Brauen sieht sie mich forschend an. »Erstens vielen Dank und zweitens, ich denke schon.« Sie holt tief Luft, ehe die Worte aus ihr herausplatzen. »Ich habe noch nie einen Jungen geküsst.«

»O.k.« Ich zucke mit den Schultern. »Ist doch keine große Sache.«

Wieder verdreht sie die Augen, kann das kleine Grinsen aber nicht zurückhalten. »Das weiß ich, darum geht es auch nicht. Ich wollte dich nach Tipps fragen.«

»Tipps zum Küssen? Von mir?« Skeptisch sehe ich sie an.

»Ja.« Ungerührt blickt sie mir ernst in die Augen. »Ich meine, du machst das doch andauernd mit meinem Bruder, also musst du es doch wissen.«

Meine Wangen werden heiß, als sie das so unverblümt anspricht und sich selbst kein bisschen unwohl dabei fühlt.

»Hör mal, ich glaube dafür gibt es keine Tipps. Lass es einfach auf dich zukommen und fertig.«

»Auf mich zukommen lassen und fertig? Das ist der Tipp?«

Zum hundertsten Male heute zucke ich mit den Schultern. »Ja.«

»Wow, du bist wirklich schlecht im Beraten.«

Grinsend schleudere ich ein Kissen auf sie. »Ich habe es dir doch gesagt.«

Lachend fängt sie es vor ihrer Brust auf, stützt sich auf den Ellenbogen und mustert mich auf einmal ganz ernst. »Kann ich dich was fragen?«

»Klar.« Verwirrt über ihre plötzliche Ernsthaftigkeit, nicke ich.

»Magst du Nate?«

»Natürlich mag ich ihn.«

»Ach, Sue, ich meine natürlich, ob du ihn wirklich magst, also so richtig?«

Zweifelnd richte ich meine Augen auf die Tagesdecke unter uns und streiche mit der Hand darüber. »Es spielt keine Rolle, ob ich ihn mag oder nicht mag.«

»Doch«, widerspricht sie mir sofort, doch ich schüttele den Kopf.

»Nein.«

»Doch, schau mal, wenn –«

Ich hebe eine Hand, um sie zu unterbrechen. »Ella, lass es, was auch immer du damit bezwecken willst. Es spielt keine Rolle, weil wir ganz verschiedene Dinge geplant haben. Er will zurück nach England, und da ist kein Platz für eine Beziehung oder eine Person, die einen zurückhält. Und ich habe auch meine Pläne, die nicht in England stattfinden, verstehst du?«

Ella stöhnt frustriert neben mir auf. »Das ist doch Schwachsinn«, grummelt sie vor sich hin.

»Und außerdem mag ich deinen Bruder, aber nicht so.« Das Argument lässt sie einen Moment innehalten. Genauso wie mich. Ungewollt kommt das Gefühl in mir auf, diese Worte zurücknehmen zu wollen. Gleichzeitig öffnen wir den Mund, um etwas zu sagen, als die Tür zu ihrem Zimmer geöffnet wird und Nate persönlich seinen Kopf hereinsteckt.

»Es gibt Essen und du bist herzlich eingeladen, Sue. Soll ich von Ma ausrichten.« Abwartend lehnt er sich in den Türrahmen und mustert uns.

»Natürlich isst Sue bei uns mit.« Ella springt auf, greift nach meiner Hand und zieht mich von ihrem Bett hoch.

»Wenn das okay ist«, sage ich kleinlaut, als Ella mich schon aus dem Zimmer drängt.

»Klar, du bist eingeladen.«

Nate lacht leise hinter uns, während er seine Schwester dabei beobachtet, wie sie mich die Treppe herunterscheucht und mich bei ihren Eltern vorstellt.

»Schön, dich einmal kennenzulernen, Sue.« Lächelnd kommt mir Mrs. Price entgegen. »Ich bin Nancy.« Zögernd erwidere ich das Lächeln und reiche ihr meine Hand.

»Phil«, stellt sich Ellas und Nates Vater vor, wobei er aus dem Backofen einen Auflauf zieht und mir grinsend zunickt. Alle haben die gleichen braunen Locken, bis auf Nancy, die rostrotes Haar hat und unfassbar schön aussieht mit der riesigen runden Brille auf der Nase. Auf den ersten Blick sieht sie völlig anders aus, aber beim zweiten Hinsehen sehe ich in die gleichen Augen, die auch Nate hat.

»Setz dich einfach, wohin du willst«, meint Phil, der den Auflauf auf den Tisch stellt.

»Komm her.« Ella zieht einen Stuhl für mich hervor, deutet darauf und lässt sich dann selbst auf den daneben fallen. Ich folge ihrer Aufforderung. Nate setzt sich neben mich, sodass ich zwischen den Geschwistern eingekesselt bin und ihre Eltern mir gegenübersitzen.

»Du hast auch Bio als Hauptfach, stimmt's?« Nancy wirft ihrem Sohn einen Blick zu. »Nate hat uns erzählt, dass ihr ab und zu zusammen lernt.«

Ich nicke. »Ja, ich würde gerne Medizin an der UCLA studieren.«

Nancy lächelt mich freundlich über den Tisch an. »Ehrgeiziges Ziel«, antwortet sie genau so, wie ihr Sohn mir damals darauf geantwortet hat. Ich zucke verlegen mit den Schultern und schiebe mir eine Gabel von dem Auflauf in den Mund. »Es schmeckt wirklich richtig lecker«, kommentiere ich unbeholfen.

Nate grinst mich von der Seite an und ich spüre die Hitze in meine Wangen steigen.

»Was machen deine Eltern?«, erkundigt sich Phil höflich, sieht mich interessiert an, während er seinen Bissen kaut.

»Dad, lass –«, springt Nate für mich ein.

»Mein Vater ist vor drei Jahren gestorben und meine Mutter kenne ich nicht. Ich lebe bei meiner Gran«, unterbreche ich ihn, weil es mir nichts ausmacht, dass seine Eltern nach meinen fragen. Sie können es schließlich nicht wissen, aber von Gran erzähle ich trotzdem nichts.

Nancy sieht mich mitfühlend an und legt ihrem Mann eine Hand auf den Arm. »Das tut mir leid. Phil hat ein Händchen dafür, immer in Fettnäpfchen zu treten.«

Dieser wirft mir einen entschuldigenden Blick zu, den ich mit einem Lächeln erwidere. Nates Hand legt sich auf meinen Oberschenkel, aber er sieht mich nicht an, sondern isst einfach weiter, als wäre nichts.

Ella lenkt das Gespräch auf ihr neues Literaturprojekt, welches sie über Lemony Snicket machen möchte. Nate und ich werfen uns ein Grinsen zu, das Ella mit einem Schnauben quittiert. Die Stimmung ist entspannt und vertraut, als würden sie jeden Abend so zusammen essen, und wahrscheinlich tun sie das sogar auch, eben wie eine richtige Familie. Sie lachen, schimpfen und beziehen mich in ihre Gespräche mit ein. Eine Bilderbuchfamilie, die ich so nie hatte.

Das erste Mal nach langer Zeit sehne ich mich danach, meine Mutter zu kennen. Wie anders es gewesen wäre. Dieses Hirngespinste verwerfe ich allerdings ganz schnell wieder aus meinem Kopf, als Nancy mir eine weitere Portion des Auflaufes anbietet und ich dankend annehme. Nates Hand verharrt noch immer auf meinem Oberschenkel, während sein Daumen Kreise auf meiner Jeans malt. Auch als wir fertig gegessen haben, sitzen wir noch eine Weile zusammen am Tisch. Ich sage nicht viel, fühle mich aber in der kleinen Familie wohl. Irgendwann greife ich nach Nates Hand und halte sie zwischen meinen Händen fest. Ein warmes Gefühl gleitet durch meine Glieder, aber ich versuche, es zu ignorieren, und konzentriere mich ganz auf Phil, der von seinem neuen Bauprojekt erzählt.

Satt und glücklich fahre ich nach dem Essen mit dem Bus nach Hause und dieses Mal fühlt sich das Haus noch leerer an als zuvor. Rein aus Gewohnheit ziehe ich mein Handy aus der Jeanstasche und wähle Romys Nummer. Einen Moment schwebt mein Finger über der grünen Taste, dann sperre ich das Display und schiebe das Gerät wieder zurück in meine Tasche. Ich bade lange und heiß, ziehe Jogger an und kuschele mich mit noch nassen Haaren in mein frisch bezogenes Bett. Die leise Musik aus meinem Handy, bei der ich so langsam einschlummere, wird durch das Piepen einer Nachricht unterbrochen. Müde greife ich danach, entsperre es und bin sofort wieder hellwach.

Machst du mir auf?

Beschwingt laufe ich die Treppenstufen runter und öffne einem durchnässten Nate die Tür.

»Beschissenes Wetter, nicht?« Ich lache, als er wie ein begossener Pudel seine Locken mit dem Handtuch trocken reibt, das ich ihm geholt habe.

»Kannst du laut sagen.« Er richtet sich auf, wobei seine Haare wild in alle Richtungen abstehen.

»Was machst du eigentlich hier?«, frage ich ihn, lehne mich mit der Hüfte gegen den Tresen und mustere ihn mit hochgezogenen Augenbrauen.

»Mir war eben danach, mal bei dir vorbeizusehen.«

Skeptisch sehe ich ihn an. »Obwohl wir uns heute schon den ganzen Tag gesehen haben?«

»Vielleicht gerade, weil wir uns schon den ganzen Tag gesehen haben.« Er lächelt breit, und ehe ich darauf reagieren kann, redet er weiter. »Wolltest du gerade schlafen?«

»Genau genommen habe ich fast schon geschlafen.«

»Das tut mir leid.« Nate zuckt mit den Schultern, sieht aber kein bisschen so aus, als würde ihm das tatsächlich leidtun. »Also dann.«

»Also dann?« Verwirrt beobachte ich, wie er die Treppe nach oben geht.

»Kommst du?«, ruft er von oben herunter, als ich mich noch immer nicht rühre.

»Was hast du vor?«

Er steckt seinen Kopf von oben die Treppe runter und sieht mich amüsiert an. »Wonach sieht's denn aus? Ich bin hundemüde.« Zum Glück zieht er seinen Lockenkopf gleich wieder zurück, sodass er das breite Lächeln auf meinem Gesicht nicht sehen kann.

»Ganz schön dreist«, kommentiere ich sein Vorhaben, während ich ihn auf meinem Bett liegen sehe.

»Rausgeschmissen hast du mich trotzdem nicht.« Er stützt sich auf die Unterarme, um mich anzusehen.

»Du musst das nicht machen«, sage ich jetzt ernst und setze mich im Schneidersitz auf das Bettende.

Nate verdreht die Augen und lässt sich zurück auf den Rücken fallen.

»Fang nicht wieder damit an, Sue.« Er streckt eine Hand nach mir aus, die ich zögernd ergreife. Nate zieht mich neben sich längs auf das Bett, stützt sich auf einen Ellenbogen und sieht mir von oben in die Augen. »Vorzugsweise mache ich gerne, was ich will, und wenn ich hier bin, dann heißt das auch, dass ich hier sein will.«

Als ich nicke, grinst er, lässt sich abermals zurückfallen, greift nach der Bettdecke unter uns, wühlt sie hervor und breitet sie über uns aus.

»Gute Nacht«, murmelt er, dreht sich auf die Seite, legt einen Arm um meinen Bauch und vergräbt den Kopf in meiner Halsbeuge.

»Gute Nacht«, erwidere ich leise und lege meine Hand auf seinen Arm.

»Seit wie vielen Jahren spielst du eigentlich schon Basketball?«, frage ich leise, weil ich einfach zu wach bin, um jetzt sofort einschlafen zu können.

»Schon immer«, antwortet er gedämpft, wobei sein Atem und seine Lippen an meinem Hals kitzeln, mich zum Lachen bringen. Ich spüre das Grinsen an meiner Haut, und ich vermute, dass er nur weiterredet, um mich zu ärgern. »Mein Dad hat mich mit fünf Jahren mal zu einem Spiel mitgenommen. Ich glaube, von da an gab es nur noch Basketball.«

»Also spielst du schon, was … seit dreizehn Jahren etwa?«

»Sieht man das nicht?« Er zwickt mich in die Seite.

»Nicht wirklich«, erwidere ich grinsend. Er stemmt sich hoch und sieht mich mit hochgezogenen Augenbrauen empört an, wodurch ich nur noch lauter lachen muss.

»Gut zu wissen.« Er lässt mich los und dreht sich auf den Rücken.

Ich beiße mir auf die Lippe, um nicht noch mehr zu lachen, sondern drehe mich auf den Bauch und lege mein Kinn auf seine Brust.

»Woher hast du eigentlich die Narbe?« Mit dem Finger streiche ich über die die schmale Linie an seiner Augenbraue.

»Piet und ich haben früher Monsterjagen gespielt, dabei hat er mir den Griff des Staubsaugers gegen den Kopf gehauen.« Ich pruste los und spüre das Vibrieren von Nates leisem Lachen an meiner Brust. »Ich musste mit drei Stichen genäht werden.« Er mustert mich, dann berührt er mein Gesicht ebenfalls mit der Fingerspitze.

»Was glaubst du, wie viele Sommersprossen du hast?«

Ich ziehe eine Augenbraue hoch. »Hundert?«

»Mehr.«

»Dreihundert.«

»Vielleicht.«

»Dreihundertzweiundzwanzig?«

Er lacht. »Warum ausgerechnet dreihundertzweiundzwanzig?«

Ich zucke mit den Schultern. »Meine Lieblingszahl.«

»Dreihundertzweiundzwanzig ist deine Lieblingszahl?« Er sieht mich belustigt an.

»Nein, eigentlich nur die zweiundzwanzig.«

Amüsiert streicht er mir eine feuchte Haarsträhne aus dem Gesicht. »Gut, dann sind es dreihundertzweiundzwanzig.« Nate beugt sich vor, drückt mir einen Kuss auf den Mund, erst nur leicht und sanft, dann intensiver. Fordernd lege ich meine Hand in seinen Nacken, ziehe ihn näher zu mir. Er folgt meiner stummen Aufforderung, dreht sich auf die Seite, ohne unsere Lippen voneinander zu trennen. Während er sich mit der einen Hand abstützt, streicht er mit der anderen Hand an meiner Seite lang bis zum Bund meiner Shorts.

Grinsend unterbreche ich unseren Kuss, atme schwer gegen seinen Mund. »Ich dachte, du wärst hundemüde?«

Als Antwort drückt er seine Lippen wieder auf meine, zieht am Saum meines Shirts. »An Schlaf ist gerade gar nicht zu denken«, flüstert er mit den Lippen an meiner erhitzten Haut.

Wieder mal ist das Sally's völlig überfüllt und stickig, als wir es betreten. Erst hatte ich nicht kommen wollen, war zu erschöpft gewesen von den letzten Tagen. Gran hatte am Morgen, nachdem Nate sich frühmorgens rausgeschlichen hatte, wieder versucht abzuhauen, weshalb ich erneut mit Emma geredet hatte. Sie hatte mir geraten, bei dem Pflegeheim anzurufen, was ich dann auch tat, während sie bei Gran saß, um sie ein wenig abzulenken und zu beruhigen. Das Pflegeheim sagte mir, dass sie Gran auf die Warteliste setzen würden, jetzt, wo sie immer öfter versuchte abzuhauen. Der ganze restliche Tag war nur schwer ertragbar gewesen, weil ich mich wie eine Versagerin fühlte. Am Nachmittag hatte das Pflegeheim mich dann zurückrufen, um mir mitzuteilen, dass sie Gran bereits in zwei Tagen aufnehmen könnten. Auch wenn das eigentlich gute Neuigkeiten waren, hob es meine Stimmung nicht, ganz im Gegenteil. Emma zählte mir immer wieder die Vorteile auf, versuchte, mir meine nagenden Schuldgefühle zu nehmen, auch wenn es kaum etwas nützte. Die Lust nach feiern war mir dadurch gründlich verloren gegangen, aber dann hatte Ella mich doch noch überreden können zu kommen, um mich selbst von der ganzen Misere abzulenken, und auch Emma hielt das für eine gute Idee. Also stehe ich nun hier im Sally's, atme die stickige Luft ein und versuche ausnahmsweise, mal an etwas anderes zu denken, während Ella unsere Bestellung an der schmalen Theke aufgibt. Wir teilen uns einen der zuckrigen Milchshakes und dazu eine riesige Pizza.

Nate lehnt sich währenddessen mit den Unterarmen auf den Tresen neben mich und mustert unsere pinke Getränkewahl.

»Schmeckt euch das wirklich so gut?«

»Definitiv.« Ich grinse, als er die Nase rümpft.

»Deine Geschmacksknospen sind sowieso *fraglich*.«

Ich verziehe das Gesicht, nehme einen Schluck von dem Milchshake und lächle ihn süßlich an. »Na vielen Dank auch.«

»Apropos Sues Geschmacksknospen«, meldet sich Piet zu Wort und streckt fordernd eine Hand aus. »Du schuldest mir noch deinen Wetteinsatz.« Unerbittlich sieht er mich an.

»Stopp, das ist wirklich nicht fair.« Kleinlaut greife ich in meine Jackentasche und umklammere meine roten Gummischlangen. »Ihr habt so knapp gewonnen, da kannst du nicht gleich die ganze Packung verlangen.«

»Du hast gewettet, dass sie verlieren werden. Selbst schuld, Sue«, mischt sich Ella von der Seite ein und fängt sich von mir einen Todesblick ein. »Wettschulden sind nun mal Ehrenschulden«, erwidert sie nur trocken.

»Die Hälfte der Packung?«, versuche ich zu verhandeln, doch Piets Gesichtsausdruck bleibt hart.

»Her damit.« Wieder streckt er fordernd die Hand aus, doch so leicht gebe ich sicherlich nicht auf.

»Du kannst den Rest meines Milchshakes auch noch haben«, biete ich ihm stattdessen an.

»Wow, tolles Angebot, aber nein danke.«

Mit zusammengekniffenen Augen reiche ich ihm die Packung roter Gummischlangen, sehe dabei zu, wie er sie öffnet und in eins der Süßigkeiten genüsslich reinbeißt.

»Die sind aber auch verdammt lecker«, nuschelt Piet mit vollem Mund.

»Ich. Weiß«, knurre ich nur und sehe mich in dem beengten Laden nach Charlie um, entdecke allerdings nur Romy, die mit Keith gerade das Sally's betritt. Stöhnend wende ich mich wieder Ella und dem Milchshake zu.

»Ich verstehe nicht, was sie an ihm findet«, murmelt Ella und ich nicke zustimmend. Dann taucht Charlie plötzlich neben mir auf, da, wo bis eben noch Nate gelehnt hatte.

»Ich brauche eine Überdosis Zucker.« Sie sieht mir ernst in die Augen. »Massenhaft. Schokoladenmilchshakes.« Damit wendet sie sich Richtung Bar und bestellt sich gleich zwei davon.

»Jasmine?«, erkundige ich mich und sie nickt, nimmt einen großen Schluck und gleich darauf noch einen.

»Kompliziert«, grummelt sie.

»Was ist passiert?«, will Ella wissen, woraufhin Charlie mit der Hand in der Luft herumwedelt.

»Erst beschwert sie sich, dass ich viel zu wenig zu ihr komme und sie viel zu oft hierherfahren muss, aber dann, wenn ich bei ihre aufkreuze, passt ihr das auch nicht, aber wenn ich dann wieder gehen will, meckert sie auch nur.« Sie stöhnt genervt und nimmt noch einen Schluck. »Sie soll sich mal entscheiden, was sie will. Und wenn wir uns dann mal sehen, dann wirft sie mir vor, dass ich abwesend wäre, aber ist das denn ein Wunder, wenn sie nur noch über Baseball spricht? Sprechen wir einmal über meine Kunst, meine Bilder? Nein.«

»Mach mal langsam damit«, sage ich, als sie den Rest ihres Milchshakes wie ein Schnaps runterkippt.

»Es ist einfach super anstrengend momentan«, meint sie und lehnt sich ächzend gegen den Tresen. »Echt anstrengend.«

Mitfühlend sehen Ella und ich sie an. »Vielleicht solltet ihr darüber mal in Ruhe und persönlich reden und nicht die meiste Zeit nur am Telefon?«, schlägt Ella vorsichtig vor, kassiert aber nur einen müden Blick von Charlie.

»Wir machen nichts anderes mehr. Wir reden und reden, und dann streiten wir uns darüber, dass wir nur noch reden.«

»Scheiße, Charlie, das hört sich an wie ein Teufelskreis.« Ich streiche tröstend über ihren Arm, aber sie winkt nur ab.

»Du sagst es. Ein verdammt beschissener Teufelskreis.« Sie bricht ab. »Gibt Schlimmeres. Bin gleich wieder zurück.« Und damit verschwindet sie zum zweiten Mal in der Richtung, in der die Bestellungen aufgenommen werden. Stirnrunzelnd sehe ich ihr nach und nehme wieder Romy wahr, wie sie neben Keith und seiner Freundesgruppe steht. Die ganze nächste Stunde behalte ich Charlie im Auge. Irgendwann verschwinde ich auf der Toilette, nur um Charlie nicht mehr zu finden, als ich wiederkomme.

»Das darf doch nicht wahr sein«, stöhne ich genervt und reibe mir über meine müden Augen.

Ich muss mich durch den halben Laden zwängen, bis ich endlich Ellas Gesicht in der Menge finde, die Charlie am Arm hält.

»Verdammt, Romy, was ist eigentlich dein Problem?«, ruft Charlie über die Musik hinweg.

»Mein Problem? Ihr habt doch ein Problem, mit wem ich zusammen bin, dabei geht euch das überhaupt nichts an!«, erwidert Romy trotzig und verschränkt die Arme vor der Brust.

»Was ist hier los?«, murmele ich in Ellas Ohr.

»Charlie wollte sie unbedingt zur Rede stellen.« Sie sieht mich entschuldigend an.

»Na großartig«, knurre ich.

»Natürlich geht es uns etwas an, wenn du dich schon wieder auf Keith einlässt! Er hat dich brutal abserviert und dich vor allen bloßgestellt!«, fährt Charlie fort, ohne Ellas Griff um ihren Arm zu beachten.

»Du stellst mich bloß, Charlie, nicht er!« Rote Flecken bilden sich auf Romys Gesicht, während sie anklagend auf Charlie zeigt.

»Blödsinn! Ich will doch nur, dass du endlich verstehst, dass dieser Typ es nicht ernst meint. Du bist viel zu gut für so eine Scheiße!«

Als die erste Träne Romys Wange herunterläuft, stelle ich mich zwischen die beiden.

»Hört auf, beide!« Ich sehe Charlie scharf an, die zu einer weiteren Erwiderung ansetzt.

»Hör du auf, so scheinheilig zu tun!«, fährt Romy jetzt mich an. »Ihr hört mir überhaupt nicht zu und vertrauen tut ihr mir auch nicht!« Wütend wischt sie sich über das nasse Gesicht. »Du bist doch kein bisschen besser als ich!«

Überrumpelt sehe ich sie an. »Romy, komm runter, das können wir auch anders klären und vor allem nicht hier.«

»Nein, lass du mich bloß in Ruhe, Sue! Du sagst, dass das, was ich tue, dumm ist, aber selbst lässt du doch auch nur mit dir spielen! Aber immer bin ich in euren Augen nur die naive, dumme Romy. Ich habe wirklich langsam genug davon!«

»Wovon redest du?« Fassungslos sehe ich ihr in die blauen Augen.

»Nate ist doch kein bisschen besser als Keith, und jetzt, wo er es mit mir ernst meint, bist du eifersüchtig! Du willst doch kein lockeres Ding, du willst dich verlieben und all das! Gib es doch einfach zu und projiziere es nicht auf mich!«

Mit offenem Mund starre ich sie an. Sie hätte mir genauso gut eine Ohrfeige verpassen können.

»Halt die Klappe, Romy!«, antwortet Charlie an meiner Stelle und greift nach meiner Hand.

»Kann Sue sich nicht selbst verteidigen, oder was? Ihr wisst beide –« Bevor sie weiterreden kann, schiebt sich Piet zwischen uns, während sich Nates Hand um meinen Oberarm schließt und versucht, mich wegzuziehen.

»Das ist doch absoluter Schwachsinn, den ihr hier veranstaltet«, murrt Piet grimmig und zieht die wütende Romy, die versucht, sich gegen seine Hand zu wehren, hinter sich durch die Menge, weg von uns.

»Komm mit.« Nate fasst mich fester am Arm, damit ich ihm endlich folge, und verfrachtet mich nach draußen auf den Parkplatz.

»Was zum Teufel sollte das gerade?«, murmelt Charlie in die Nacht und tritt gegen eine Bierdose auf dem Asphalt.

»Kannst du uns einfach nach Hause fahren?«, fragt Ella, an Nate gewandt. »Ich glaube, es ist besser, wenn wir da nicht wieder reingehen.«

»Soll Keith ihr doch wieder das Herz brechen, wenn sie es so sehr darauf anlegt«, flucht Charlie weiter vor sich hin, bis ich sie an der Schulter festhalte.

»Was ist, wenn wir uns irren? Was, wenn er es wirklich ernst meint?« Verunsichert sehen wir uns an.

Doch Charlie schüttelt entschieden den Kopf. »So ein Blödsinn, Sue. Du hast damit nichts zu tun. Sie ist einfach nur sauer und wollte dich damit verletzen. Sie weiß doch selbst, dass er es nicht ernst meint.« Unsicher lasse ich sie los, klettere hinter ihr in den Jeep und schlage die Autotür ein bisschen zu fest zu.

Kapitel 11

Zwei Tage später

»Soll ich mitkommen oder hier auf dich warten?«, fragt Charlie und hält unschlüssig die große Tasche mit Grans Sachen in ihrer Hand, während ich eine weitere aus dem Kofferraum hole.

»Nein danke. Ich glaube, das kriegen wir hin.« Dankbar nehme ich ihr die Tasche ab und lächle Gran unsicher an. »Alles o.k.?«, erkundige ich mich bei ihr, doch Gran starrt nur mit ausdrucksloser Miene die hellblau gestrichene Fassade des Pflegeheims an. Charlie und ich wechseln einen schnellen Blick.

»Kommst du?« Gran sieht mich lange an, ehe sie langsam nickt. Schweigend laufen wir den breiten Kiesweg entlang, der zum Eingang des Gebäudes führt. Im Stillen frage ich mich, ob Gran wirklich bewusst ist, wo wir hier sind. Den ganzen Morgen hatte sie kaum geredet, und nur mit Emmas Hilfe war es gestern Abend möglich gewesen, das meiste von Grans Sachen einzupacken. Immer wieder hatte sie ihre Kleider aus der Tasche nehmen wollen, mir vorgeworfen, sie bestehlen zu wollen, und hatte sich erst durch Emmas Anwesenheit wieder langsam beruhigen können.

Heute am frühen Nachmittag war dann Charlie vorbeigekommen, um uns zum Pflegeheim zu fahren, und bisher hatte

Gran beinahe noch keinen Mucks von sich gegeben. Jetzt läuft sie eng neben mir, den Blick stur geradeaus gerichtet. Während wir auf die große Glastür zusteuern, merke ich, wie Gran zögert.

»Wer kommt denn da auf uns zu?«, fragt sie leise und deutet mit dem Kopf vor uns auf die Doppeltür.

Irritiert sehe ich hoch, will wissen, wen sie meint. »Wen meinst du?«

»Wer ist das?« Gran kneift die Augen leicht zu, um besser sehen zu können. Betroffen fasse ich nach ihrer Hand, als ich verstehe, dass sie ihr eigenes Spiegelbild meint.

»Das sind doch wir«, sage ich unsicher und winke zur Demonstration unseren eigenen Spiegelbildern zu, doch Gran ignoriert mich nur.

Ich öffne eine der Glastüren, während Gran ihr eigenes Abbild kurz mustert, bevor sie einen leisen Gruß murmelt und die Eingangshalle betritt.

Mit einem Kloß im Hals beobachte ich ihren verwirrten Gesichtsausdruck, als sie erkennt, dass niemand hinter der Glasscheibe steht. In dem Moment, in dem Gran etwas sagen will, kommt uns eine Frau mit langen schwarzen Haaren und roter Brille zur Begrüßung entgegen. Erleichtert bemerke ich, wie Gran durch die Altenpflegerin von ihren eigenen Gedanken abgelenkt wird, und folge den beiden nach einer kurzen Vorstellung durch die Räume des Pflegeheims.

Nach einer Stunde, in der ich mich gerade so noch zusammenreißen kann, laufe ich mit Tränen in den Augen wieder allein aus dem Gebäude und direkt in die offenen Arme von Charlie.

»Kann ich was für dich tun?«, flüstert Charlie irgendwann, während sie mir beruhigend über den Rücken fährt.

»Es geht schon wieder.« Blinzelnd sehe ich meine Freundin an und atme tief ein. »Lass uns los, sonst kommst du noch zu spät.«

Stirnrunzelnd betrachtet Charlie mich. »Sicher? Ich muss heute auch nicht zu Jasmine fahren, ich kann auch hierbleiben und wir unternehmen irgendwas!«

»Nein, auf keinen Fall!« Kopfschüttelnd folge ich ihr zum Auto zurück. »Fahr ruhig, wirklich. Außerdem meintest du selbst, dass du das Gespräch mit Jasmine nicht weiter hinauszögern kannst«, erinnere ich sie an ihr eigenes Vorhaben.

»Sicher?«

»Zu hundert Prozent.« Ich lächle sie an, damit sie aufhört, mich so kritisch anzusehen, doch auch das nützt nicht viel. »Wirklich«, versichere ich ihr noch einmal.

»O.k.« Charlie holt tief Luft, und ich weiß, dass sie sich nicht nur um mich Sorgen macht, sondern auch Angst vor dem bevorstehenden Zusammentreffen mit Jasmine hat.

»Hey, es wird alles gut werden«, versuche ich jetzt, sie zu beruhigen. »Wenn dich die Beziehung nicht mehr glücklich macht, musst du mit ihr darüber offen und ehrlich reden.«

»Ich weiß, aber ich hab richtig Angst.« Hastig wischt sie sich über die roten Augen. »Ich sehe einfach nicht, wie das weiter funktionieren soll mit uns.«

Aufmunternd drücke ich ihre Hand. »Wenn du nachher reden willst oder irgendwas brauchst, dann ruf mich an.«

Dankbar nickt sie, lächelt schwach, bevor ihr Blick wieder

missmutig wird. »Kann ich dich dann wenigstens irgendwo unterwegs absetzen? Ehrlich gesagt gefällt mir der Gedanke gar nicht, dich jetzt allein zu lassen.«

Mit einem letzten Blick zurück zum Pflegeheim steige ich in Charlies Auto ein. »Könntest du mich dann bei Nate und Ella rauslassen?«, gebe ich nach, da ich weiß, dass sie ein Nein nicht akzeptieren würde.

»Was ist das alles?«, frage ich verwundert, als ich zum ersten Mal Nates Zimmer betrete. Überall an der Decke hängen gläserne Tropfen in allen verschiedenen Formen. Das Glas fängt die wenigen Sonnenstrahlen von draußen ein, reflektiert und spiegelt sie in Tausenden von Farben wider, nur damit eine weitere Glasperle diese Strahlen aufnimmt und wiederum spiegelt, sodass das ganze Zimmer durch die Lichtspiele leuchtet. Mit offenem Mund sehe ich an die Zimmerdecke und versuche, einen der Sonnenstrahlen zu verfolgen. Ganz leise klimpern die Glasperlen, sobald sie durch einen Windhauch angestupst werden.

»Will war in London auch mein Mitbewohner. Seine ganze Seite hing voll mit diesen Windspielen. Er hat sie selbst gemacht.« Er sieht mich an und schaut dann ebenfalls nach oben. »Er hat so viele davon, dass er darauf bestanden hat, dass ich welche mit nach Hause nehme.« Er deutet über sich. »Dadurch fühlt es sich immer so ein bisschen an, als wäre ich noch immer im Internat.«

»Das ist der Wahnsinn«, sage ich fasziniert, unfähig, meinen Blick vom Lichtspiel abwenden zu können.

»Das ist auch von ihm.« Er deutet auf das Bild über seinem Bett, dass einen Vogel in wilden Rottönen zeigt.

»Warte mal.« Ich zeige mit dem Finger auf das Bild. »Hat er das etwa mit beiden Händen gemalt?«

Nate nickt grinsend und holt die Biologiebücher aus seiner Tasche. »Wollen wir anfangen?«

Als ich mich umwende, um meine Unterlagen ebenfalls aus der Tasche zu ziehen, fallen mir die ganzen Bücher in seinem Regal auf.

»Willst du nach England, um dort Architektur zu studieren?«, frage ich ihn, den Blick noch immer auf die vielen Architekturbücher gerichtet. »Also hörst du dir den Podcast nicht nur zum Einschlafen an?«

»Ich weiß es ehrlich gesagt nicht so genau, aber dieses Land zieht mich einfach an. Obwohl ich dort den größten Mist gemacht habe, habe ich mich dort so wohl wie noch nie gefühlt.« Er folgt meinem Blick zu dem Bücherregal. »Architektur wäre mit Sicherheit eine Option, aber vielleicht auch Geschichte.«

»Was war in England anders als hier?«, frage ich neugierig.

»Ich war seltsam frei, obwohl ich im Internat mehr Regeln zu beachten hatte als hier zu Hause, aber ich hatte das erste Mal das Gefühl zu verstehen, was Freiheit wirklich für mich bedeuten könnte. Manchmal bin ich spazieren gegangen und habe mir vorgestellt, wie ich einfach immer weiterlaufen würde und ich vielleicht gar nicht mehr umkehren würde, und dort war der Gedanke nicht beängstigend, sondern motivierend, verstehst du, was ich meine?«

»Ich weiß es nicht«, sage ich ehrlich und Nate lächelt mich seltsam freudig an.

»Ja, ich glaube, ich weiß es selbst auch nicht so wirklich, was ich damit meine. Also, wollen wir anfangen? Was besagt die Evolutionstheorie von Charles Darwin?«

Ich trommele mit dem Stift auf meiner Mappe, während Nate mir gegenüber auf seinem Bett liegt. »Es geht um natürliche Auslese, also dass Lebewesen sich unter dem Einfluss der Umwelt verändern.«

»Der genaue Begriff dafür ist?«, er sieht mich grinsend an, als ich das Gesicht verziehe.

»Selektion.«

»Richtig.«

»Das ist zu einfach. Stell schwierigere Fragen«, fordere ich ihn auf.

Ich trommele unkonzentriert auf meiner Mappe herum, was ihn wahnsinnig macht und mir daher nur umso mehr Spaß bereitet. Er wirft einen genervten Blick auf meine Hand, den ich mit einem provozierenden Lächeln quittiere. Dann schmeißt er so schnell sein Kissen nach mir, dass ich nicht mehr ausweichen kann und es mich genau am Kopf trifft.

»Wenn du nicht hören kannst«, erwidert er trocken, fängt das Kissen aus der Luft, dass ich ihm entgegenschleudere, und legt es sich unter den Kopf. Ernst betrachtet er mich.

»Was hat Romy letztens im Sally's gemeint?«, fragt er auf einmal.

Ich lege den Kopf schief. »Was meinst du?«

»Romy hat da was über mich erwähnt, als ihr Streit hattet.«

Ein Grund mehr, sauer auf Romy zu sein. Ich zucke mit den Schultern. »Keine Ahnung. Ehrlich, ich würde es dir sonst sagen.«

Forschend sieht er mich an. »Weißt du, diese Re-?«

Wieder verziehe ich das Gesicht. »Wirklich. Können wir das Thema lassen? Ich bin ehrlich zu dir und sage dir schon, wenn sich etwas verändert hat. Kannst du mir da mehr vertrauen als dem, was Romy im Streit gesagt hat?« Ich schlucke und wende mein Gesicht von ihm ab.

»Ich –.«

»Okay, nächste Frage: Was sind die Vor- und Nachteile der Selektion?«, unterbreche ich ihn wieder. Er sieht mich lange an, so lange, dass ich wieder auf das Blatt in meinem Schoß sehe, weil sein Blick zu durchdringend wird.

Ich höre, wie er tief Luft holt, bevor er meine Frage korrekt beantwortet.

»Komm mal her«, bittet er mich. Zögernd löse ich meinen Schneidersitz, tappe auf nackten Sohlen zu ihm rüber und setze mich neben ihn. Er schlingt seinen Arm um mich, grinst mich frech an und die kurze Anspannung zwischen uns verschwindet wieder. Er drückt mich nach hinten, wobei ich ihm einen Arm um den Hals schlinge. Nates Hand legt sich auf meine Hüfte und zieht mich nach vorne, wodurch ich mit einem Mal ausgestreckt unter ihm liege und mir ein ersticktes Keuchen über die Lippen kommt.

Sein Gesicht schwebt ernst über mir, als er sich ein kleines Stück zurückzieht. Ganz vorsichtig, als würde ich jeden Moment zerbrechen können, drückt er seine Lippen auf meine.

Ich könnte hier ewig so bei ihm sein, als sein Handy anfängt zu klingeln und ich schon frustriert aufstöhnen will, Nate sich aber kein bisschen darum schert. Er küsst mich weiter, streichelt unbeirrt weiter meine Seite, bis der Ton wieder verstummt, nur um kurze Zeit später wieder durch das Zimmer zu tönen.

»Willst du kurz rangehen?«, frage ich atemlos, wobei seine Lippen sich zu einem kleinen Lächeln an meinen Mund verziehen.

»Nein.« Wieder überbrückt er den Abstand zwischen uns, presst mich an sich und zieht an dem Saum meines Shirts. Ich ziehe die Arme hoch, unterbreche den Kuss nur, damit er mir das Shirt ausziehen kann. Seine Augen wandern über meinen nackten Oberkörper, erfassen jeden Millimeter, jede Linie der beiden Tattoos, jede einzelne Spitze meines BHs, bis er wieder bei meinen Augen ankommt. Wieder senken seine Lippen sich auf meine, intensivieren den Kuss, bis mir buchstäblich Hören und Sehen vergeht. Das Handy klingelt wieder, aber dieses Mal bekomme ich es kaum noch mit. Ungeduldig nestle ich an seinen Pulli herum, will den Stoff zwischen uns weghaben. Grinsend folgt er meiner wortlosen Bitte, zieht sich den Pullover über den Kopf, wodurch sein dauernd leicht gebräunter Oberkörper zum Vorschein kommt. Rechts und links von meinem Kopf stützt er sich ab, während ich mit den Fingern über das kleine Muttermal neben seinem Bauchnabel fahre, über die Rippen und seinen Brustkorb. Seine Hand wandert weiter meinen Körper hinab, bis zu meinem Oberschenkel, den er greift, um sich mein Bein um die schmale Hüfte zu legen.

»Verdammte Scheiße, warum geht ihr nicht ran, wenn wir euch die ganze Zeit anrufen?!«

Erschrocken zucke ich zusammen und starre atemlos in Nates Augen, bis mein Blick über seine Schulter fällt.

»Los! Ihr müsst mitkommen!« Ella steht vollkommen aufgelöst im Türrahmen, völlig gleichgültig ihren Bruder und mich so zu sehen.

»Was ist los?« Mit zusammengezogenen Brauen setzt sich Nate auf, zieht mich hoch und drückt mir mein Shirt gegen die Brust. »Ella?«

Seine Schwester laufen die Tränen über die Wangen, die Panik in ihrem Gesicht lässt mich aus dem Nebel auftauchen, als hätte man mir eiskaltes Wasser ins Gesicht gespritzt. Hektisch ziehe ich mir mein Shirt über, steige vom Bett und laufe auf sie zu. Nate ist hinter mir, sieht seine Schwester verwirrt an. »Warum weinst du?«

»Piet hatte einen Autounfall, er wurde ins Krankenhaus eingeli–« Nate drängt sich an uns vorbei, zieht seinen Pullover auf der Treppe über seinen Kopf und stürmt durchs Haus. Ich packe Ellas Hand, ziehe sie hinter mir her und versuche, mit ihr im Schlepptau, Nate einzuholen.

»Seine Mom hat mich angerufen, sie hat es auch bei Nate versucht, aber er ist nicht rangegangen«, erzählt sie mir, während wir die Treppen hinuntereilen. So schnell habe ich mir in meinem ganzen Leben noch nie die Schuhe angezogen und mit offenen Schnürsenkeln rennen wir raus, in das Auto, in dem Nate schon sitzt.

Auf der Rückbank schnüre ich mir die Schuhe zu, während

Nate wie ein Irrer fährt, ohne auch nur irgendetwas zu sagen, und Ella uns alles erklärt, was sie weiß.

»Piet wollte Theo vom Training abholen, aber er kam die ganze Zeit nicht dort an, und dann hat Theo ihre Mom angerufen, die allerdings schon vom Krankenhaus benachrichtigt wurde.« Sie holt tief Luft, um die Schluchzer in ihrer Kehle runterzuschlucken. »Er hat anscheinend die Kontrolle über den Wagen verloren und ist gegen einen Baum gekracht, mehr wusste seine Mom auch nicht«, endet sie und schielt vorsichtig zu Nate herüber, der mit zusammengepressten Zähnen die Landstraße entlang rast.

»Hat sie gesagt, wie es ihm gerade geht?«, will ich von hinten wissen, zu geschockt, um selbst in Tränen auszubrechen.

»Er wird noch operiert«, flüstert sie.

Die Notaufnahme finden wir schnell. Im Wartebereich sitzt unverkennbar die Mom von Piet, die beide Arme um den schmalen Oberkörper von Theo geschlungen hat. Ihre Unterlippe zittert, als sie uns auf sich zukommen sieht. »Mein Junge. Mein Junge liegt da drin«, flüstert sie in den kahlen Flur und deutet mit dem Kopf auf die breite Schwingtür auf der gegenüberliegenden Seite. Ella setzt sich neben die beiden, schlingt eine Hand um die von Piets Mom und streicht Theo über den Kopf.

Bei ihrem Anblick schnürt sich meine Kehle zu, und erst jetzt wird mir wirklich bewusst, dass Piet einen Autounfall hatte. Ich hole tief Luft, um die Panik in mir zurückzudrängen, sehe Nate an, der noch immer schweigend neben mir steht. Die Zähne zusammengepresst, während seine Hände sich abwechselnd zu

Fäusten ballen. Er sieht mich nicht an, niemanden von uns, als er sich neben der Schwingtür auf den Boden gleiten lässt. Für einen Moment überlege ich, mich zu ihm zu setzen, aber der abgewandte Blick zeigt mir, dass er lieber für sich sein will, also gehe ich zu Ella und drücke ihre Hand.

»Er wird es schaffen«, murmelt Ella neben mir entweder zu sich selbst oder zu Piets Familie, wahrscheinlich beides. *Das wird er.* Ich presse meine Lippen aufeinander, lasse den Kopf gegen die kalte Wand hinter mir fallen, schließe die Augen und schicke Stoßgebete zum Himmel. Das ganze Krankenhaus ist leise und nur die weißen LED-Lampen an der Decke leuchten, lassen die Notaufnahme dadurch aber nur noch trostloser erscheinen.

Ab und an kommen Schwestern oder Ärzte vorbei, aber niemand kommt zu uns, niemand sagt, wie es ihm geht oder wie sein Zustand ist. Und mit jeder Minute, die vergeht, rutscht Nate an der Wand ein Stück tiefer. Irgendwann ist Theo in den Armen seiner Mutter eingeschlafen, die ihn gedankenverloren hin und her wiegt und dabei leise Worte murmelt. Ellas Kopf liegt an meiner Schulter, aber ihre Hand ist noch immer mit der von Piets Mom fest verbunden. Ich kann nicht aufhören, an diesen schrecklichen türkisen Hut zu denken. Dieser Hut geht mir nicht mehr aus dem Kopf, wofür ich mich gleichermaßen hasse und froh bin, weil ich sonst womöglich selbst in Tränen ausbreche, wenn ich an Piets Unfall denke. Nate sitzt mit ausgestreckten Beinen auf dem Boden, den Kopf nach hinten in den Nacken gelegt und die Augen geschlossen. Beinahe denke ich, er würde schlafen, aber dafür ist er zu unruhig. Nicht länger als fünf Minuten bleibt er reglos sitzen, bis er sich wieder bewegt und in eine andere Position rutscht. Er zieht das eine Bein an, streckt es wieder aus, nur um dann beide Beine anzuziehen und den Kopf auf die Seite zu legen. Niemand sagt etwas, außer Piets Mom, die weiter leise vor sich hin murmelt, aus dem einfachen Grund, dass es momentan nichts zu sagen gibt. Wir warten und warten und mit jeder anbrechenden Stunde wird mir übler. *Er wird es schaffen.* Das ist Piet. Piet, der Geige und Basketball spielt, der ein Stipendium hat, einen kleinen Bruder und eine Mom, die sich um ihn sorgt, und der Freunde hat, die nur darauf warten, wieder mit ihm zum Fluss zu fahren, ihn spielen zu sehen und von ihm zum Lachen gebracht zu werden. Piet, der gar nicht sterben kann. Wie könnte ein Junge, der das pure Leben verkörpert, einem so trivialen Tod erliegen?

Irgendwann stehe ich auf, um einen der Kaffeeautomaten zu suchen. Ich krame ein paar Münzen aus meiner Jeanstasche, wobei mir die Hälfte herunterfällt. Hastig sammele ich die Münzen wieder von dem weißen Gummiboden auf. Zweimal strecke ich meine Finger, balle sie wieder zur Faust und rolle meine Schultern, um wieder ruhiger zu werden. Mein Kleingeld reicht nur für drei Kaffeebecher. Mit den drei Bechern in der Hand laufe ich wieder um die Ecke, bleibe aber wie angewurzelt stehen, als sich die Schwingtür öffnet. Wie von der Tarantel gestochen, springen die drei auf, Piets Mom mit dem schlafenden Theo im Arm, und stürzen zum Arzt, der von einer Schwester begleitet wird. Beide tragen noch die blauen OP-Kittel, die Kopfbedeckungen und den Mundschutz, den sie sich jetzt vom Gesicht ziehen.

»Wie geht –«, ruft Piets Mom, drückt sich Theo, der sie verunsichert und verängstigt beobachtet, an die Brust und hat so viel Hoffnung in ihren Augen, dass es mir das Herz bricht, als die Ärztin sie mitfühlend ansieht. Ich weiß, was jetzt kommt. Genauso sah auch der Vorgesetzte meines Pas aus, als er am Abend vor drei Jahren vor unserer Haustür stand. Meine Kehle schnürt sich zu. Ich höre die Worte der Ärztin nicht, sehe nur die Bewegungen ihres Mundes, denn mit einem Mal ist alles andere viel zu laut in dieser ohrenbetäubenden Stille. In meinen Ohren rauscht es, während ich wie losgelöst die Situation vor mir beobachte. Mein Herz pocht, als wäre mein ganzer Körper ein einziger Herzschlag. Die Ärztin legt Piets Mom die Hand auf die Schulter, wechselt einen Blick mit dem Krankenpfleger hinter sich, als Piets Mom mit Theo im Arm auf den grauen Boden unter sich sinkt. Sie weint nicht und das macht es nur noch schlimmer. Regungslos starrt sie vor sich auf den Boden, umklammert den kleinen Körper ihres Sohnes, wiegt nun sie beide langsam vor und zurück. Ella presst sich eine Hand auf den Mund, weint, wobei ihr ganzer Körper bebt, legt einen Arm um die verschlungene kleine Familie am Boden. Meine eigenen Knie zittern, als ich Nate ansehe. Seine Hände sind hinter dem Kopf verschränkt, den Kopf in den Nacken gelegt, als würde er Hilfe vom Himmel erwarten. Seine Brust hebt sich viel zu schnell, viel zu stark, viel zu hastig.

Am liebsten würde ich zu ihm rennen, aber meine Beine versagen mir den Dienst, genauso wie meine Lungen, die sich weigern, sich mit Luft zu füllen. Zitternd setze ich einen Schritt nach vorne und trete ins Nasse. Ausdruckslos starre ich auf die schwarze Pfütze unter meinem Schuh, bemerke erst jetzt die Spritzer auf meiner Jeans und die Becher, die ich fallen gelassen habe. Wie in Trance dringt der erstickte Schrei von Piets Mom an mein Ohr und zertrümmert den letzten Rest meiner Fassung. Stumme Tränen laufen über mein Gesicht, als ich meine Hand auf Nates Arm lege, der jetzt mit hängenden Armen einfach nur dasteht, den Kopf abgewandt. Nur einen winzigen Moment begegnen sich unsere Augen und fast denke ich, dass er mich umarmen will, aber dann hebt er nur die Hand, legt seine Finger um mein Handgelenk und löst sie von seinem Arm. Mit zusammengepressten Lippen schüttelt er leicht den Kopf, dreht sich um und eilt mit schnellen Schritten aus dem Krankenhaus. Erst bin ich versucht, ihm nachzulaufen, aber dann knie ich mich neben Ella. Sie schlingt die Arme um meinen Hals, presst ihren Kopf an meinen Hals, weint hemmungslos. Über ihre Schulter sehe ich Piets Mom, die sich noch immer weinend an Theo festklammert, der sich ebenso an ihr festkrallt. Die Tränen kullern seine Wangen hinab, als seine dunklen Augen, Piets Augen, auf meine treffen. Verwirrung und Trauer. Nie mehr werde ich diese Augen vergessen können, diesen stummen Schmerz.

Ich weiß nicht mehr, wie wir nach Hause gekommen sind. Nates Jeep stand nicht mehr auf dem Parkplatz, aber irgendwie haben wir es geschafft, Piets Mom und Theo nach Hause zu bringen. Ella hat sich verabschiedet, um Nate zu suchen, lehnte mein Angebot zu helfen jedoch ab. Sie wolle mit ihrem Bruder allein reden und das musste ich akzeptieren.

Ich bin irgendwie den ganzen Weg nach Hause gelaufen, ohne irgendetwas von meiner Umgebung mitzubekommen oder auf den Weg zu achten. Vielleicht ist das das Gute an einer Kleinstadt, dass es nicht allzu viele Wege gibt, auf denen man sich verlaufen könnte. Jetzt sitze ich allein im Wohnzimmer, vor der Couch, und starre stumm vor mich hin. Wie damals bei Pa habe ich das Gefühl, in meinem Körper gefangen zu sein. Ein paarmal greife ich nach meinem Handy, um Nate oder Ella anzurufen, lasse es dann aber immer wieder sinken, weil ich nicht weiß, was ich sagen soll. Dass Piet den Unfall nicht überlebt hat, bringt mich fast um, und dabei bin ich erst seit ein paar Monaten mit ihm befreundet, Ella und Nate jedoch kennen ihn schon ihr gesamtes Leben.

Die ersten Sonnenstrahlen schleichen sich über das Parkett, und es kommt mir so falsch, so unverschämt, vor, dass einfach ein neuer Morgen beginnt. Es ist Sonntag. Sonntag, der letzte Sonntag des Monats. Bald würde ich nicht nur ein Grab besuchen. Bei dem Gedanken wird mir speiübel. Wären meine Glieder nicht so schwer und taub, ich würde ins Bad rennen und mich übergeben, aber so bleibe ich einfach nur regungslos sitzen und schlucke die aufkommende Galle brennend wieder runter.

Der Klingelton meines Handys schrillt durch meinen ganzen Körper, als ich danach greife und mit taubem Finger den Anruf von Ella annehme.

»Kannst du kommen?«, ist das Einzige, was sie fragt, und darauf gibt es nur eine Antwort. Obwohl ich mich eben nicht einmal bewegen konnte, springe ich jetzt so plötzlich auf, dass mir kurz schwarz vor Augen wird und ich taumelnd durch den Flur zur Haustür stürze. Ich brauche nicht meine Schuhe oder Jacke anziehen, weil ich mich nicht einmal ausgezogen habe, als ich nach Hause gekommen bin. So schnell ich kann, renne ich zur Bushaltestelle, renne weiter, als ich sehe, dass der nächste Bus erst in zwanzig Minuten kommt, und renne noch immer, als heftiges Seitenstechen einsetzt. Keuchend klingele ich an der Haustür der Price-Familie. Ella muss hinter der Tür auf mich gewartet haben, denn sie öffnet keine Sekunde später und wirft sich in meine Arme.

»Ich versteh das nicht. Ich versteh es nicht.«

Ich streichle ihr über die Haare, mache den Mund auf, um zu antworten, klappe ihn aber wieder zu, weil ich darauf keine Erwiderung habe. *Ich verstehe es auch nicht. Kein bisschen.* Ich halte sie fest, genauso wie sie mich.

»Habt ihr euren Eltern schon Bescheid gesagt?«, frage ich leise, als sie mich ins Haus zieht.

»Ja, sie haben sich sofort auf den Weg gemacht, aber vor heute Abend kommen sie nicht an.« Ella setzt sich auf einen der Küchenstühle, legt ihren Kopf auf die verschränkten Arme und sieht aus geröteten Augen zu mir auf.

»Was machen wir jetzt?«

Die Frage ist so seltsam, so unerwartet, dass ich Ella nur anstarren kann.

»Ich weiß es nicht«, murmele ich, bleibe weiter unschlüssig stehen. »Wo ist er?«

»In seinem Zimmer.« Sie sieht mich lange an, während ihr neue Tränen in die Augen treten, bevor sie weiterredet, ehe ich fragen kann. »Geh ruhig. Ich-ich glaub, ich brauch kurz Zeit.« Zögernd betrachte ich ihr Gesicht. »Bist du dir sicher?«

»Geh schon.« Sie steht auf, drückt meine Hand und geht ins Wohnzimmer, legt sich auf die Couch mit einer Decke um die schmalen Schultern.

Unsicher sehe ich die Treppe zu den Schlafzimmern an, hole tief Luft und steige sie hoch. Ich klopfe vorher, Angst davor, er könne mich sofort rausschicken, wenn ich einfach reingehe. Als er nicht antwortet, drücke ich die Klinke leise herunter, um ihn nicht zu wecken, falls er schläft. Er schläft nicht. Regungslos liegt er einfach nur auf dem Boden, die Haare fallen ihm zerzaust ins Gesicht und seine Augen sind genauso gerötet wie die von Ella und mir.

»Nate?« Er antwortet wieder nicht, schickt mich aber auch nicht raus, weshalb ich langsam weiter in das Zimmer gehe und die Tür vorsichtig hinter mir schließe. Schwer schluckend lege ich mich neben ihn, starre wie er an die Decke, starre in das blendende Leuchten des Lichtspiels und sage kein Wort.

»Er war vorher noch in der Halle, ein paar Körbe werfen, weil er für das Finalspiel am Samstag fit sein wollte. Er muss die Zeit vergessen haben, sonst wäre er nicht so schnell gefahren.« Nates Stimme bricht, er räuspert sich, spricht aber dennoch heiser weiter. »Sonst hätte er nicht die Kontrolle über den Wagen verloren. Er hat versprochen, Theo vom Training abzuholen, und er wollte ihn nicht warten lassen.« Er dreht den Kopf zu mir, sieht mir in die Augen, und am liebsten wäre ich einfach wieder rausgerannt, denn der Schmerz in seinen Augen verdoppelt meinen eigenen. »Er wäre ohne Grund nie so schnell gefahren. Er ist nie zu schnell gefahren.« Mit der Hand fährt er sich über das müde Gesicht und legt sie zur Faust geballt wieder neben sich.

Weil ich nicht weiß, was ich sagen oder tun soll, greife ich nach seiner Faust, löse die Finger und verflechte unsere Hände miteinander. Seine Augen bohren sich noch immer in meine, bis ich es nicht mehr aushalte, meinen Kopf drehe und die Stirn gegen seine Schulter presse.

»Was jetzt?« Das Ella mir eben eine ähnliche Frage gestellt hat, macht mein Herz nur noch schwerer. »Er war doch eben noch da. Er war doch immer schon da.«

Unfähig, ihm irgendeine Antwort geben zu können, drücke ich seine Hand noch fester und schweige. Ich suche nach Worten, aber finde keine. Noch heute finde ich keine, wenn ich an Pa denke, und das, obwohl ich drei Jahre Zeit dafür gehabt habe. Vielleicht sollte man sich damit abfinden, dass es keine Worte, geschweige denn eine Antwort, gibt. Wie soll man mit Worten einen Schmerz lindern, der so heftig ist, dass er mit keinem anderen Schmerz auch nur vergleichbar ist? Also schweige ich weiter, halte seine Hand noch ein bisschen fester, will ihm zeigen, dass ich da bin, dass ich zuhöre, wenn er reden will.

Im Lichtspiel und in dem Geklimper der Glassteine über uns, verliere ich jegliches Gefühl für Zeit und Raum. Irgendwann, ich weiß nicht, ob es nur nach zwanzig Minuten oder nach zwei Stunden ist, breche ich die Stille zwischen uns.

»Wenn du was brauchst, egal was, bin ich da.« Meine Stimme ist so leise, dass ich sie selbst kaum höre. Es ist das Einzige, was ich gerade tun kann, ihm versichern, dass ich nicht weggehen werden.

»Ich weiß nicht, warum, aber ich muss ständig an die Dinge denken, die mich immer an ihm aufgeregt haben«, flüstert er heiser, gefolgt von einem bitteren Lachen. »Das ist so bescheuert.«

»Überhaupt nicht«, erwidere ich, sehe ihn von der Seite an. »Ich war damals so wütend auf meinen Pa, dass er überhaupt zu diesem Einsatz gegangen ist, dass ich alles infrage gestellt habe, sogar ihn selbst. Das war einfacher, als zu trauern. Zumindest am Anfang.«

Meine Augen ruhen noch immer auf seinem Profil. »Wenn du mir davon erzählen willst, höre ich dir gerne zu«, füge ich hinzu, als er meinen Blick erwidert.

Erst schüttelt er den Kopf, als würde er die Gedanken als zu albern befinden, fängt dann aber doch leise an zu reden. »Es sind nur so kleine Sachen«, beginnt er, die Augen jetzt wieder an die Zimmerdecke gerichtet. »Er hat zum Beispiel immer erst das kochende Wasser in die Tasse geschüttet und dann seinen Teebeutel reingetan. Das Gleiche bei Milch und Cornflakes.« Auf einmal entweicht seiner Kehle ein raues, kurzes Lachen. »Ich meine, welcher Depp macht das? Oder er musste vor jedem Spiel seine Socken genau dreimal umkrempeln, weil er ansonsten nicht spielen konnte. Wenn er nervös oder aufgeregt war, hat er immer mit seiner Zunge geschnalzt, das hat mich so wahnsinnig gemacht.« Ich sehe die Tränen in seinen Augen brennen und versuche verzweifelt, die meinen zurückzuhalten. »Was ist, wenn ich das irgendwann mal vergessen sollte?«, raunt er in die einkehrende Dämmerung seines Zimmers.

»Die gleiche Angst hatte ich damals bei Pa auch«, erwidere

ich gedankenverloren, streiche mit dem Daumen über seinen Handrücken.

»Was hast du dagegen gemacht?«

Unbeholfen zucke ich mit den Schultern. »Ich habe mir vieles aufgeschrieben, jede Kleinigkeit, und als das auch nicht so ganz half, habe ich mir das Tattoo stechen lassen.«

Er legt seine warme Hand auf meinen Bauch, unterhalb des Herzens auf mein Tattoo, schwer und beruhigend zu gleich. Lange liegen wir still genauso da, ohne etwas zu sagen, ohne uns zu bewegen.

»Kannst du noch ein bisschen bleiben?« Bei seiner Frage zieht sich alles in mir zusammen.

»Alles was du brauchst.«

Ich gehe erst, als er mich darum bittet. Seine Eltern sind inzwischen nach Hause gekommen, haben mich tröstend umarmt, mir angeboten, bei ihnen zu übernachten oder wenigstens, mich nach Hause zu fahren, aber ich habe dankend abgelehnt. Ich brauche die Bewegung, um den Kopf frei zubekommen. Um Zeit zu schinden, um etwas zu tun.

Wieder sitze ich vor dem Sofa, den Kopf nach hinten auf das Polster gelehnt, und starre zur Decke. Unaufhörlich geistert mir Piets Geigenmusik im Ohr herum, genauso wie sein Lachen. Wie naiv ich war, wie konnte ich im Krankenhaus denken, er würde es schaffen, nur weil er ein talentierter Geigen- und Basketballspieler war, ein Stipendium hatte und eine Familie? Das spielt letztendlich überhaupt keine Rolle. Es ist völlig egal, was wer hat oder nicht hat, völlig egal, was man noch im Leben vorhat und was nicht, völlig egal, wie jung oder alt man ist. Es ist völlig egal, denn der Tod nimmt keine Rücksicht auf Materielles, Alter, Familie, Freunde, Liebe, Vorhaben, Talente oder gar Stipendien, und dieses Wissen macht mich unfassbar nüchtern. Manchmal, egal, wie sehr man es sich wünscht, gibt es einfach kein Zurück. Die Welt spaltet sich in ein Davor und ein Danach. Ab jetzt gibt es nur noch das Danach.

Kapitel 12

Erster April

Dieser Montag fühlt sie so ähnlich an wie der Montag, nachdem Pa gestorben ist, und gleichzeitig ganz anders.

Die Rede und die Schweigeminute in der Aula gehen wie in Trance an mir vorbei, genauso wie all die weinenden und tuschelnden Schüler. Ella und Nate sind nicht in der Schule, und ich frage mich, warum ich überhaupt gekommen bin. Charlie weiß bereits alles, sie hat mir gesagt, woher, ob durch Ella oder sogar die Medien, doch ich weiß es nicht mehr, ich höre kaum irgendwem zu. Ich bin nur erleichtert, dass ich es ihr nicht erklären musste. Gemeinsam sitzen wir nach der Veranstaltung in ihrem Auto und starren einfach nur vor uns hin. Der Parkplatz ist leer, da der Unterricht heute für alle Schüler ausfällt. Ich hätte einfach zu Hause bleiben sollen. Romy war weinend auf uns zugekommen, hatte uns umarmt, war dann aber schnell wieder zwischen den anderen Schülern verschwunden. Vermutlich zurück zu Keith und seiner Clique, was das Ganze nur noch unerträglicher machte. Sie hätte bei uns bleiben sollen. Wir hätten zusammenbleiben sollen.

Eine knappe Stunde später fährt Charlie kommentarlos vom Parkplatz zu Ella nach Hause. Nancy, die uns die Tür öffnet, sieht dabei genauso müde aus wie wir. Ella liegt zusammengerollt auf ihrem Bett und hebt nur kurz den Kopf, als wir zu ihr hereinkommen.

»Hey«, flüstert sie leise, während wir uns zu ihr legen. Charlie hebt ihren Kopf an, legt ihn sich auf den Oberschenkel und streicht über ihr Haar. Ich lege mich mit dem Kopf auf ihre Seite, rolle mich dabei genauso ein wie sie und lege die Decke über uns.

»Wie geht es dir?«, fragt Charlie sie leise.

»So wie es eben jemandem geht, der seinen besten Freund verloren hat.« Ella sagt es ganz sachlich, nicht beleidigt, nicht wütend, sondern resigniert. »Wart ihr in der Schule?«

Ich nicke. »Sie haben es allen in der Aula erzählt und eine Schweigeminute abgehalten.«

Ella schnaubt. »Was soll eine Schweigeminute überhaupt bringen?«

»Es soll eine gut gemeinte Geste sein, damit wir innehalten und gemeinsam an ihn denken«, erwidert Charlie leise und streicht über Ellas Kopf. »Manchen hilft es.«

»Mir nicht«, murmelt Ella so leise, dass ich sie kaum verstehe.

Mir auch nicht.

»Wie geht es Nate?«, fragt Charlie.

»Heute Morgen ist er auf einmal verschwunden, kam aber zwei Stunden später wieder und verbarrikadiert sich seitdem in seinem Zimmer.« Ella dreht sich auf den Rücken. »Ich wünschte, er würde mich nicht so ausschließen.« Ihre Stimme bricht, und ich muss nicht aufsehen, um zu wissen, dass ihre Tränen wieder laufen. Ich spüre das Beben ihres Körpers unter meinem Kopf, und beruhigend lege ich ihr einen Arm um die Taille, halte sie einfach nur fest.

»Ich muss die ganze Zeit an diesen verdammten Hut denken«, flüstere ich.

»Der war scheußlich«, schnieft Ella, doch dieses Mal entschlüpft ihr ein leises Lachen, das beinahe hysterisch klingt.

»Ich dachte, ich kippe um, als ich ihn am Fluss das erste Mal damit gesehen habe«, raunt Charlie mit unsicherem Lächeln auf den Lippen.

»Ich glaube, er würde sich sogar darüber freuen, dass wir jetzt an diesen bescheuerten Hut denken müssen.« Ella sieht uns aus riesigen roten Augen an.

»Oh ja, das würde ihm gefallen: auf ewig mit diesem Hut in unsere Gedächtnisse gebrannt.« Ich gebe ein Ton von mir, der zwischen Schniefen, Seufzen und Lachen liegt und Ella noch ein klitzekleines Schmunzeln entlockt, bevor sie wieder ernst wird.

»Ich bin so froh, euch zu haben«, flüstert sie, greift nach unseren Händen und drückt sie, wobei wir alle wieder still werden, die Tränen nicht zurückhalten.

Am Dienstag gehe ich nicht zur Schule. Mittwoch auch nicht. Erst Donnerstag wieder zusammen mit Charlie. Ella und Nate wollen die ganze Woche zu Hause bleiben.

Müde schlage ich nach Englisch meinen Spind zu und erschrecke, als auf einmal Mike vor mir steht. »Hey, Sue.« Er lächelt mich unsicher an. »Wie geht es dir?«

Wie ich diese Frage hasse. »Den Umständen entsprechend«, sage ich daher nur kurz angebunden.

»Das mit Piet tut mir leid, ich weiß, dass ihr befreundet wart.«

Ich nicke nur, hieve meine Tasche auf meine Schulter und gehe an ihm vorbei, aber er folgt mir dennoch. Mein Blick fällt auf das durchgestrichene blaue Plakat, das letzte Woche noch das Finalspiel angekündigt hat, welches jetzt allerdings abgesagt worden ist. Der Coach wollte vermutlich verhindern, dass das Team sich gezwungen fühlt zu spielen. »Ist wahrscheinlich besser so, dass das Spiel abgesagt worden ist«, meint Mike, der meinem Blick gefolgt ist.

»Kann sein«, murmele ich, nicht sicher, was ich darüber denken soll.

»Wir würden eh verlieren.« Ich hebe eine Augenbraue und wende mich zu Mike um.

»Geht's noch?«

Überrascht sieht er mich an. »So war da nicht ge-«

»Ist mir so egal, wie du das gemeint hast. Ob das Spiel stattfindet oder nicht, kann dir doch völlig egal sein, du spielst da schließlich nicht mit, stimmt's? Halt einfach den Mund und kümmere dich um deinen Roadtrip, und ganz ehrlich, das mit dem Kaffee kannst du auch vergessen«, fahre ich ihn blind vor Wut an. Überrumpelt hebt er beide Hände hoch, doch gerade, als er etwas erwidern will, fällt mein Blick hinter ihn, und ich höre seine Rechtfertigung überhaupt nicht mehr. Elf Jungs in blauen Hoodies kommen den Gang heruntergelaufen, angeführt von einem wütenden Nate. Seit wann ist er hier? Bei seinem Anblick schnappe ich nach Luft. Seit Sonntag habe ich ihn nicht mehr gesehen, weil er bei jedem Besuch bei Ella die Tür verschlossen hat. Seine Haare sind zerzaust und seine Augen sind dunkler, genauso wie die Ringe unter seinen Augen. Er sieht so aus, als wäre er gerade erst aufgestanden, und gleichzeitig so, als hätte er seit Monaten schon nicht mehr geschlafen. Ich vergrabe meine Hände in meinen Pullovertaschen, um mich selbst daran zu hindern, zu ihm zu rennen. Verwundert starre ich das Team an, genauso wie alle anderen auch, die die Gruppe dabei beobachten, wie sie die Tür des Büros vom Coach einfach aufreißen, ohne anzuklopfen.

»Mr. Price?«, höre ich die gedämpfte Stimme vom Coach verwundert sagen, der kurz darauf auf dem Gang erscheint. »Was machen Sie alle hier?«, fragt er verwirrt und mustert seine Mannschaft.

»Was soll das?«, erwidert Nate ungeachtet seiner Fragen und hält eines der durchgestrichenen Plakate hoch.

»Ich verstehe nicht, was Sie meinen.« Der Blick des Coaches wandert über den ganzen Trupp, zum Plakat und wieder zurück.

»Wer hat gesagt, dass wir Samstag nicht spielen werden?« Die Augen des Coaches werden riesig bei Nates wütender Frage. »Denn wir werden definitiv spielen.«

»Aber ich dachte, also ich dachte, dass wäre das Beste für Sie alle nach dem Unfall von Mr. Hall«, stammelt der Coach und nimmt Nate das Plakat aus der Hand.

»Bullshit«, meldet sich Antonin zu Wort, während der gesamte Gang die Luft anzuhalten scheint ... »Piet würde uns den Hals umdrehen, wenn wir nicht antreten.«

»Er hat so hart trainiert, er hat ein Stipendium bekommen und wollte diese Season unbedingt gewinnen. Auf keinen Fall werde ich zulassen, dass dieses Spiel abgesagt wird«, knurrt Nate.

»Aber –«

»Wir werden dieses verdammte Spiel spielen, Coach«, unterbricht ihn einer der Spieler ungehalten und sein Ton lässt keine Widerrede zu. Der Coach plustert seine Backen auf, sieht von einem Spieler zum anderen, die alle entschlossen nicken.

»O.k., ich werde mich darum kümmern.« Er strafft seine Schultern, und ich kann den Stolz auf seinem Gesicht sehen, aber auch die Tränen in seinen Augen. Nate nickt ihm zu, wechselt einen Blick mit Antonin und spricht dann leiser weiter: »Da wäre noch etwas.« Er bedeutet mit einem Nicken der Mannschaft zu gehen, die anscheinend sein Vorhaben kennt und zusammen den Gang weiterläuft. Jetzt stehen nur noch Nate, Antonin und der Coach vor dessen Büro.

»Kommen Sie mit«, sagt dieser, deutet auf sein Büro und die drei verschwinden hinter der Tür. Das Ausatmen aller Zuschauer, inklusive mir, geht wie eine Welle über uns. Und dann lösen sich alle Zuschauer dieses Spektakels in tuschelnde Grüppchen auf, und ich lasse Mike vor den Spinden stehen, damit ich Charlie suchen gehen kann. Das Finalspiel wird tatsächlich stattfinden. Für Piet.

Am Samstagmorgen ist die Halle so brechend voll wie noch nie. Jeder ist hier, absolut jeder. Charlie, Ella und ich stehen am Seitenrand, hinter der kleinen Absperrung, die als Vorsichtsmaßnahme wegen der ganzen Zuschauer gezogen worden ist, weil wir keinen Platz mehr auf der Tribüne bekommen haben, obwohl wir bereits eine Stunde vor Spielbeginn gekommen sind. Wir halten uns alle drei an den Händen. Eng beieinander stehen wir da und halten die Luft an, weil das Atmen hier drin so schwerfällt. Nicht wegen der verbrauchten Luft der vielen Menschen, sondern wegen dem bedrückenden Tuscheln und Raunen, dass die sonstige Feierstimmung abgelöst hat. Es ist, als würde sich keiner trauen, laut zu sein. Vielleicht liegt es daran oder an der Befürchtung, dass wir dieses Spiel ohne Piet verlieren werden, aber ganz sicher liegt es an dem neuen Wandbehang der Halle. Genau an der Mittellinie, gegenüber der Tribüne, hängt eingerahmt das Trikot von Piet und zieht alle Blicke auf sich.

Wahrscheinlich war es das gewesen, worüber Nate und Antonin mit dem Coach gesprochen haben. Irgendwie macht Piets Trikot das alles hier sowohl schwerer als auch gleichzeitig leichter. Es erinnert uns daran, dass er heute wirklich nicht mitspielen wird, dass dieses Trikot von niemandem mehr getragen wird. Gleichzeitig ist es aber auch ein Zeichen, dass er noch immer da ist, bei seiner Mannschaft. Er ist dort, wo er hingehört, wo er die meiste Zeit in seinem Leben verbracht hat, und wo er vorhatte, auch die meiste Zeit seines restlichen Lebens zu verbringen: in einer Basketballhalle.

Ella drückt meine Hand so fest, dass es beinahe wehtut, als das Team auf das Spielfeld läuft. Dieses Mal sind es Nate und Antonin, die die Mannschaft anführen. Nate sieht noch fertiger aus als am Donnerstag, wenn das überhaupt möglich ist. In meiner Kehle setzt sich ein Kloß fest, während sich das Team nur zu elft warm macht. Elf, nicht zwölf.

Bevor die fünf Spieler kurze Zeit später auf das Spielfeld treten, legt jeder von ihnen zwei Finger auf ihr Herz, während sie zu Piets Trikot nach oben sehen. Tränen brennen in meinen Augen und in denen aller Zuschauer.

»Am See hat er gesagt, dass wir immer gewinnen werden, wenn ich diesen Scheißhut aufhabe«, flüstert Ella auf einmal neben mir, wobei sie in ihrem Rucksack kramt und das türkise Ungetüm herauszieht. »Wenn er unrecht hatte, bringe ich ihn um.« Halb lächelnd, halb weinend setzt sie sich den Hut auf den Kopf.

Ich starre sie an, wische mir die Tränen aus den Augen und sehe, dass es Charlie neben mir genauso geht. Noch fester als zuvor halten wir uns an den Händen, als der Pfiff zum Spielbeginn über das Spielfeld hallt. Wie bei allen Spielen kann ich meinen Blick nicht von Nate nehmen, der mit einer Leichtigkeit spielt, obwohl nichts an dieser Situation leicht ist. Immer wieder ist der Spielstand gleich auf, dann wieder liegen wir drei Punkte in Führung, dann liegen wir wieder zurück; wie eine Welle am Strand geht der Punktestand hin und her. Die Zurückhaltung der Zuschauer ist mit dem Pfiff des Spielbeginnes verflogen, das Gebrüll, Getrampel und die Anfeuerungsrufe sind lauter als jemals zuvor und lassen die ganze Halle erbeben. Irgendwann zittern meine Beine selbst so sehr vor Aufregung, dass ich mich am liebsten setzen würde. Mein Herz rast, als würde ich selbst pausenlos vierzig Minuten über das Spielfeld rennen.

Im letzten Viertel, den letzten fünf Minuten, liegen wir vier Punkte zurück und Ella neben mir wird ganz ruhig. Mit zusammengepressten Lippen beobachtet sie jeden Pass, jeden Wurf und jedes Dribbeln, als könne sie den Ball allein mit ihren Gedanken lenken können. Ich glaube, sie atmet nicht einmal in dieser Zeit. Als Antonin in der achtunddreißigsten Spielminute einen Dreier wirft und trifft, hole ich zitternd Luft, während das ohrenbetäubende Jubeln losbricht. Charlie beißt auf ihren Finger, wirft mir einen kurzen Blick zu und dann zur Uhr. Ich will mir nicht vorstellen, verlieren zu müssen. Ich beiße mir so fest auf die Innenseite meiner Wange, dass mir die Tränen kommen.

Dreißig Sekunden vor Spielende passiert es. Colby passt zu Antonin, der an Nick weitergibt, um einen letzten Wurf zu erzielen. Daneben. Die Gegner haben den Ball, dribbeln zur Mittellinie, wo sie wieder von Colby abgepasst werden und Antonin einen Steel holen kann. Fünf Sekunden. Antonin passt zu Nate, der den Ball mit dem Schlusspfiff im Korb versenkt. Alle Augen in der Halle richten sich auf den Schiedsrichter, der mit zwei Fingern, die er nach unten schnellen lässt, den Korb als gezählt angibt. Eine einzige Millisekunde lang ist alles leise, bevor sie alle austicken.

Ella heult unter dem Hut Rotz und Wasser, während Charlie auf und ab hüpft, und ich, ich stehe einfach nur da. Wir haben gewonnen. Wir haben mit einem einzigen Punkt gewonnen. Meine angespannten Schultern sacken in sich zusammen, wobei ich erst mal nach Luft schnappen muss. Ich spüre die Tränen auf meiner Wange kaum, während alle Zuschauer in ihren blauen Klamotten auf das Spielfeld stürmen und unser Team hochheben, feiern und bejubeln. Nur für einen kurzen Moment erhasche ich einen Blick auf Nate, der völlig fertig auf den Korb starrt, bevor auch er in der Menschenmenge verschwindet. Von irgendwoher schallt laute Musik. Dieses Mal würde die Siegesparty nicht im Sally's stattfinden, sondern direkt hier in der Halle. Ella steht noch immer wie erstarrt neben mir, bewegt sich auch keinen einzigen Meter, als Antonin plötzlich auftaucht, mit langen Schritten auf sie zukommt, ihr den Hut vom Kopf zieht und seinen Mund auf ihren presst.

»Komm mit«, flüstere ich zu Charlie, bemühe mich um ein Grinsen und lasse die beiden allein.

»Lass uns da nach vorne gehen.« Charlie zeigt auf eine Ecke, in der nicht allzu viele Menschen sich tummeln. Ich nicke, will ihr gerade folgen, als ich Nate sehe.

»Bin gleich wieder da«, rufe ich ihr zu und laufe ihm nach. Er sieht mich nicht, als er sich umdreht und auf eine der Türen zu den Umkleideräumen zusteuert. Ich dränge mich an den Leuten vorbei, um ihn endlich nach fast einer Woche wieder richtig zu sehen.

Als ich die Tür erreiche, ist er schon längst hinter ihr verschwunden. Einmal durchatmend schließe ich die Tür hinter mir und stehe in dem kühlen Gang, in dem die Feiergeräusche nur gedämpft zu hören sind.

»Nate!« Bei seinem Namen bleibt er abrupt mit dem Rücken zu mir stehen. Ich laufe ihm hinterher, bleibe aber ebenfalls mit einem kleinen Abstand hinter ihm stehen. »Nate?«, frage ich vorsichtig, als er sich noch immer nicht umdreht. Sachte lege ich ihm eine Hand auf die verschwitzte Schulter, gehe um ihn herum, um in sein Gesicht sehen zu können.

Er sieht mich mit blassem Gesicht an. Sein Kiefer ist angespannt und seine Augen gerötet. Der Ausdruck in ihnen, sein Leid, bereitet mir körperliche Schmerzen. »Nate«, raune ich zum dritten Mal seinen Namen, wobei er die Augen schließt.

»Was ist?«, fragt er und sieht mich wieder an. »Wenn du mich jetzt fragen willst, wie es mir geht, dann geh besser.«

»Nein, das hatte ich nicht vor«, erwidere ich leise, hebe eine Hand und lege sie an seine Wange.

»Gut.« Er presst seine Zähne aufeinander, sieht unruhig zu mir und dann wieder hinter mich.

Unschlüssig, was ich sagen soll, sehe ich ihm in die geröteten Augen, die jetzt voller Tränen sind. Und dann umarme ich ihn, so fest ich kann. Erst erwidert er die Umarmung nicht, steht einfach nur so da mit hängenden Armen, bis er irgendwann einen Arm um meine Taille schlingt und die andere Hand auf meinen Hinterkopf legt. Nate krallt sich an mir fest, als hätte er Angst, gleich weggezogen zu werden. Ich halte ihn so lange, bis er mich irgendwann leicht von sich schiebt.

»Wie geht es dir?«, frage ich dann doch, als ich in die hellgrauen Augen sehe, die jetzt fast schwarz sind.

»Wie wohl?« Er zieht die Augenbrauen zusammen. »Ich will nicht darüber reden.«

»Das solltest du aber.« Ich muss schlucken, als sein Blick noch düsterer wird.

»Bitte halte mir keine Predigt. Nicht jetzt.« Er schnaubt. »Ich kann nicht darüber reden, es tut einfach zu sehr weh.«

»Nate, rede mit mir oder Ella oder irgendwem, aber du musst darüber sprechen!«, beharre ich weiter, wobei sein Blick kühl wird.

»Was geht dich das überhaupt an?« Wütend sieht er auf mich herab. Überrascht über die Frage, starre ich ihn an.

»Was mich das angeht?«, frage ich verdutzt, weil ich nicht glauben kann, dass er mich das gerade wirklich gefragt hat.

Seine Worte tun weh, mehr als sie eigentlich sollten. Mit offenem Mund starre ich ihn an, trete einen Schritt zurück.

»Widerspricht das nicht deinen beschissenen Regeln?« Bei seinen provozierenden Worten kneife ich die Augen zusammen.

»Wow.« Wut wallt in mir hoch wie heiße Lava. »Als die ganze Sache mit Gran anfing, hast du dich auch nicht um diese Regeln geschert. Du warst die ganze Zeit für mich da, hast dich gesorgt. Also wag es gar nicht, mich zu fragen, was mich das Ganze hier angehen würde. Du bist mir wichtig, also hör auf, dich wie ein Arsch zu verhalten. Ich will dir nur helfen!«

»Ich brauche deine Hilfe nicht!« Mit der Faust schlägt er so plötzlich neben uns gegen die Spinde, dass ich bei dem lauten Knall zusammenzucke. Und dann fällt es mir auf. Auf der Unterseite seines rechten Oberarms ist nicht mehr nur ein Tattoo. Genauso schnell, wie er gegen die Wand geschlagen hat, greife ich nach seinem Arm. Erst will er sich meinem Griff entziehen, aber dafür halte ich ihn jetzt mit beiden Händen fest, bis er nachgibt und den Arm dreht. Atemlos streiche ich mit dem Daumen über die *44*.

»Piets Trikotnummer«, hauche ich, als meine Finger auch über die *57* streichen, die spiegelverkehrt neben seiner eigenen Nummer steht. »Du hast dir seine Trikotnummer tätowieren lassen.«

Mit der freien Hand fährt er sich über die Augen, ehe er mich ansieht.

»Er war mein bester Freund, seitdem ich denken kann.« Seine Stimme ist brüchig, leise und verzweifelt.

Wieder steigen die Tränen in mir auf.

»Er fehlt mir«, flüstert er leise, während er wie im Krankenhaus nach meinem Handgelenk greift. Ich erwarte, dass er sich mir wieder entziehen will, doch dieses Mal hält er meine Hand weiterhin fest, spielt gedankenverloren mit meinen Fingern.

»Sie bieten mir sein Stipendium für Stanford an.«

Ich schlucke bei seinen Worten, und dann überkommt mich eine Panik, die nichts mit Piets Unfall oder dem Spiel heute zu tun hat. Die Angst schleicht sich so schnell in meine Glieder, dass ich mich unwillkürlich frage, ob sie nicht schon viel länger in meinem Körper sitzt.

Ich muss mich räuspern, bevor ich auch nur ein Wort herausbringen kann. Meine Stimme ist heiser, kaum lauter als ein Flüstern.

Er sieht mich lange an. »Ich halte es nicht aus hierzubleiben. Ich halte es kaum aus, in dieser Halle zu stehen. Ich halte es kaum aus, überhaupt zu stehen.« Tränen bilden sich in seinen Augen. »Er fehlt mir so sehr und ich kann nicht –« Seine Stimme bricht. »Ich kann einfach nicht.« Am liebsten würde ich es ihm ausreden, ihm sagen, dass wir doch alle hier sind, für ihn da sind. Ich hier bin. Doch stattdessen kommen ganz andere Worte aus meinem Mund. »Du musst wissen, was am besten für dich ist, und wenn es das ist, was du gerade brauchst, dann –« Ich muss schlucken, mache eine vage Handbewegung, um den Satz nicht ganz aussprechen zu müssen. Hilflos öffne ich meinen Mund, will am liebsten sagen, dass er hierbleiben soll, doch wieder stelle ich eine ganz andere Frage.

»W-was ist mit deinen Plänen?« Jedes Wort kommt mir so schwer über die Lippen. Wie konnten wir so oft über die Zukunft geredet haben, aber jetzt, wo sie unweigerlich bevorstand, fühle ich nur Angst.

Er zuckt mutlos mit den Schultern. »Keine Ahnung.«

»Was ist mit England? Du wolltest doch immer zurück nach England nach der Highschool?« Ich weiß nicht, warum ich so darauf poche, doch Pläne sind das, was mich momentan in der Bahn hält, inmitten all diesem Chaos.

Stirnrunzelnd betrachtet er mich. »Mann, Sue, keine Ahnung. Pläne kann man auch verwerfen und du –«

Unsere Blicken begegnen sich. »Was?« Verwirrt sehe ich ihn an. *Was ich?*

»Vielleicht solltest du auch mal deine Pläne überdenken.«

Das ist alles. Mehr sagt er nicht und ich fühle mich wie vor den Kopf geschlagen.

»Was meinst du?«

»Du verknüpfst deine ganze Zukunft mit der Vergangenheit von deinem Pa. Vielleicht solltest du das mal überdenken.«

Ich starre ihn an und bringe kein Wort heraus. Dann öffne ich den Mund, um etwas zu sagen, doch ich finde die Worte nicht.

Seine Gesichtszüge werden weicher. »Wenn Medizin das ist, was du willst, vielleicht solltest du dann herausfinden, welche Uni *dir* am besten gefällt, anstatt blind deinem Pa nachzueifern.«

Er sagt die Worte, die so vieles auf einmal ins Wanken bringen, so leise, so überlegt, dass ich die Wut in mir verpuffen spüre.

Langsam schüttele ich den Kopf, um wieder Klarheit in das Ganze zu bringen. Hier geht es nicht um *mich*.

»Hier geht es nicht um mich«, sage ich dann laut, was Nate mit einem genervten Stöhnen quittiert. Wieder schüttele ich den Kopf, sehe ihm fest in die Augen, um da anzuknüpfen, wo dieses Gespräch eigentlich hätte bleiben sollen. »Wenn dir England doch nicht mehr so wichtig ist, dann ergreif die Chance. Dann geh nach Stanford.« Ich sehe ihm in die Augen. »Wie du gesagt hast, Pläne können auch verworfen werden«, setze ich zum Trotz nach, entschiedener als nötig.

Er sieht mich lange schweigend an. Wieder spüre ich die Wut, die Verzweiflung, in Wellen kommen und gehen.

»Wenn du jetzt spazieren gehen könntest, einfach loslaufen könntest, ganz egal, wohin, wohin würdest du dann gehen?«, frage ich leise in die Stille zwischen uns und erinnere ihn an sein Gefühl von Freiheit, die er immer wieder in England spürte. Er sieht mir lange in die Augen, bis er auf einmal nickt.

»Ich muss jetzt los«, antwortet er nur.

Ich halte ihn nicht auf, als er mit langen Schritten durch den Flur davongeht.

Als die Haustür hinter mir zuschlägt und ich allein bin, breche ich zusammen. Das Spiel, die ganze Aufregung, Piets Erinnerung, das Tattoo, Nate und das Stipendium haben alle Kraft aus mir herausgezogen. Heulend sitze ich mit angezogenen Beinen im Hausflur. Ich drücke mir die Hand gegen den Mund, um kein Geräusch von mir zu geben, presse die andere Hand auf meine Brust, weil es so verdammt wehtut. Ich kann weder atmen noch schreien. Ich bin gefangen in meinen eigenen Gefühlen, meinem eigenen Körper. Stunden sitze ich so da. Kraftlos, unbeweglich und starr.

Das Knurren meines Magens weckt mich aus diesem ewigen Dämmerzustand. Wann habe ich zuletzt etwas gegessen? Seufzend hieve ich mich mit verquollen Augen hoch, als es an der Tür klopft. Instinktiv hoffe ich, dass es Nate ist, aber als ich die Tür öffne und in Romys Gesicht starre, wünsche ich mir niemand anderen herbei. Ihre Augen sind genauso rot und geschwollen wie meine, und mit einem Mal ist der Abstand, der sich zwischen uns mit jedem Tag weiter ausgebreitet hat, völlig irrelevant, denn sie ist jetzt hier. Schluchzend wirft sie ihre Arme um mich, als ich die meinen ausbreite.

»Es tut mir so leid, es tut mir so, so leid«, flüstert sie immer und immer wieder, während ich ihren Rücken streichle.

»Es ist alles gut«, sage ich fest, denn es stimmt. Keith ist mir jetzt gerade völlig egal.

»Es tut mir so leid«, erwidert sie trotzdem und drückt meine Hand fest. »Ich weiß nicht, wie ich die ganzen Wochen wiedergutmachen soll.«

»Du bist jetzt hier, das reicht.« Wieder klammere ich mich an sie, und die Tränen nehmen ihren Lauf, ohne zu versiegen, denn ich muss ihr so viel erzählen. Romy spürt, dass es nicht nur um Piet oder unseren Streit geht.

»Hey, Sue, was ist los?«

Ich schüttele mit dem Kopf, ziehe sie mit mir, bis wir in meinem Bett unter der Decke liegen und sie über unsere Köpfe ziehen.

»Erzähl es mir«, flüstert sie.

Vergraben unter meiner Bettdecke liegen wir Gesicht an Gesicht, so nah, dass wir die gleiche Luft atmen, so nah, dass wir nur flüstern, so leise, als könne die ganze Welt uns hören. Und dann fließen die Worte, ungeachtet der letzten Wochen, ungeachtet der vielen Momente, in denen wir uns aus dem Weg gingen. Und ich erzähle ihr alles.

»Die Zeit vergeht auf einmal so schnell. Ich meine, kannst du glauben, dass das Herbstfest schon sechs ganze Monate her ist? Wo ist die Zeit geblieben?« Romy nickt zustimmend.

»Und jetzt –« Ich muss schlucken, ehe ich weiterreden kann. »Und jetzt spricht Nate vom Weggehen und es ist so real. Als würde die Zukunft, die ich mir die ganze Zeit ausgemalt habe, plötzlich an die Tür klopfen und ich bin überhaupt noch nicht bereit.« Unter der Decke greife ich nach ihrer Hand. »Ich fühle mich so hilflos und stelle alles infrage.«

»Ich verstehe dich«, murmelt Romy leise. »Geht mir genauso.«

Einige Minuten liegen wir still da. »Kannst du glauben, dass er wirklich tot ist?«

Langsam schüttele ich den Kopf, und obwohl ich dachte, dass meine Tränen versiegt sind, spüre ich sie jetzt wieder in meinen Augen brennen.

»Alles ist kaputt.« Ich rede so leise, dass ich meine eigene Stimme kaum vernehmen kann. »Piet ist weg, Nate geht weg, ich bin bald weg, du ziehst weg, Charlie will weg, Ella geht. Was bleibt da noch übrig?«

»Wir sind ja nicht aus der Welt«, flüstert sie, versucht, uns beide damit aufzumuntern.

»Ich fühle mich so, als würden wir uns bald verlieren.«

Sachte schüttelt Romy neben mir den Kopf. »Hey, das wird nicht passieren, o.k.?«

Unsicher, ob ich dem Glauben schenken kann, sage ich nichts.

»Bereust du es?« Ihre Frage ist vage, und dennoch weiß ich sofort, worauf sie anspielt.

Während mein Kopf laut *Ja* ruft, weil es das so viel einfacher machen würde. Ohne Nate, ohne diesen Deal, wäre ich ihm nie so nahe gekommen, hätte damit auch Ella und Piet nie auf die Art kennengelernt. *Piet.* Ich wäre vor einer Woche ahnungslos in die Schule gelaufen, hätte dort erfahren, dass Piet einen schweren Unfall hatte, den er nicht überlebte. Seinen Namen hätte ich gekannt, aber nicht die Feinheiten seines Gesichts, nicht den Laut seines Lachens. Hätte nichts davon erahnen können, wie sein Mundwinkel nach oben zuckt, wenn er Geige spielt. Wäre niemals in den Genuss seiner Freundschaft gekommen, die einen wärmte und umarmte wie Sonne an Regentagen, die einen tröstete, wie nur die schönsten Melodien es können. Nicht eine Ahnung hätte ich davon gehabt. Und auch wenn mein Kopf *Ja* schreit, spüre ich den Widerwillen in meinem gesamten Körper, in jedem Knochen, jeder Sehne, jedem Gelenk, jeder Arterie. Und nicht nur Piet ist es, an den ich jetzt denke, natürlich nicht. Denn auch Ellas Freundschaft würde ich nicht missen wollen. Und Nate.

»Nein, es ist nur –« Meine Stimme bricht. »Ich hätte nicht gedacht, wie viel sechs Monate ausrichten können.«

»Was ist da zwischen euch?«

Fraglich. »Keine Ahnung.« Ausdruckslos schaue ich an die Decke, sehe Nates Gesicht vor mir, wie er von dem Stipendium, vom Weggehen, redete. Spüre, wie still auf einmal alles in mir geworden ist, wie starr sich meine Glieder anfühlen, während mir mein Puls in den Ohren pocht und mein Brustkorb eng wird. »Ich hatte solche Angst, als er von Stanford erzählt hat. Das hat sich immer entfernt angefühlt und da war es plötzlich so real. Dabei ist Stanford nicht einmal so weit weg wie England.« Mühselig versuche ich, ein bitteres Lächeln zustande zu bekommen. »Das ist alles so bescheuert.«

»Und was fühlst du?«

Stirnrunzelnd betrachte ich meine beste Freundin. »Wenn ich nur daran denke, dass wir bald beide hier weggehen und ich ihn nicht mehr sehen kann, dann habe ich das Gefühl, als würde man mir einen Stecker ziehen. Als hätte ich keine Energie mehr.« Die Worte kommen unbedacht aus meinem Mund, doch als ich sie auf meiner Zunge schmecke, spüre ich die bittersüße Wahrheit darin. Und selbst jetzt noch tue ich so, als würde ich nicht ständig an ihn denken müssen. Gebe vor, ich würde nichts bereuen, obwohl ich eine winzige Sache sehr wohl bereue. Ein winzige Sache, nicht größer als ein einziges Wort, zwei Buchstaben, eine Silbe und keine Möglichkeit, es falsch zu verstehen. Damals im Auto, als er mich vom Fluss nach Hause fuhr und mich fragte, ob ich mit ihm ausgehen will. Ich hätte einfach *Ja* sagen sollen.

»Redest du mit ihm darüber?«

»Würde es dann etwas ändern? Er geht nach Stanford oder nach England und ich habe bald meine Interviews und will an die Uni. Wir sind ja nicht einmal zusammen, wie sollen wir dann auf einmal eine Fernbeziehung führen?«

Kritisch sieht sie mir in die Augen. »Ihr solltet darüber reden, vielleicht fragt er sich das Gleiche, und wer weiß, vielleicht findet ihr eine Lösung?« Abwägend sehe ich meiner besten Freundin in die Augen. »Ja, vielleicht.« *Vielleicht.* »Was ist mit dir? Wie läuft es bei dir und Keith?«

Romys Wangen färben sich rot. »Wir sind nicht mehr zusammen.«

Mein Mund formt ein überraschtes *Oh*. »Was ist passiert? Ist etwas passiert?«

»Nach dem Streit mit euch im Sally's habe ich mich danach auch noch mit Keith ziemlich gezofft.« Sie holt tief Luft. »Ich glaube, ich war einfach mehr in die Erinnerung von ihm verliebt als in ihn selbst, wenn das Sinn ergibt. Und das wollte ich mir selbst nicht eingestehen.«

»Aber das ist ja ... Warum hast du uns nichts gesagt?« Verblüfft rechne ich die Tage seitdem im Kopf nach, während Romy die Augen niederschlägt.

»Ich wollte das irgendwie erst mal selbst für mich ordnen und dann ist –«, sie bricht ab, aber ich weiß, was sie sagen wollte. *Dann ist der Unfall passiert.* »Außerdem hat mir Luc nach der Schule letzte Woche ziemlich den Kopf gerade gerückt.«

»Luc?«

»Ja.« Wieder zuckt sie mit den Schultern. »Er hat zwar auch

nur das gesagt, was ihr die ganze Zeit schon versucht habt, mir klarzumachen, aber bei ihm hat's irgendwie *Klick* gemacht. Vielleicht, weil ich es von ihm nicht erwartet hatte.«

»Na ja, er ist halt auch seit der Mittelstufe in dich verliebt und hat das damals mit Keith mitbekommen.«

Zustimmend nickt sie. »Mag sein. Jedenfalls hat er mich in meiner Entscheidung noch mal bestätigt, und es tat einfach gut, mit ihm mal über all das zu reden. Keine Ahnung, warum gerade mit ihm.« Schmunzelnd beobachte ich das kleine Lächeln auf ihrem Gesicht.

»Und jetzt?«

»Mal schauen. Erst mal muss ich herausfinden, was und wer ich bin, mir selbst ein bisschen Zeit dafür nehmen und dann mal sehen. In letzter Zeit habe ich vieles aufgeschrieben, was mich beschäftigt hat. Das habe ich von dir gelernt.« Sie wirft mir ein Zwinkern zu. »Und überraschender Weise hat mir das nicht nur geholfen, sondern echt Spaß gemacht. Mittlerweile schreibe ich über alles Mögliche.«

»Ist das dein Thema des Monats?« Grinsend zwicke ich ihr in die Seite.

Nachdenklich richten sich ihre Augen Richtung Zimmerdecke. »Ganz ehrlich, ich glaube, dieses Mal ist es mehr als nur das.«

Kapitel 13

Am selben Tag

Noch am gleichen Abend steht auf einmal Charlie vor meiner Tür. Als sie Romy hinter mir im Flur stehen sieht, ist sie entweder nicht überrascht, oder sie lässt es sich nicht anmerken.

»Komm rein«, sage ich, schiebe die Tür weiter auf, aber sie schüttelt nur den Kopf und deutet hinter sich.

»Nein, kommt mit.« Erst jetzt bemerke ich den dunklen Jeep, der in meiner Auffahrt steht. Verblüfft sehe ich Charlie an.

»Was ist hier los?«, fragt Romy hinter mir und sieht den schwarzen Jeep ebenfalls an.

»Steigt einfach ein.« Sie lächelt uns zu, bevor sie sich umdreht und zu dem Auto läuft. Romy und ich wechseln einen kurzen Blick, ziehen unsere Schuhe und Jacken an und folgen ihr.

»Hi«, begrüßt uns Ella vom Beifahrersitz und lächelt. Ihre Haare sind locker zusammengeknotet, und der Jogginganzug ist viel zu groß, aber das erste Mal sieht sie an diesem Abend besser aus als in der ganzen letzten Woche. Dafür sehen Romy und ich doppelt so kaputt aus, nachdem wir alle Dinge tausendmal besprochen, hin und her gewendet und so viel geweint haben, wie schon lange nicht mehr. Aber keiner sagt etwas. Nate weicht meinem Blick im Rückspiegel aus und gibt nur ein kurzes »Hey« von sich.

»Wohin fahren wir?«, frage ich die drei, die uns abgeholt haben, aber keiner antwortet. Also lehne ich mich im Sitz zurück, sehe Charlie kurz an und lass es auf mich zukommen. Lasse alles einfach mal auf mich zukommen.

Das Atmen fällt mir schwer, als wir auf das Feld zum Fluss einbiegen und parken.

Wortlos steigen wir aus, während Nate mit Charlie zum Kofferraum geht und beide etwas daraus hervorholen. Fragend tauschen Romy und ich einen Blick, doch keine sagt etwas. Wortlos laufen wir den Weg hinunter zum Strand.

»Ich –« Charlies Stimme bricht. Dann holt sie tief Luft, schielt zu Nate hinüber und beginnt dann noch einmal. »Also das ist mein Kunstprojekt, das ich über die letzten Wochen gemacht habe.« Ein schmales Lächeln breitet sich auf ihrem Gesicht aus, Tränen treten in ihre Augen. »Jetzt ist der richtige Zeitpunkt, um es euch zu zeigen, auch wenn ich es mir unter anderen Umständen gewünscht hätte«, fügt sie leiser hinzu.

»Wir dachten, es würde uns allen vielleicht helfen.« Nate wechselt einen Blick mit Charlie, dann drücken sie uns allen jeweils eins der bunten Dinger in die Hand. Unschlüssig sehe ich sie an.

»Ihr müsst sie auseinanderfalten.« Charlie hält ihres hoch, faltet es auseinander. Was eben noch ein buntes Knäul war, ist jetzt eine Himmelslaterne. Ihre ist hellorange mit goldenen Sprenkeln. Aufmunternd schaut sie in die Runde.

»Ich habe für alle eine gemacht.« Fast schon verlegen betrachtet sie die ihre. »Die Farben sind nicht wahllos, ich habe für jeden die Farbe gewählt, in der ich euch irgendwie sehe.« Sie zuckt mit den Schultern, als wäre das nichts Besonderes.

Ich presse die Lippen aufeinander, um nicht gleich wieder weinen zu müssen.

»Ihr denkt an Piet, an eine Erinnerung, die euch glücklich gemacht hat, über die ihr lachen musstet, oder an Dinge, die ihr ihm noch sagen wollt.« Nate räuspert sich, als er in die kleine Runde blickt. »Und dann lässt ihr sie einfach fliegen.«

Bei seinen Worten fällt mir das Atmen schwer. Er kramt ein Feuerzeug aus seiner Hosentasche und hält es unschlüssig in die Höhe.

Ella nimmt ihm das Feuerzeug aus der Hand, hält die Laterne, die in verschiedenen hellblauen Tönen funkelt, hoch und zögert einen Moment. »Als ich fünf war, wollte ich unbedingt Piet auch als meinen Bruder haben.« Sie wischt sich mit der Hand über das grinsende Gesicht. »Deswegen habe ich mir die eine Hälfte des Gesichtes braun angemalt, damit jeder es sehen kann. Er hat so laut gelacht, mir die Farbe wieder vom Gesicht gewaschen und gesagt, dass wir uns nicht ähnlich sehen müssen, um Geschwister zu sein. Er würde es wissen, es fühlen und das wäre mehr wert.« Ihre Stimme bricht. »Ich weiß wirklich nicht, wie er mit fast sechs Jahren schon so weise sein konnte.«

Ich höre Nate leise Lachen und Ella wirft ihm ein Grinsen unter den Tränen zu. »Damals habe ich es nicht kapiert und mir die Farbe trotzdem wieder ins Gesicht geschmiert. Aber jetzt will ich ihm sagen, dass ich es sehr wohl verstanden habe und dass das Black Facing absolut dämlich war.« Damit zündet sie die Laterne an, lässt sie los, damit sie in den Himmel fliegen kann. Sie reicht das Feuerzeug an Charlie weiter, die die Laterne noch immer vor sich hält.

»I like the night. Without the dark, we would never see the stars.« Damit zündet sie die Laterne an und lässt sie los. »Wahrscheinlich hätte er jetzt die Augen verdreht.«

»Gut möglich«, murmelt Ella, und ich höre das kleine, unsichere Kichern, das ich so gerne mag und in den letzten Tage so gut wie gar nicht mehr gehört habe.

Romy nimmt das Feuerzeug entgegen, starrt ihre feuerrote Laterne an, als wäre sie nicht sicher, was sie sagen soll, ob sie überhaupt etwas sagen soll. »Er hat mit mir über Keith gesprochen«, flüstert sie auf einmal. Überrascht blinzele ich sie an. »Noch lange. nachdem wir aufgehört haben, etwas zu unternehmen, hat er immer wieder versucht, mich dazu zu bringen, euch anzurufen, auf euch zuzugehen.« Sie wischt sich die Tränen weg. »Er hat mich so sehr genervt, aber jetzt … Ich hatte keine Zeit mehr, mich bei ihm dafür zu bedanken.«

Jetzt liegt das Feuerzeug schwer in meiner Hand, mein Kopf ist wie leer gefegt.

»Kennt ihr dieses Gefühl, wenn euer Bauch so warm ist und ihr euch wie ein Kind an Weihnachten fühlt? Irgendwie habe ich mich immer so gefühlt, wenn er da war«, murmele ich leise vor mich hin. »Er hat immer gemerkt, wenn irgendwas nicht stimmte, und dann hat sich jedes Problem lösbar angefühlt und als wäre alles nur halb so schlimm. Ich vermisse ihn. Ich dachte, wir hätten noch Zeit. Immer war er für mich und für Romy da, aber ich habe ihn nie gefragt, wie es ihm geht.« Betroffen verstumme ich, schaue auf meine Laterne hinunter und weiß auf einmal nicht mehr, was ich damit tun soll. »Tut mir leid«, flüstere ich so leise, dass nur er mich hören kann, und zünde die Laterne an und halte noch einmal inne. »Und für meine Gran.« Ich lasse die Laterne fliegen, sehe ihr nach, wie sie den anderen drei Laternen hinterherfliegt.

Nate ist der Einzige, der nichts sagt, sondern einfach seine Laterne in den Himmel schickt. Auch wenn er nichts sagt, wissen wir alle, dass er tausend Gedanken und Erinnerungen mit ihr schickt. Fast kann ich fühlen, wie Piet sich wie an Silvester hinter mich stellt, die Ellenbogen auf meinen Schultern, der Kopf auf seine gefalteten Hände gelegt, und den Laternen mit uns gemeinsam hinterhersieht.

»Danke«, flüstere ich, richte mich damit aber an Charlie und Nate. »Danke für die Idee.« Charlie und er erwidern nichts, Nate greift nur nach meiner Hand und verflechtet unsere Finger miteinander.

Lange stehen wir so da, selbst, als wir alle anfangen zu bibbern und die Laternen schon längst im Nachthimmel verschwunden sind. Ella ist die Erste, die zurück zum Wagen geht, gefolgt von Charlie und Romy, die mir einen kurzen unsicheren Blick zuwirft.

Ich will ihnen folgen, werde jedoch von Nate zurückgehalten.

»Warte noch eine Minute.« Er dreht sich zu mir. »Tut mir leid wegen vorhin.«

Ich schüttele nur den Kopf. »Dir braucht das nicht leidtun, es ist schon gut. Mir tut es leid.«

»Nein, das ist es nicht. Es tut mir leid, wie ich dich behandelt habe.« Er holt tief Luft, bevor er weiterredet. »Ich werde das Stipendium annehmen.«

»Ich freu mich für dich«, flüstere ich leise, denn das tue ich wirklich, ich freu mich so sehr für ihn, aber gleichzeitig zerreißt es mich. »Du hast es verdient.«

Er zieht seine Mundwinkel zu einem kleinen Lächeln, das allerdings ziemlich gequält aussieht. »Ich werde nächste Woche schon nach Stanford fahren.«

Bei diesen Worten starre ich ihn an. »Nächste Woche?«, presse ich heraus, während tausend Gedanken in meinem Kopf herumwirbeln.

»Sie wollen ein paar Probetrainings machen, bei denen ich dabei sein soll. Sie haben mir angeboten, dass ich meinen Highschool-Abschluss von dort aus beenden könnte. Ich habe nicht so gute Noten wie Piet und sie haben mir geraten, an einem der Förderkurse teilzunehmen, die vor dem Studienstart dort zeitgleich angeboten werden.« Zitternd hole ich Luft, bemüht, diese neue Information zu verarbeiten.

»Deinen Abschluss dort machen? Wann kommst du zurück?« Er antwortet nicht, aber bei seinem Gesichtsausdruck brauche ich auch keine Antwort mehr. Der Boden rutscht unter meinen Füßen weg, während ich einfach nur dastehen kann.

»Du hast nicht vor wiederzukommen«, flüstere ich und diese Erkenntnis schmerzt.

Nate presst seine Kiefer aufeinander, schüttelt stumm den Kopf. Erst als er meine Träne mit dem Daumen wegwischt, wird mir klar, dass ich angefangen habe zu weinen.

»Das ... das ist toll«, stammele ich, weil ich nicht weiß,

was ich sonst sagen soll. Da bin ich, das naive Mädchen, das dachte, dass es alles durchdacht hat, das sich so schlau vorkam, diese Regeln aufzustellen, das sich des Risikos bewusst war, aber eigentlich überhaupt keine Ahnung hat. Da bin ich – die, die sich so oft gewünscht hat, dass die Zeit in verschiedenen Momenten anhält, damit wir in dem Gefühl einfach weiterleben könnten, ohne auch nur einmal darüber nachzudenken, was das Leben eigentlich bedeutet.

»Ich werde dich vermissen«, raune ich so leise, dass ich die Worte durch das Rauschen in meinen Ohren selbst kaum verstehen kann. Nate nimmt mein Gesicht in seine Hände, streicht mit dem Daumen über mein Kinn, meinen Mundwinkel, meine Wange, bis er sich vorlehnt und seine Lippen auf meine Stirn presst.

»Du hast keine Ahnung, wie sehr du mir fehlen wirst«, murmelt er an meiner Stirn, bevor er sich von mir löst und den anderen zum Wagen folgt. Zitternd atme ich ein, lege meinen Kopf in den Nacken, um die Tränen zurückzuhalten, bevor ich meinen Freunden folge.

Ich dusche lange; heiß, kalt, heiß, dann wieder kalt; wasche zweimal meine Haare und schäume mich dreimal mit Duschgel ein. Mit dem Handtuch um den Kopf gewickelt setze ich mich auf den Badewannenrand und starre auf die Fliesen vor mir. Dann blicke ich in den Spiegel, aus dem ein gerötetes Gesicht mit schmalen Augen zurück starrt. Ich brauche zwei Anläufe, meine Mascara aufzutragen, weil meine Hand so sehr zittert. Meine Haare föhne ich zwanzig Minuten, bis sie wirklich trocken sind und mir glatt über die Schultern fallen. Zwei der schwarzen dünnen Strumpfhosen zerreiße ich, weil ich viel zu hastige Bewegungen mache. Das schwarze Kleid, das an einem Bügel an meiner Tür hängt, jagt mir eine Scheißangst ein, bis ich es endlich abnehme und es mir über den Kopf ziehe.

Obwohl ich mir so viel Zeit gelassen habe, habe ich noch immer eine Stunde, bis Romy und Charlie mich abholen. Ich laufe in Grans altes Schlafzimmer, ziehe eine der kleinen Reisetaschen aus dem Schrank und fülle sie mit frischen Pullovern, einfach nur, um etwas zu tun zu haben. Danach stehe ich unschlüssig vor dem riesigen Bücherregal im Wohnzimmer, ziehe eines der Bücher heraus, lege es wieder zurück, hole ein anderes und lege es wieder zurück.

Nach weiteren zehn Minuten hole ich einfach wahllos welche heraus, lege sie in die Tasche mit den Pullovern und schließe den Reißverschluss. Dann muss ich daran denken, wie ich damals in dem Anatomiebuch den gelben kleinen Zettel gefunden habe. Wieder öffne ich die Tasche mit den Büchern, nehme sie heraus und krame die gelben Zettel aus der Schublade daneben. *Mein Lieblingsbuch. Daraus hat Roman Sue immer vorgelesen. Sue liebt dieses Buch. Ich liebe dieses Buch.* Ich klebe die Zettel auf die jeweils ersten Seite, lege die Bücher zurück in die Tasche und ziehe abermals den Reißverschluss wieder zu.

Rein aus Gewohnheit schmeiße ich die Kaffeemaschine in der Küche an, die ihr vertrautes Rattern von sich gibt. Seit einer Woche, seit dem Krankenhaus, habe ich keinen mehr getrunken, und auch jetzt sehe ich einfach nur in die schwarze Brühe, in der sich mein Gesicht spiegelt. Dann schütte ich den Kaffee in die Spüle, schalte die Maschine wieder aus und setze mich auf die Fensterbank, um dort auf meine zwei Freundinnen zu warten.

Obwohl sich jede Minute in die Länge zieht, jedes weitere Ticken der Uhr Stunden benötigt, steht der silberne Schrotthaufen viel zu schnell in meiner Einfahrt. Ich schmeiße die Tasche in den Kofferraum, steige auf den Beifahrersitz, weil Charlie auf der Rückbank hockt, und sehe meine besten Freundinnen an.

»Also dann«, flüstert Romy, startet den Motor und wendet.

So viele Menschen. So viele Leute, die in schwarzen Anzügen und schwarzen Kleidern ihr Mitgefühl ausdrücken. Die Kirche ist voll, voller als bei jedem einzelnen Gottesdienst. Als Erstes entdeckt Charlie Ella, die in der zweiten Reihe sitzt und uns zu sich winkt. Wir schieben uns zu den frei gehaltenen Plätzen. Phil umarmt mich, während Nancy Piets Mom im Arm hält und uns traurig lächelnd zunickt. Ella gibt mir zu verstehen, dass ich mich zwischen sie und Nate setzen soll.

»Vielleicht hilft es ihm«, murmelt sie so leise in mein Ohr, dass nur ich sie verstehen kann.

Ich nicke, nicht sicher, ob sie damit recht hat, denn Nate sieht mich nur kurz an, bevor er seinen Blick wieder nach vorne richtet. Er ist blass, wodurch die schwarzen Haare einen noch härteren Kontrast bilden, und ich bin mir sicher, dass er seit gestern Abend, seit letzten Sonntag schon, kein Auge mehr zugemacht hat. Es ist still in der kleinen Kirche und nur leises Schniefen kommt von hier, mal von dort an mein Ohr. Ich selbst weine nicht, genauso wie Ella, Nate, Charlie und Romy. Es kommt mir so vor, als hätte ich die letzte Woche alle meinen Tränen ausgeweint. Es kommt mir so vor, als wäre diese Beerdigung für uns fünf nur eine Art formelle Veranstaltung, weil wir schon gestern Abend Abschied genommen haben. Ich vermeide jeden Blick zu Theo, denn der Anblick des kleinen Jungen, der Piet so verdammt ähnlich sieht, würde mir das Herz brechen. Stattdessen ruhen meine Augen weiterhin auf Nate.

Seine Augen sind gerötet von den nicht geweinten Tränen und den schlaflosen Nächten. Sein Kopf ruht auf seinen gefalteten Händen, die er auf seinen Beinen abstützt, als könne er durch die Last des Verlustes nicht mehr aufrecht sitzen. Auch als der Pfarrer hinter den Altar tritt, den Trauergottesdienst abhält, blickt er nicht einmal auf. Ich nehme die Worte des Pfarrers kaum wahr, weil ich mich einfach nicht konzentrieren kann, zu viel schwirrt in meinen Kopf umher, und gleichzeitig ist da auch nur eine rauschende Stille.

Als aber die Musik zum Abschluss leise ertönt, bringt es mich fast um. Bereits der erste Ton trifft mich mit voller Wucht. Ich habe ein gutes Gehör, ein besseres, als die meisten Menschen je haben werden, trainiert durch das Spiel mit meiner Gran, und daher erkenne ich das Stück ohne Zweifel wieder: Mozarts *Andante*. Nicht nur das Stück, sondern das genaue Duett von Piano und Geige.

Das erstickte Keuchen, das sich aus meiner Kehle quält, hindert mich am Luftholen und die Musik am Denken. Obwohl einer der Musikanten auf dieser Aufnahme tot ist und die andere es womöglich vergessen hat, spielt ihre Musik im Hier und Jetzt noch immer, berührt uns, wie es nichts anderes könnte. Damals an Weihnachten hatte Nate mir die Hand in den Nacken gelegt, schwer und erdend, jetzt bin ich es, die ihm die Hand auf die Schulter legt. Eine Geste der Dankbarkeit, der Rührung und der Liebe, eine Gefühlsoffenbarung, die ich ihm anders nicht geben kann.

Aus irgendeinem Grund weiß ich sicher, dass er für die Musik gesorgt hatte. Damals hatte ich nicht einmal gemerkt, dass er die zwei mit seinem Handy aufgenommen hatte. Die Tränen brennen wieder in meinen Augen, als ich meinen Blick nach vorne auf das große Foto von Piet richte. Ich kralle meine Finger um Ellas, die den Druck gleichermaßen erwidert und leise Schluchzer von sich gibt. Sie legt den Kopf an meine Schulter, sucht Kraft in mir, die ich ihr nicht geben kann.

Nate hat noch immer den Kopf auf seinen Händen, den Blick gesenkt und die müden Augen geschlossen. Als der letzte Ton erklingt und durch die Kirche echot, ist es, als könne ich Piet bildlich vor mir sehen, wie er den schrecklichen Hut leicht anhebt und sich grinsend vor uns allen verbeugt. Er verbeugt sich für die Vorstellung seines Lebens, dabei sind wir es, die sich vor ihm verbeugen müssten.

Am Ausgang der Kirche steht Piets Mom, die jedem die Hand schüttelt und gleichzeitig den kleinen Theo an sich drückt. Gemeinsam treten wir in der kleinen Gruppe raus in das Sonnenlicht, als sich Theo von Mrs. Hall löst und auf Nate zugerannt kommt. Wortlos hält er sich an seiner Hand fest und presst das kleine Gesicht in die Jacke des schwarzen Anzugs. Schwer schluckend legt Nate die andere Hand auf seinen Kopf, sagt aber nichts.

»Sehen wir uns noch?«, fragt er auf einmal, richtet dabei seinen Blick zwar nur auf mich, stellt die Frage aber an alle. Wir nicken.

»Ich will vorher noch meine Gran besuchen«, sage ich leise.

»Kommt danach einfach zu uns.« Ella umarmt uns fest, hakt sich bei Nate ein und winkt uns traurig zu. Zu zweit gehen die Geschwister mit Theo an ihrer Seite zu ihren Eltern.

»Lasst uns auch gehen«, flüstert Romy leise, aber wir bleiben trotzdem noch eine Weile stehen und sehen ihnen nach.

» Ruf einfach an, okay?«, murmelt sie, als wir zwanzig Minuten später beim Pflegeheim ankommen. »Lass dir so viel Zeit, wie du brauchst.« Charlie nickt im Rückspiegel und legt mir eine Hand auf die Schulter.

»Danke«, hauche ich in die Stille, die die letzten Tage die Oberhand gewonnen hat, steige aus und nehme die Tasche aus dem Kofferraum.

Kapitel 14

Heute

Gran presst sich die faltige Hand vor den Mund, um ihre Tränen lautlos über die Wangen laufen zu lassen.

»Es tut mir so leid«, flüstert sie gedämpft durch ihre Hand und sieht mich mitfühlend an. »Es tut mir so, so leid, mein Kind.«

Ich verziehe den Mund zu einem kleinen Lächeln. »Dafür kann niemand etwas.«

»Sie sind eine sehr starke, liebenswerte junge Frau. Das sollten Sie wissen.« Bei ihren Worten sacken meine Schultern in sich zusammen und der wohlbekannte Schmerz breitet sich in meinem Bauch aus. »Ihre Gran muss sehr stolz auf Sie sein.«

»Ja, das ist sie wohl«, flüstere ich, halte weiterhin ihre Hand, benutze sie als meinen Anker. »Das ist sie wirklich.«

Gran legt den Kopf schief, tätschelt unbeholfen meine Schulter. »Was werden Sie denn jetzt tun?«, fragt sie vorsichtig.

»Ich kann nicht wirklich etwas tun, oder?« Ich schnaube. »Es gibt einfach keine Lösung hierfür.«

»Vielleicht sollten Sie mit dem jungen Mann über all das reden und auch ein wenig mehr Vertrauen haben.« Ihre hellgrauen Augen bohren sich in meine.

»Vertrauen in was?« Ich sehe sie fragend an, aber ihr Gesicht verrät nichts.

»Haben Sie Vertrauen in sich, in Ihre Entscheidung und haben Sie Vertrauen auf das Leben.« Sie lächelt mich zaghaft an. »Wenn Sie eine Entscheidung treffen, dann vertrauen Sie darauf, dass es schon auch das Richtige sein wird. Ich glaube fest daran, dass alles gut werden wird und Sie ihren Weg gehen werden.«

Skeptisch sehe ich sie an, aber dennoch schlägt mein Herz nun schneller.

»Zur falschen Zeit am falschen Ort«, murmele ich mehr zu mir selbst als zu ihr, aber sie hört mich dennoch und schüttelt sachte den Kopf, als wäre ich eine ihrer damaligen Schülerinnen und hätte zum wiederholten Male den falschen Ton gespielt.

»Nein, ihr jungen Leute seid heutzutage so absolut in euren Aussagen.« Sie legt ihre blasse Hand auf ihr Herz. »Manchmal braucht es einfach nur ein bisschen mehr Zeit, und wenn Sie es beide wollen, dann wird sich Ihre Geduld, Ihre Kraft und Ihre Ausdauer schon noch auszahlen. Vielleicht ist diese Liebe, die Sie füreinander fühlen, egal welcher Art, nicht für jetzt, sondern für später.«

Ich hole tief Luft und spüre die heilende Kraft meiner Gran in meiner Seele. Vielleicht ist sie jetzt gerade nicht mit ihren Erinnerungen bei mir, aber sie ist noch immer meine Gran, sie ist noch immer Sarah Sue Walsh. Ich drücke fest ihre Hand.

»Wie heißen Sie, meine Liebe?«

»Sue.«

»Sue.« Sie lächelt mich schief an. »Mein Sohn erwartet mit seiner Frau eine Tochter, und ich werde für meine Enkelin beten, dass sie einmal solche Freundschaften findet, wie Sie sie gefunden haben.«

»Das wird sie, da bin ich mir sicher«, hauche ich, wobei Gran mich liebevoll anlächelt.

Ich wische mir über die trockenen Augen und richte mich in meinem Stuhl auf.

»Ich muss jetzt langsam gehen.« Ich stehe auf, schiebe den Stuhl zur Seite, ohne die Hand meiner Gran loszulassen. »Ich komme bald wieder.«

Sie nickt, drückt meine Hand und lässt sie dann los. »Vertrauen Sie, Sue.«

Abermals nicke ich, bevor ich mich zur Tür umdrehe, als ihr Summen mich zurückhält und das Stück zum zweiten Mal am Tag durch meinen Körper klingt.

»*Andante* von Mozart«, raune ich in den weißen Raum.

»Oh nein, Sie irren sich, es ist das Stück *Für Elise* von Beethoven.«

Ich erwidere nichts, denn das erste Mal in meinen Leben bin nicht ich es, die sich bei diesem Spiel irrt.

Später treffen wir uns alle bei Ella und Nate zu Hause, essen zusammen zu Abend. Die Stimmung ist gedrückt und auch Theo und Piets Mom sitzen bei uns. Wir reden nicht viel, umgehen Themen, über die keiner nachdenken will, und es ist schwer, auch nur einen Happen hinunterzuschlucken. Die Schwere über uns löst sich erst auf, als Theo auf einem Nachtisch besteht und Nate jegliche Süßigkeiten im Haus zusammensucht, die er finden kann. Und irgendwie ist es so absurd, dass es gleichzeitig auch guttut. Wir alle greifen bei den Süßigkeiten zu, bis Charlie und ich sogar noch losfahren, um Eis für alle zu besorgen. Es fühlt sich an, als müsse man eine riesige Familie an einem Festtag satt bekommen und dieser Gedanke bringt uns alle zum Schmunzeln. Es tut gut, nicht andauernd diesen Kloß im Hals und die Tränen in den Augen zu spüren.

Ab diesen Abend fühlen wir uns alle ein klein wenig besser. Selbst der nächste und auch der übernächste Tag vergingen, ohne dass die Welt in sich zusammenbrach. Doch eine Sache legt sich mit jedem vergehenden Tag immer mehr auf mich und schnürt mir die Luft zum Atmen ab. Nates Abreise rückt immer näher, und ihm dabei zuzusehen, wie er seine Koffer packt und letzte Vorbereitungen trifft, macht mich verrückt. Die einzige Ablenkung, die irgendwie hilft, ist das Lernen für die Abschlussarbeiten, die erst in mehreren Wochen anstehen, aber ich weiß nichts anderes mit mir anzufangen.

Nachdem ich ein paar Tage lang nichts von ihm gehört habe, steht er plötzlich vor meiner Tür.

»Darf ich reinkommen?«, fragt er und sieht beinahe schüchtern aus. Allein dass er das fragt, zeigt mir, wie weit wir auf einmal voneinander entfernt sind.

»Klar.« Ich schiebe die Tür weiter auf, lasse ihn eintreten und höre, wie er mir durch den Flur in die Küche folgt.

»Wie geht's deiner Gran?«

»Ganz gut. Ich besuche sie fast jeden Tag.« Er nickt, als hätte er nichts anderes erwartet.

»Wann geht's los?«, erkundige ich mich, obwohl ich es längst weiß.

»In drei Tagen.« Nervös tippt er mit den Fingern auf die Küchentheke. »Kommst du?« Nate räuspert sich. »Kommst du vorbei, bevor ich fahre?«

Am liebsten würde ich verneinen, doch ich nicke nur und spüre ihn mit jedem Wort weiter von mir wegtreiben. »Klar.«

»Du bist dir sicher, dass es das ist, was du willst?«, frage ich, ohne ihn aus den Augen zu lassen. Nate gibt einen halb lachenden, halb schnaufenden Laut von sich, während er den Kopf schüttelt.

»Nein, gar nicht.« Dann zuckt er mit den Schultern. »Aber ich wäre blöd, würde ich es nicht wenigstens ausprobieren. Nach England kann ich immer noch gehen, aber ich glaube, dass dieses Stipendium für jetzt vielleicht ganz gut ist. Es lenkt mich ab.« Er kommt mit langen Schritten um die Küchentheke herum, stellt sich so dicht vor mich, dass ich jede einzelne Wimper zählen könnte.

Er sieht müde aus, dünn und ausgezehrt. Ich lasse meinen Kopf nach vorne sinken, lege meine Stirn auf seinen Brustkorb und atme den gewohnten Geruch ein.

»Danke, dass du so für mich da warst in den letzten Wochen«, flüstert er leise.

Ich schüttele nur den Kopf, auf einmal hundemüde. »Dank mir nicht dafür. Das ist selbstverständlich«, nuschele ich in den Stoff seines Hoodies, spüre das leise Lachen an meiner Stirn. Er legt eine Hand auf meinen Hinterkopf, streichelt mich. Wir bleiben lange so stehen, wortlos und still. Irgendwann richte ich mich auf, sehe in seine Augen und versuche, ein halbwegs echtes Lächeln hinzubekommen. Wie konnte sich in kürzester Zeit so viel verändern?

»Könntest du mich unterwegs wo rauslassen?« Ich musste unbedingt etwas erledigen.

Keine zehn Minuten später hält er zwischen der Kirche und dem Blumenladen, und es fällt mir unglaublich schwer, aus dem Auto zu steigen.

»Soll ich auf dich warten?«, fragt er noch, doch ich schüttele bloß den Kopf und bedanke mich fürs Absetzen.

»Kann ich –« Er holt Luft, bevor er weiterspricht. »Kann ich heute Abend zu dir kommen?«

Ich mustere sein Gesicht umrahmt von den schwarzen Locken, den leichten Sommersprossen auf der Nase und den hohen Wangenknochen und nicke. Nichts lieber als das.

»Immer«, flüstere ich so leise, dass nur ich es hören kann.

Tief Luft holend stehe ich vor den Stufen, die zu dem kleinen Friedhof führen. Ohne Gran fühlt es sich noch einsamer an hierherzukommen, doch eine Sache muss ich endlich erledigen. Ich gehe den vertrauten Weg zwischen den Gräbern entlang, bis ich vor dem weißen Marmorstein stehen bleibe, den ich so gut kenne.

»Hey, Pa«, murmele ich und streiche mit zwei Fingern über den kalten Stein. Ich setze mich auf den kühlen Rasen und reiße gedankenverloren Grashalme heraus, ehe ich anfange zu sprechen. Erst unsicher und holpernd, dann aber fließen die Worte aus mir heraus. Ich erzähle ihm von Gran, von Nate, von Piet und merke dabei nicht, wie kalt und dunkel es langsam wird. Und ganz zum Schluss, als fast alles gesagt ist, komme ich auf die UCLA zu sprechen. »Ich habe keine Ahnung, was du dir mal für mich als Zukunft vorgestellt hast, aber ich weiß nicht mehr, ob die UCLA das ist, was ich will. Kannst du das verstehen? Am liebsten würde ich herausfinden, wo du studiert hast und all die Orte sehen, von denen du immer erzählt hast. Aber jemand hat mir vor kurzer Zeit mal gesagt, dass ich nicht ständig in deinen Fußstapfen verweilen darf, und das hat mich zum Nachdenken gebracht.« Ich hole wieder tief Luft. »Ich glaube, ich gehe nicht zu den Interviews. Ich habe eine gute Uni in Washington gefunden, die keine drei Stunden von hier entfernt ist. Sie hat eine tolle Medizinische Fakultät und ist auch nicht so weit von Gran entfernt. Ich glaube, ich habe mich ein bisschen in diese Uni verliebt, als ich über sie gelesen habe, und bald werde ich sie mir auch vor Ort anschauen. Es gibt ein Nachrücksystem, vielleicht komme ich da sogar noch dieses Jahr rein. Das wäre toll, oder? Wenn nicht, mache ich ein Praktikum im Krankenhaus und bewerbe mich nächstes Jahr noch mal.« Ich grinse. »Wie gefällt dir das?« Ich sehe den stillen Grabstein vor mir an und würde mir nichts lieber als eine Antwort wünschen.

Nates Eltern, Ella und er selbst stehen bereits vor dem schwarzen Jeep, als wir in ihre Straße einbiegen. Phil umarmt seinen Sohn, klopft ihm auf die Schulter und legt dann einen Arm um seine Frau, um sie mit sich in das Haus zu ziehen, als er uns aussteigen sieht. Ich bleibe hinter meinen Freundinnen zurück, als wir auf die zwei Geschwister zulaufen, weil ich die Zeit noch ein bisschen hinauszögern will. Ich will mich nicht schon wieder von jemandem verabschieden. Nicht von ihm. Ich schiebe meine Hände in meine Jackentasche, damit niemand sieht, wie sie zittern.

»Hi«, krächze ich, als ich bei ihnen ankomme.

»Schön, dass ihr gekommen seid«, meint Nate.

Romy boxt ihn grinsend gegen den Oberarm. »Ist doch klar.« Er erwidert ihr Grinsen nur halb.

»Gut, dann mache ich mal den Anfang.« Charlie tritt auf ihn zu und umarmt ihn. »Mach's gut und pass auf dich auf.«

Er drückt sie und lächelt dankbar.

»Zeig es denen, und wenn du so spielst wie jetzt, dann kann ich irgendwann mal damit angeben, dass ich den Profibasketballer Price mit der Nummer 44 kenne.« Romy grinst und umarmt ihn.

»Das hoffe ich doch«, lacht Nate.

Ella sieht mich kurz an, schätzt ab, ob ich oder sie als Nächstes dran ist, und spürt wahrscheinlich, dass ich noch Zeit brauche, weil sie jetzt auf ihren Bruder zutritt.

»Ich hasse dich dafür, dass du jetzt gehst«, murmelt sie, aber lächelnd. »Aber ich bin auch verdammt stolz auf dich.« Er schlingt beide Arme um ihre schmale Taille und drückt seine Schwester fest an sich.

»Pass mir bloß auf Antonin auf«, warnt er sie grinsend, bevor er sie wieder loslässt.

Dann richtet sich sein Blick auf mich und ich erstarre zu einer Salzsäule. Ella zieht Charlie und Romy mit sich ins Haus und lässt uns zurück, um uns Zeit und Raum zugeben.

»Also ...«, beginne ich, aber bekomme kein weiteres Wort heraus. Unschlüssig stehe ich vor ihm, presse meine Lippen aufeinander, um nicht vor ihm zu weinen. Ich sehe zur Seite, um mich wieder zu fangen. Dann spüre ich seine Nähe, als er vor mich tritt, und sehe doch wieder in sein Gesicht.

Seine Zähne sind zusammengepresst, der Kiefer angespannt, als er seine Stirn gegen meine drückt und mein Gesicht mit seinen Händen umfasst. Ich muss schlucken, um die aufkommenden Tränen und Wörter zurückzuhalten. Seine grauen Augen sind so hell wie eh und je. Wir atmen die gleiche Luft, nur für diesen einen kurzen Moment. Am liebsten würde ich ihn bitten zu bleiben. Geh nicht, geh nicht, geh nicht, ist alles was ich denke, aber aus meinem Mund kommen ganz andere Worte. Das schmerzhafte Ziehen in meinem Bauch breitet sich auf jedes meiner Glieder aus, mein Herz wiegt eine Tonne unter der ganzen Last meiner aufkommenden Panik und drückt den Kloß in meiner Kehle nur noch höher.

»Bis bald«, flüstere ich, könnte schwören, seine Lippen dabei an meinen zu fühlen, ein letztes Mal, aber dafür ist er einen Zentimeter zu weit weg. Ich frage mich, ob er das nicht schon die ganze Zeit war. Bloß einen Zentimeter zu weit von mir entfernt.

»Bis bald, Sue.« Diese Worte klangen aus meinem Mund so erbärmlich, aber bei ihm klingen sie nach einem Versprechen. Er schluckt schwer, dann wendet er sich ab, nur langsam, aber für mich viel zu schnell. Mit langen Schritten läuft er zu seinem schwarzen Jeep, öffnet die Fahrertür und bleibt auf einmal wieder stehen. Seine Augen bohren sich in meine, halten meinen Blick fest, und wie so oft mustert er mein Gesicht, als würde er nach einem versteckten Detail suchen. Schlagartig fällt mir auf, dass ich ihn nie gefragt habe, warum er mich so ansieht, was er hofft, in meinem Gesicht zu finden. In diesem Moment hasse ich mich dafür, ihn nie danach gefragt zu haben. Ich habe ihn so viel noch nicht gefragt, habe ihm so vieles noch nicht erzählt, sodass die unausgesprochenen Worte schwer zwischen uns hängen. In diesem Moment bin ich mir sicher, dass nicht nur ich von dem schmalen Grat abgerutscht bin, sondern auch er.

Plötzlich schlägt er mit der flachen Hand auf das Autodach, so fest, dass ich bei dem Knall zusammenzucke.

»Scheiße«, stößt er so leise hervor, dass ich ihn nicht hören, aber von seinen Lippen deutlich ablesen kann. Auf einmal schlingen sich Romys Finger um meine, erden mich, halten mich fest, geben mir die nötige Kraft, ihn gehen zu lassen.

Und dann steigt er ein und fährt davon. Und das, was ich ihm damals an Silvester überlassen habe, nimmt er mit sich, ohne auch nur die geringste Chance, dass ich es je wiederbekommen werde. Diese Sicherheit überrollt mich wie eine Flutwelle, reißt mich mit und wirft mich in den Strudel der Gefühle, den ich immer und nie wollte. Ich klammere mich an Romys Hand fest, so verdammt fest, wie ich nur kann. Ich schlinge einen Arm um mich selbst, berühre mit den Fingerspitzen die zarten Tattoos durch den dünnen Stoff meines Shirts. Ich spüre die schützende Folie über der frisch gestochenen Blüte, spüre meinen Pa und Piet, und ich spüre die zarten Linien des Schriftzuges, den ich mir damals im Beisein von Nate und Piet habe stechen lassen und verbinde alles damit: das Herbstfest, den Fluss, Gran, Himmelslaternen, Basketballspiele, Siege, Freundschaft, Liebe, Vergangenes ... meine sichtbare Brandmarke der letzten sieben Monate:

Long live all the magic we made.

Danksagung

Mir ist es wichtig, mich an dieser Stelle neben zahlreichen Cappuccini mit Hafermilch, die mich durch den Tag bringen, auch bei Jonathan und Anouk zu bedanken, ohne die das hier nicht möglich gewesen wäre. Danke!

Autorin

Doro Kayser, geboren 2000 in Düsseldorf, lebt derzeit in Friedrichshafen am Bodensee, wo sie seit 2019 an der Zeppelin Universität studiert. »Make me stay« ist ihr Debütroman. Wenn sie nicht gerade an neuen Buchideen arbeitet oder Essays für ihr Studium der Kultur- und Kommunikationswissenschaften schreibt, sitzt sie in Cafés und trinkt Cappuccino mit Hafermilch.

Mehr zu unseren Büchern auch auf Instagram